林纾香山图画

林纾行书西湖诗

林纾先生与杨道郁夫人及其小孩合影留念

遗像及签名

山水画《霞洲晚秋》

福州林纾（故居）纪念馆大门

福建工程学院内的林纾塑像

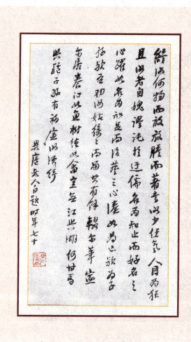

林纾手札

林译小说及其影响研究

杨 玲 著

中国出版集团

世界图书出版公司

广州·上海·西安·北京

图书在版编目(CIP)数据

林译小说及其影响研究 / 杨玲著. 一广州：世界图书出版广东有限公司, 2025.1重印

ISBN 978-7-5100-7284-0

Ⅰ.①林… Ⅱ.①杨… Ⅲ.①外国文学—小说研究—中国—近代 Ⅳ.①I106.4

中国版本图书馆 CIP 数据核字(2014)第 003370 号

林译小说及其影响研究

作　　者　杨　玲
策划编辑　吴小丹
责任编辑　翁　晗
出版发行　世界图书出版广东有限公司
地　　址　广州市新港西路大江冲 25 号
印　　刷　悦读天下（山东）印务有限公司
规　　格　880mm×1230mm　1/32
印　　张　8.125
字　　数　200 千字
版　　次　2013 年 12 月第 1 版　2025 年 1 月第 4 次印刷
ISBN 978-7-5100-7284-0/I·0297
定　　价　58.00 元

序

中国内地的博士生，经过三年至七年不等的学习和写作，基本上都能完成一篇获取博士学位的论文，而获得学位之后，多数人的论文也都有出版的机会。出版届的繁荣，和博士们的贡献是分不开的。博士论文的出版，有的很快，我的一位博士，第二年就见书了，而且是在一家很专业的出版社出版的，二十六岁获得学位，二十七岁论文出版，在我的学生中仅此一位。有的毕业后，岁月蹉跎，论文也就一直搁置一旁，我也不知道他们有何打算。杨玲毕业后留校从事其他专业的教学，原专业的研究受到影响，在我的不断催促下，论文几经修改，也终于拿出来出版了。

十年前，杨玲从江西来报考硕士，面试时方才知道她读过英语和中文两个本科学位。英语成绩比起其他考生，分数高出许多，录取自然没有什么大问题。硕士毕业，考取博士，英语成绩当然也不在话下。那几年，文学院办了一个文秘专业，英语课都是请外语学院的老师来上课，每到期末，付给他们报酬，主事者不免心疼，于是便谋划留一个既懂外文又已经被录取为博士生的硕士充实到文秘教研室，于是，杨玲便作为较为合适的人选留校了。

其实，杨玲兴趣广泛，她虽然读的是中国古代文学的硕士，但到毕业那会儿，我才发现她对文论，特别是西方文论和美学的兴趣远超过中国古代文学。她有志于读文论和美学的博士，因而报考了一所顶尖的大学，选取了一位顶尖级的教授作导师，或许为了照顾我的一点面子，也兼报了我招收的专业。其实，我一向鼓励硕士报考985、211高校，一则这些学校环境好，老师水平也高；再则，有985、211大学的名号，终身受用。成绩出来了，顶尖大学也上线了，可惜名次仅差了一位,所以又回到我这儿继续读博。

懂一门西文,对文论和美学有较好的修养,正是杨玲这部书稿的特点。

在和杨玲讨论博士论文选题时,我提醒她要尽可能扬长避短。遵循中国古代文学传统去找选题,进而完成论文,并非不可能,但那样做可能埋没了杨玲的特长。讨论再三,我们选择了林译小说,并通过对林译小说的全面考察,进一步研究林译小说的影响。

或许有的研究林译小说者会说,林纾不懂外文,却能成为了不起的翻译家,我不懂得外文,为什么就不能成为研究林译小说的专家?这个问题问得好,但我们可要反问他,我们现在所处的时代已经不是一百多年前的晚清社会,精通一门以至数门外文的大有人在,如果不怕贻笑大方之家,不妨试试。更为重要的是,林纾译小说,有王寿昌这样的高水平的合作者,你研究林译小说有这样的合作者吗?正因为杨玲懂得一门西文,起码,她能较为深入细致地了解林译之妙处和精到处,或许也能看出林纾在翻译过程中的再创作。懂得至少一门西文,是研究林译小说的必备条件之一;不懂得西文,研究林译小说,不免有隔岸观火、隔靴搔痒之嫌。

研究中国古代文学,固然需要文论知识,但也需要思辨能力。但是从事中国古代文学研究,就目前学界的整体水准而言,对西方文论不是特别了解,似乎也无关研究的宏旨;或者说,目前还很少见到得心应手运用西方文论研究中国古代文学的论著。但是研究林译小说,仅凭借中国古代文学的传统研究方法,仅凭借古代文论的常识,是不太行得通的。杨玲对文论,特别是西方文论和美学情有独钟。我和她讨论学界人物,论到当今有建树的文论家和美学家,她就两眼发光,那种神往心驰的情态,在我的学生中独有此君。她距考入 985 大学文论和美学博士专业仅一步之遥,虽然很可惜,很无奈,但是她的多年积累,在这部书稿中可以尽情发挥了。她的文字表达,也是属于撰写文论和美学论著的那一种。可以说,杨玲这部书的研究基础和写作风格,很适合她的研究对象。

杨玲问序于予,垂暮之年,文思枯竭,拖了好长的时间。在刚刚动手之际，我偶然读到蒋凡老师发表在《文史知识》的一篇讨论林纾新体诗的文章。林纾的成绩是多方面的，林译小说是其代表，此外还有古文写作和古文文论、诗歌、词、小说。林纾出自谢章铤的门下，不知研究词学者注意到没有，林纾对谢氏的《酒边词》似有微词。林纾在大学还教过中国文学史，写过讲义，我在台湾执教时读过他的手稿，台北大学的王国良教授还为我影印了其中的一部分。林纾是位大家，他的译作、创作和学术著作，无疑是一处富矿。数年前，我的另一在出版社工作的学生江中柱，受出版社委托，让我主持《林纾全集》的编纂，杨玲也参加了，或许我缺乏登高一呼的能力，或许受制于当下科研考核的机制，最后无疾而终，对中柱君和出版社都不好交代。我们寄希望于有力者，期待早日看到《全集》。《全集》的出版，肯定能进一步推动对林纾的研究。

林纾是谁？林纾是近代著名的翻译家、古文家、诗人和学者；穿越时间的隧道，林纾还是与我隔岸而居的邻居——我的居所和林纾的苍霞精舍遗址仅有一水之遥，片苇可渡。不过，当我漫步闽江湄涘，但见对岸高楼林立，所谓"遗址"，实际只有一个大致方位而已。不知故老尚能指认之否？

陈庆元

2013-12-09

于苍霞精舍故址南岸

目录 ➤ CONTENTS

绪　论

美国评论家柯恩在评亨利·詹姆斯的小说时说过,每一个时代都有许许多多作家,但能够永垂不朽的只是少数,只是那些以新的方式为后人提供新的内容的作家。林纾就是这样一位作家。他在中国新文学史上应占一席之地,就在于他以西方小说的翻译为中国20世纪的社会注入了新鲜的空气。除此之外,林纾也是近代著名的文学家,一生著述宏富,创作涉及小说翻译、小说创作、诗歌、戏剧、散文、笔记等各方面体裁。其中成就最高的,给他带来巨大声誉的,是他与其他口译者合作翻译的180多部外国小说,其中包括世界名著40余种。无论从翻译作品的质量还是数量上来说,林纾都在近代翻译领域占有首屈一指的地位。

然而,长期以来,在中国现代文学史中,林纾因与"五四"新文化阵营之间激烈的论战而被视为封建复古派,遭到严厉批判和唾骂。至今,人们仍判其思想在"五四"时代是守旧落伍的,这已成为林纾研究中一个难以逾越的"坎"。笔者试图从文化学的角度,结合中国近代社会与文化变迁的历史轨迹,阐明林纾坚守文化保守立场自有其历史与文化意义。循着革命思维模式,为了开辟中国历史与文化"新纪元","五四"新文化人急于埋葬一个"旧"世界,因而急盼"敌人"出现,以便造成激烈的思想论战。他们诱出了林纾与之论战,遂制造了"打退封建复古派疯狂反扑"的现代神话。从另一个角度来看,"五四"新文化人选择亦新亦旧、还正在社会舞台上发挥着热量的林纾作为打倒对象,而不是选择已无还手之力、早已退出历史舞台的顽固遗老遗少们,这其中隐藏了某种意义上更睿智的斗争策略,从而反证"五四"新文化运动的强大与所向披靡。"五四"新文化运动的成功,也证明了这种斗争策略的运用是非常正确的。

正是因为林纾在文学史上的矛盾地位,让人不由质疑其中巨大反差的因由,对于历史人物的评价,要应用历史的同情式理解,只有复原历史,深入当事者的心灵,才能理解林纾前期与晚期在世人眼中有着如此的差异的原因。从林纾早年以来一以贯之的家庭传统教育,或者追溯至闽南深受朱熹理学影响的日常行为之学,或许能够理解支撑林纾晚年的心理与行为。林纾的翻译、生平活动、翻译思想以及借鉴外国小说的经验而进行的小说创作,都全面展示着他思想发展的过程。任何作家进行创作,都不可避免地将自己的世界观、人生观以及其他思想观念带入自己所创造的世界,林纾亦不例外。弄清其生平和思想状况,对于探讨其翻译中译者主观世界的移入,对原文进行个性化再创造的方式、独特面貌都有重要的关系。

"林译小说"作为近代文学史上的一个专有名词,具有非常丰富的意义。林译小说诞生不久,就在当时的中国掀起了翻译小说的热潮,被认为是开启了近代文学翻译。然而,历史造就了一个名人,也毁灭了一个名人。由于"五四"运动中林纾的尴尬立场,"五四"运动中新成长起来的一批文化名人,他们既是林译小说的受益者,同时也是林译小说的批评者,这种矛盾的地位导致林译小说及林纾其人也一直处于一个冷暖两极的境地。

关于林译小说及其影响与林纾其人,断断续续都有一些论文面世,因为谈到翻译,说到近代文学,谁也无法忽视林纾的存在。最著名的是钱钟书的《林纾的翻译》,其他如蒋英豪的《林纾与桐城派、改良派及新文学的关系》、杨联芬的《林纾与中国文学现代性的发生》、苏桂宁的《林译小说与林纾的文化选择》、韩洪举的《论林纾短篇小说的艺术创新及其缺陷》等,都从不同侧面诠释了林译小说及其他成就。此外,最多的是各种各样的林纾的个人传记,如朱碧森的《林琴南传》、张俊才的《林纾评传》、孔庆茂的《林纾传》、曾宪辉的《林纾》等,这些传记虽然细致入微地描述了林纾的生平与成就,但宥于传记体,并没有更深层次地切入林纾作品及其研究。此外,还有一些关于林纾研究的片断散见于一些近现代文学研究专著或翻译研究专著中,如《中国小说叙事模式的转变》,为陈平原著,北京大学出版社 2003 年 7 月版;谢天振著《译介学》,外语教育出版社 1999 年 2 月版;郑海凌著《文学翻译学》,郑州文心出版社 2000 年 9 月版。真正从文学的角度、学术的角度来看,目前公开出版的专著只有韩洪举著作的《林译小说研究——兼论林纾自撰小说与传奇》,是 2005 年中国社会科学出版社出版的。目前,林纾其人及其作品也越来越获得当代研究者的关注,但这些关注与林纾作品在文学史上的地位还远不相称,还有进一步研究的空间。

另外,林纾的创作无不打上了他本人翻译作品的印象,但却又不失中国传统的韵味,是中国近代文学史上最早的一批中西文学杂交品,由于艺术价值并不高,往往被研究者忽略,但从不同文学的互动影响角度上,又不失为好的切入点。目前对此有关注的只有韩洪举的《林译小说研究——兼论林纾自撰小说与传奇》有些涉及,但也只是处于一种表面的描述状态。

林译小说诞生的过程同时也是影响中国文学向现代迈进的过程。一方面,林译小说引进的许多新的创作手法、形式、内容等引起了许多作家的关注和借鉴,其中也包括林纾本人,林纾后期小说的创作就明显打上了自己翻译小说手法、内容、形式等方面的印迹;另一方面,林译小说深受当时读者的喜爱,包括一批进步青年,如鲁迅、郭沫若、胡适、冰心、钱钟书等,他们深受林译小说的影响,后来他们又成了影响一个时代的人物,林译小说的影响也就延伸深远。

林译小说作为中国文学翻译最初的实践范本,在翻译理论研究上具有无可代替的标本价值,随着文学翻译理论的推陈出新,在新的视野新的理论观照下,林译小说在新时代散发出新的魅力。譬如,林译小说颇招人诟病的是其误译、删译和创译,但是,在文化翻译理论受到多数认同后,从比较文学研究来讲,这种误译、删译和创译是具有文化研究价值的。这是值得我们重新审视和关注的。

林纾推崇文言,其翻译作品与创作小说也使用文言文,语言的隔阂让林纾作品更多属于古代文化,然而,林纾作品中传达的理念与精神却又打上了现代文化的烙印,甚至最初被刚睁眼看世界的国人视作启蒙者。更有意思的是,即便到了改革开放的新时代,林纾及其作品依然在新的审视下焕发着新的魅力。如商务印书馆1981年出版的"林译小说丛书"十种;四川人民出版社1987年出版的《林纾选集》小说卷上及卷下;此外还有比较文学领域等重新审视林纾翻译隐藏的理论视野。

总之,林译小说从实践层面让国人感受到了西洋小说的魅力;林译小说开创了20世纪中国文学翻译的热潮,对一代中国作家产生了巨大影响,如鲁迅、周作人、郭沫若、朱自清、冰心、庐隐、茅盾、胡适等;林纾通过翻译和序跋架起了一座沟通中外文学的桥梁。这样一位用古文创造了如此辉煌业绩的名人,目前的研究现状与之是不相称的。无论从目前学界关于林译小说研究的专著分类来看,还是从所发表论文的研究领域来看,真正从文学史料与文本细读上个性化诠释林译小说翻译的潜在视野及其影响面还属空白,这不但使本选题的研究空间丰富,而且意义深远。

第一章　林纾的性格及其时代

引　言

德国学者卡西尔在《人论》中对人们研究苏格拉底的结论有个总结："我们有色诺芬和柏拉图笔下的苏格拉底,也有斯多葛派的,怀疑论派的,神秘主义派的,唯理论派和浪漫派的苏格拉底。它们都是完全不一样的,然而它们都并非不真实;它们每一个都使我们看见了一个新的方面,看到了历史上苏格拉底理智及道德面貌的独特方面。柏拉图看到了伟大的辩论家和伟大的伦理导师;蒙台涅看见了承认自己无知的反独断论的哲学家;弗里德里希·施莱格尔与浪漫派思想家则强调苏格拉底的反讽。不同人眼里有不同的苏格拉底,他们注意的侧面不同,当然结果不一样,我们不能否认他们的看法,也不能说它们都是绝对真实的。"①从不同的角度、不同的时代和在不同的理论观照下审视历史人物,就能看到其活动价值的不同方面,理所当然地会有不同的结论出现,有时甚至会得出截然不同的结论。充分认识客体的多面性或复杂性,对于我们认识历史人物是非常重要的,会促使我们从不同的角度去认识客体,从而使自己的研究成果更加丰富多彩,笔下的人物也会鲜活一些,而不是仅由某些权威人士给出的所谓历史"定论"。历史人物在特定时代的所作所为,其价值并不是在当时就能全部显示出来的,较为重要的事

---

① ［德］恩斯特·卡西尔.人论［M］.甘阳译.上海:上海译文出版社,1985:227—228.(注释如属同书,后不详列,全文同此。)

件和人物活动的作用和意义,需要经过相当长的时间才能充分完整地表现出来,这是一个逐渐展现的过程。而且由于不同时代的人站在不同的角度,使用了不同的标准,我们才得以看到不同的苏格拉底。同理,我们也可以如此来重新认识清末民初的文学史上的重要人物林纾。

不同的时代在对同一人物的所作所为进行评价时,看到的是不同的价值层面,常常会得出不同的结论。正是这些多角度、不同层面、丰富多彩的评论,让人们看到了一个个更立体、更丰富、也更真实的历史人物。因为人都是一定社会和一定时代的人,当时社会的一切对历史人物的影响是不容置疑的,即使定力再高的人,也不可能不受社会和时代的影响和制约。社会和时代的特性时时改变着他们既定的生活道路和思想观念,有时甚至会走上他们初衷的反面,这是历史的常态。同样,对历史人物试图做出公正评论的人也无法走出时代社会的影响和制约,其评论或多或少地会打上时代与社会主流看法的印痕,有时甚至会言不由衷,这也是历史的常态。因此对历史人物,我们用一种固定的结论是无法总括他的一生的,特别是如果这种定论受某种意识形态的影响,那就离历史事实更远了。从评价客体的复杂性及其活动价值随着社会发展而不一致方面来讲,"盖棺定论"是不可能的。从评价主体要受到各种因素的制约以及认识要不断的反复方面来讲,同样不可能有"盖棺定论"。"盖棺定论"限制了主体意识的发挥,弱化了人们的思维,因此要改变"定论"模式,以宽容的态度研究历史人物,尽量听到不同角度、不同层面的声音,方能使历史人物评价不断向真理方向发展,并具有鲜明的时代特征。

林纾的一生在世人眼里由默默无闻到盛名远扬再到臭名昭著,"盖棺定论"的可以说是一九二四年十一月郑振铎写作的《林琴南先生》,此文发表于当时的《小说月报》,相对公正地评价了林纾的一生,尤其肯定了林纾的一些开创价值。

中国文人,对于小说向来是以"小道"目之的,对于小说作者,也向来是看不起的;所以许多有盛名的作家绝不肯动手做什么小说;

所有做小说的人也都写着假名,不欲以真姓名示读者。林先生打破了这个传统的见解。他以一个"古文家"动手去译欧洲的小说,且称他们的小说家为可以与太史公比肩,这确是很勇敢的很大胆的举动。自他之后,中国文人,才有以小说家自命的;自他之后,才开始了翻译世界的文学作品的风气。中国近二十年译作小说者之多,差不多可以说大都是受林先生的感化与影响的。周作人先生在他的翻译集《点滴》序上说:"我从前翻译小说,很受林琴南先生的影响。"其实不仅周先生以及其他翻译小说的人,即创作小说者也十分的受林先生的影响。小说的旧体裁,由林先生而打破,欧洲作家史各德、狄更司、华盛顿·欧文、大仲马、小仲马诸人的姓名也因林先生而始为中国人所认识。这可说,是林先生的最大功绩。[①]

　　"盖棺定论"当然是不可靠的,随着时代社会的变迁,对林纾的评价从来没有停止过,不同角度、不同视野、不同层面的林纾逐渐一一展现于世人面前,而且还在一直进行着,永远止境,正如真实只能不断接近,而无法完全到达。林纾本身性格复杂,他脾气燥烈,往往率性骂人,让人下不来台,可他又侠肝义胆,尽心尽力诚待朋友及其后人,并终生慷慨助人,虽收入优厚,却死无余财。他不信鬼神,讥讽迷信,却又自己烧香拜佛,祈祷苍天,影响所及,连自己的女儿都荒谬地刿肉疗母,以为会有神效。他呼吁救国,宣传西方文化,痛感国家要变法维新,却又拥护帝制,誓死要做清朝遗民,对辛亥革命表示失望。他以翻译小说成为传播西方文化的大师,享受盛誉,却总是轻视自己的译作,而津津乐道自己的古文,并不惜在"五四"白话运动中成为卫道的顽固代表,而这也成为评价林纾的写作者们永远无法绕过的话题,也几乎成了林纾在文学史上地位评定的重要标的。"五四"文化的推进者把林纾视为顽固的封建文化捍卫者,予以无情抨击,直到新中国写作的近代文学史,林纾"五四"期间站在维护孔孟文化的顽固立场依然被作为反面典型受到批判。到底

---

① 钱钟书等.林纾的翻译[C].北京:商务印书馆,1981:17.

林纾的功过是非如何,笔者并不想做定论的陈述,而是想尽量走近历史,复原历史事件,把是非功过留给读者去体味,或者说带读者进入林纾及其生活时代的历史,走近一个复杂、立体、多面、活生生的林纾,并由林纾其人解读他的作品,尤其是翻译作品,体悟其意义与价值。

第一节　身世寒微,嗜书如命

林纾《七十自寿诗》有句云:"畏庐身世出寒微,颠沛居然到古稀。"①展顾其一生,可谓实写。福州林氏是大姓,然而,林纾家世却非原福州林氏。林纾始祖从今天的南京,古称金陵迁徙进入福州,世代都是种田的农民。到了祖父那一代,开始进入城中做一些手艺谋生。咸丰二年(一八五二)的九月二十七日,在闽县玉尺山下的光禄坊,以运盐为业的林国铨喜得儿子,这个小生命便是林纾,父母、朋友、老师各以自己的习惯,又叫他群玉、徽、秉辉等。后来随着阅历的变化,他又自号畏庐、冷红生、六桥补柳翁。清末民初,又有践卓翁、蠡叟、餐英居士、射九等笔名。这么多的名号,或许也从侧面表现了林纾的经历与心情。琴南是其字,林纾五岁就不得不到外祖家寄食,因为家里已经是经常无米下炊了。林纾的《先妣事略》形象描写了其母在炮火下冒死做活以求明日裹腹的谋生之艰,家境之窘迫由此可见。

其文曰:

飞弹萤然,日夜从屋上过。比屋奔徙略尽。宜人以无食故,不得去。先大母方病,大姊稍省人事,键纾不令出。拥弟及妹环宜人而泣。宜人方缝旗抚慰大姊。言抵夜尽三旗,可得钱四百许。明日,大父母及尔兄弟当饱食矣。纾时幼冲,不知母言之悲也。②

① 朱羲胄.贞文先生年谱(第二卷)[M].上海:世界书局,1949:46.
② 林纾.林琴南文集[M].北京:北京市中国书店,1985:31.

纯用简语叙事,几无渲染,然读之不禁伤悲。其时林纾家境之奇穷病弱已一览无余。

林纾的母亲陈蓉,故太学生陈元培之女,堪称出身于"书香门第",所以林纾的外祖母郑氏也知书明礼。林纾五岁寄食于外祖母家,与外祖母郑氏朝夕相伴,深得其教诲,受益颇多。郑氏常告诫林纾毋须羡人衣食之美,而应立志高远,才不会碌碌无为。这给林纾留下深刻印象,并以此谆谆教诲子孙。林纾的《谒外太母郑太孺人墓记》曾记曰:

> 童子不能以慧钝决所成,但观立志,观立志,即在其所美者。若见衣食而美,其成就终当为恒人矣。[①]

郑氏之知书明大义于其言可略见一斑,她也可称得上是林纾的启蒙老师。林纾未入蒙学即对读书产生浓厚兴趣不能不说与此有关。

林纾七岁入塾发蒙。十一岁跟从薛锡极先生学古文辞。薛字则柯,林纾后来作《薛则柯先生传》,记述这位乡村教师对自己的深刻影响:

> 薛氏闽之巨族也,长髯玉立,能颠倒诵七经,独喜欧阳公文及杜子美岑嘉州。诗抗直好忤人,人亦稍稍引去……授纾欧文及杜诗务于精熟。[②]

薛则柯先生诗文俱佳,却老死乡里。他安于清贫,无心仕举,深爱欧文、杜诗等,并尽心教给林纾,如此种种都可在林纾今后的人生中找到影响的痕迹。

在薛则柯先生的熏陶下,林纾自此对古诗文产生了浓厚的兴趣。林纾偶尔发现了叔父的书箱,觅得《毛诗》、《尚书》、《左传》、《史记》,如获至宝,日夜诵读,这给了他最初也最美味的滋养。此后,林

---

① 林纾.林琴南文集[M].北京:北京市中国书店,1985:53.

② 林纾.林琴南文集[M].北京:北京市中国书店,1985:23.

纾一生有几部书都是随身带着的,其中必有《史记》、《左传》。林纾
爱读书,这几部书怎么够他读呢?为了读书,林纾把母亲给的零花
钱,甚至口粮钱都留存起来,作为购书之用。从十一岁起至十六岁,
林纾购买的旧书零零总总,竟至三橱之多。因为旧书摊的书总是残
缺不全,林纾就用多种残本相对照,互补阙佚,边校边阅,至二十岁
时,已校阅残破古籍不下三千卷。这为他打下了坚实的古文基础,
提升了其语言修养。

为了获取更多的知识,林纾读书至为刻苦。他的弟子朱羲胄说
他"尝画棺于壁而掣其盖,立人于棺前,署曰:'读书则生,不则入
棺。'若座右铭者"。十九岁始,林纾患了肺病,十年间经常咯血,医
生说他已无药可治。但林纾却不在意,他不吃药,只读书,还说:"果
以明日死者,今日固已饱读吾书矣。"以嗜书如命形容林纾可说恰如
其分。林纾最下苦功的是读韩愈的文章,每看一篇,便抄了粘在几
案上,用布幂罩起来,每日诵读记忆,连读数月才换一篇。这样整整
坚持了四十年,韩愈全集读了十几遍。看到林纾如此嗜书,小其六
岁的胞弟秉耀都为之动心打算,并私下与母亲商量:"阿兄嗜读,家
业未立,儿当远客求资,以竟其志。"秉耀后来远赴一水之隔的台湾
谋生,不幸当年就染病身亡,这也成了林纾心中永远的痛。[①]

林纾嗜书,却非读死书之士。清末"万般皆下品,唯有读书高"、
"十年寒窗苦,方为人上人"的信条在社会上还是有着普遍的市场。
林纾虽也有寒窗苦读、为国效力的仕举之愿,但却认为不要完全"两
耳不闻窗外事,一心只读圣贤书",而是应到大自然中去呼吸新鲜空
气,应该关注社会民生时事。林纾曾约数人同游方广岩。方广岩为
闽中名胜,在今福州永泰县。林纾一行乘船由阳歧江到赤壁濑,月
升时分,经葛岭、过铁壁岩、入侧身门、到达天泉阁。晚上住在阁上,
微风起于枫楠,风声与泉水相和鸣,终宵声如天籁,清扬悦耳。方广
洞天,原是天然洞穴,奇景异形,别有境界。林纾在日中、月下两次
入洞观赏,写下《观音影》:

① 曾宪辉.林纾[M].福州:福建教育出版社,1993:16—19.

方广洞天,石华结为"云山月照"四大字,显然可辨。洞之深入,经月光映射,隐隐现一观音。长身执瓶,首微俯,长巾自其背下垂,历历如画。无月则否。余日中秉炬入照,并无所谓观音者,即极意摹拟之,亦无一似。向夜月出,自远内窥,则盈盈又现一观音影矣。其事至不可解。①

大自然景物天成,与闭门读书大异其趣,令人视野开阔,神清气爽。一行人颇有天下好景美不胜看之慨,在那一带盘桓了三天,洗钵池、羚羊洞、龙尾泉、舍身崖,均一一游览。惜路险雾大,没能去探幽半云亭、希隐洞,只好待以后重游再弥补此憾。方广岩一游,林纾可算追踪欧阳修、韩愈、司马迁之才情兴致,诗文学以致用,当时就诗兴大发,在阁上题诗六首,惜未刻石,已经湮灭,无从考证。但其写下的《游方广岩记》,收入《畏庐文集》,今天读来犹栩栩如生。

岩上石华钟乳之属岁久凝结斑驳驳,咸有所肖。惟龙尾泉一道细点滴沥,经岁弗涸,足异焉。夜宿阁上,微几起于枫楠之颠,和以泉流,终夕清越可听。晨起,度舍身崖寻泉源,见巨石经宙,若剖卧钟之半,平置岩顶,水漫其上,约其流赴钟纽而下,盖石状凹现时锐,前泄泉处孰微注,因风洒析散而为珠帘也。②

其语言简洁雅致,白描着色,清丽可人,让人亦生游兴。林纾几乎游遍了闽江山水,以后到杭州、北京,也是有景必游。《畏庐文集》收录了许多清丽雅洁的山水游记,颇值品读,令人赞叹。

林纾无钱买书,从旧书摊上购得残简断篇用心校阅,却也学问日进。光绪八年(一八八二),林纾中举,同为这年壬午科的福州举人有李宗言、高凤歧等人,几人因此结识,成为好友。主持福建科举考试的是清镶兰旗第五族宗室宝廷。宝廷很看重林纾,令其子伯莆、仲莆与林纾为友。本年,林纾与李宗言、李宗祎兄弟,陈衍、高凤歧、周长庚等十九人,组成福州支社(诗社),诗社每月活动数次,专

① 林纾.铁笛亭琐记[M].北京:都门印书局,1916.
② 林纾.林琴南文集[M].北京:北京市中国书店,1985:61.

赋七律互相唱和。李宗言、李宗祎兄弟之父曾捐资为官,家积图书连楹,林纾常到李家借读其书,不数年工夫,李氏藏书三四万卷,借读已尽。他不只阅览,并抄录以备检索,从浩繁的书籍中,他汲取了广博的知识和丰厚的文学素养。从此以后,林纾文笔恣肆,每天下笔能洋洋洒洒写作七八千言。

林纾说:"读书如积谷愈多,总有救荒之一日。"四十岁以前,林纾几乎无书不读,即使是唐宋小说及各种笔记,也无不搜括阅览。到了四十岁以后,林纾由博览转为精读,即所谓"由博返约"。光绪二十一年(一八九五),他随身携带的书籍,只有《诗》、《礼》二疏、《春秋左氏传》、《史记》、《汉书》、《韩柳文集》及《广雅疏证》。林纾每日沉浸其中,反复品味,像品味陈酒愈来愈香醇。由于时事变化,林纾也逐渐关注起西学,常去马江的船政学堂与好友王寿昌们共同探析西书疑义,并提要钩元慢慢领悟。林纾读书颇有领悟,其名言曰:"力学是苦事,然如四更起早,犯黑而前,渐渐向明;好游是乐事,然如傍晚出户,趁凉而行,渐渐向黑。"[①]如此博览杂收,长期勤学力学,沉淀积蓄,林纾终于厚积薄发,一鸣惊人,并一发而不可收拾,成为文学史上的重量级人物。

第二节 狂生林纾轶事

林纾自少即有狂名,至老自称狂悖,以狂生称林纾,可谓恰切。林纾之狂的表现之一是其性格中的爆烈狂放。

清末,读书、中举、出仕,造福百姓、荣耀乡里,依然是士子们孜孜追求的人生目标。林纾自小嗜书,亦怀揣同样的理想,而且,对于这个世代连秀才也没有出过的家庭来说,林纾的嗜书尤其蕴育着家人的希望。叔父林静庵收藏的《毛诗》、《尚书》、《左传》、《史记》让林纾读得入迷,喜不自胜,然而,林静庵却说林纾"虽善读,顾爆烈不能

---

① 曾宪辉.林纾[M].福州:福建教育出版社,1993:26—27.

容人,吾知不胜官也"。祖母看到林纾爱书、买书、读书,也很高兴,但告诫林纾道:"吾家累世农,汝能变业向仕宦,良佳。但城中某公,官卿贰矣,乃为人毁舆,捣其门宇。不务正而据高位,耻也。汝能谨愿,如若祖父,畏天而循分,足矣。"①其时,林纾才十一岁上下。叔父的说辞可见林纾性格的燥烈、心直口快已见端倪。而不论是林纾祖母,还是外祖母和母亲,这个家庭朴实而明礼的家庭教育已经为林纾的正直、热心打下了良好的情感基础。不论林纾日后的行为、选择是否符合时代发展的潮流,以品格而论,任何人都不得不赞叹其高尚的人格。

林纾终生未出仕,虽有数次举荐,但看透官场的林纾选择了坚决拒绝,甚至以断交、断头相抗拒,林纾性格的燥烈由此可见。另外,一些小事也形象地说明了林纾性格的这个特点。

光绪九年(一八八三)春,林纾到正谊书院学习。正谊书院是福州当时首屈一指的书院,为左宗棠督闽时所创办,举人方得入院深造。云南巡抚林鸿年罢官回籍,担任第一任山长。林鸿年恃状元出身,目空一切,对考生试卷稍不如意即加墨勒,即使录取前列的卷子,也不过略施疏点而已。林纾见此不满,便问那《康熙字典》中的无数圈圈是何意义。林鸿年仓促之间不能回答,自此两林颇不相安。有一次课试贴诗,林鸿年以"抚孤松而盘桓"命题,林纾竟借咏松,作诗讽刺林鸿年,中有两联云:"崛健何曾健,今看五大夫。支离如叟甚,节操笑君无。"嘲笑林鸿年慑于太平军声威,畏葸不前被革职。② 林纾的秉正直言,燥烈狂放由此可见一斑。

林纾七十岁时自作诗中有云:"少年里社目狂生,被酒时时带剑行。"③可谓形象地画出了青少年林纾之神。林纾感情热烈、嫉恶如仇,个性锋芒毕露,多怒,率性骂人,这种性格个性到老未变。家里人都很熟悉他这种性情,故叔父说他不适合做官。母亲深知其子,

---

①　薛绥之、张俊才.林纾研究资料[C].福州:福建人民出版社,1983:13—14.

②　曾宪辉.林纾[M].福州:福建教育出版社,1993:46.

③　朱羲胄.贞文先生年谱(第二卷)[M].上海:世界书局,1949:46.

也说林纾:"吾子戆而尚气,及吾之身,不可令其狎近要人。"①林纾一生未涉官场,一则七上春官未第,二则看破官场,无心出仕,但从性格因素来说,林纾一生自食其力,以学者终老,未尝不是明智的选择。林纾则自谓:"余少刻苦自励,恪守仲氏贫而无谄之训,至于困馁不能自振,而言益肆,气益张,乃不知为贫贱之骄人也。"

林纾出身寒微,十九岁染上肺病,至二十八岁不断咯血,贫病交迫,老母在堂,幼儿嗷嗷待哺,生计日蹙,亲戚厌其贫薄,形神不接,朋友故旧见而奔避,人情炎凉至于无可名状。林纾满腔悲凉唯有恣肆向诗歌倾诉,一旦遇到知交,更忍不住恣情大哭。林纾、林述庵由于林庚园而因诗文结缘,初次会面于台江桥南水榭,那里本是歌楼酒馆荟萃之地,两个年轻人一见如故,惊喜若狂。当时林纾正当困顿抑郁之际,风尘中得遇知己,不禁喜极而哭,长跪于地不起,片言相契,订为金石之交,并取巨觥各尽三大杯。当时水榭中的座客见此举动,无不瞠目结舌。他们歌哭狂饮,直到漏下四点,林述庵已然喝得烂醉如泥,约林纾一起到他的琼河寓斋,两人赤脚沿着河边漫步而行。如此溢出常态,三林狂醉长哭的事很快传扬开来,满城哗然,以为咄咄怪事,好事者更是加油添醋,肆意丑诋,绘声绘影地把林纾等人说成疯子,听者捧腹喷饭,挟为茶余饭后之谈资,"福州三狂生"林纾、林述庵和林庚园之名遂名噪乡里,令骍佉乡里不齿。林纾狂名也从此而生。

林纾之狂的表现之二是其性格中的固执狂悖。一个人固执到我行我素、旁若无人,且不论时事如何变化,能贯彻始终,这种固执不仅体现为对朋友、对国家,也表现为自己的爱好、立场,甚至固执到腐朽顽固狂悖,如唐吉诃德般与时代宣战。姑且不论其正确与否,这种固执的胆量和勇气是值得敬佩的。林纾正是这样一个固执的人。

林纾始终以他的方式表达对国家的热爱,对朋友的挚爱,并拼己之力将此爱心延伸自友朋的后人及朋友,最后终及天下苍生。林

---

① 朱羲青.贞文先生年谱(第二卷)[M].上海:世界书局,1949:18.

纾青少年贫寒困顿,却也结交了几个患难挚友。跟他最要好的是总角之交王薇庵。林纾二十五岁时在薇庵家设馆课蒙,勉为生计。薇庵风度安详,孝友诚笃,每当林纾痛苦得如昏如瞀之时,得薇庵片语温解,即驱散愁云,怡然得乐。薇庵病重,呻吟床第,但只要听到林纾的足音,即惬然而笑。王薇庵死后,留下孤儿寡妇,贫寒不能自立,其妻悲痛之下引绳自缢,林纾破门抢入,夺下她手中的绳索,慨然道:"薇兄纵然不在了,但有林纾在,就决不让你母子没有依靠!"林纾从此将其遗孤元龙带回自己家中抚养,又筹措四百金为本金,以利息供其妻女生活,三年后,为嫁其女。元龙在林纾家十二年,林纾待他情逾骨肉,教养成人,为他完婚,直到元龙中了举人,并享有诗名,林纾这才了却夙愿,感到可以告慰亡友,当年一诺今成真!因诗文相契结交的林述庵亦是如此,述庵幼子阿状在林纾家一住十年,衣食训诲备至,并为婚配嫁娶。林纾《七十自寿诗》(其四)云:

> 总角知交两托孤,凄凉身世在穷途。
> 当时一诺凭吾胆,今日双雏竟有须。
> 教养兼资天所佑,解推不吝我非愚。
> 人生交友缘何事,肯作炎凉小丈夫?[①]

　　林纾的侠骨义胆、古道热肠,历来受到称许。林纾晚年,文、画岁入巨万。人有急难,他总是解囊相赠,从无吝啬,而被周济者早已超出朋友界线,许多素昧平生的人也受到他的慷慨救助。几十年间,亲友病老以及周济贫寒子弟衣食学费,不计其数。他自己曾作诗道:

> 余居京廿年,其贫不能归者;恒就余假资,始但乡人,今则楚、鄂、川、滇,靡所不有;比月以来,至者益伙,竭我绵薄,几蹶而不起,作此自嘲。
> 等是天涯羁旅身,忍将陈乞蔑斯人;
> 迁流此后知何极?怀刺频来似有因。
> 倘为轻财疑任侠,却缘多难益怜贫!

---

　　①　朱羲胄.贞文先生年谱(第二卷)[M].上海:世界书局,1949:46.

回头还咀穷滋味,六十年前瓿屡尘。

他不但把钱财周人之急,有时,是连他的文名也可用来周人之急的。①

林纾真可谓是没遮拦地助人!当然,朋友之义助人之急,这些还属于小道。林纾对于国家的热爱以至于披肝沥胆、呕心沥血更是百折不挠,固执狂悖至死的。

光绪十年(一八八四)中法战争爆发,船政大臣何如璋率福建水师奉行不抵抗政策,贻误战机,兵舰被击沉九艘,阵亡将士七百六十人,这就是有名的"马江战役"。林纾与好友们义愤填膺,虽然当时何如璋在福州势力甚大,但林纾与周辛仲奋笔疾书,以贻误战机,事后又谎报军情掩饰败迹向钦差大臣控告。林、周二人目光如炬,冲入钦差骖从行列,马前遮道递状,使在场者无不为之捏把汗,林、周二人彼此发下誓言道:"不胜,赴诏狱死也甘心!"②只要于国有益,布衣林纾所能做的是至死不悔。这一年,他的心情格外悲愤,写了一百多首感念国事的诗作,可惜因他自审不工而焚了。

林纾后来译书成名,总是在其译作序言中抒发其爱国之苦心,呼吁每一个中国人,尤其是年经人警醒,为国家的强大贡献自己的一份力量。兹摘录他的一些话如下:

畏庐曰:葡萄即不见食于羊,其终必为酒。山羊即不仇葡萄,亦断不能自免于为牲。欧人之视中国,其羊耶?其葡萄耶?吾同胞人当极力求免为此二物,奈何尚以私怨相仇复耶?③

余观滑滑铁庐战后,联军久据法京,随地置戍,在理可云不国;而法独能至今存者,正以人人咸励学问,人人咸知国耻,终乃力屏联军,出之域外。读是书者,当知畏庐居士正有无穷眼泪寓乎其中也。④

① 陈锦谷.林纾研究资料选编[C].福州:福建省文史研究馆编,2008:17—18.
② 朱碧森.女国男儿泪——林琴南传[M].北京:中国文联出版公司,1989:104.
③ 钱谷融.林琴南书话[C].吴俊标校.杭州:浙江人民出版社,1999:9.
④ 钱谷融.林琴南书话[C].吴俊标校.杭州:浙江人民出版社,1999:14.

畏庐林纾译是书竟,焚香于几,盥涤再拜,敬告海内至宝至贵、亲如骨肉、尊若圣贤之青年有志学生,敬顿首、顿首,述吾旨趣,以告之曰:……强国者何恃? 曰:恃学、恃学生,恃学生之有志于国,尤恃学生之人人精实业。

畏庐者,狂人也,平生倔强不屈人下,尤不甘屈诸虎视眈眈诸强邻之下。……今日学堂,几遍十八行省,试问商业学堂有几耶? 农业学堂有几耶? 工业学堂有几耶? 盐业学堂有几耶? 西人之实业,以学问出之;吾国之实业,付之无知无识之沧荒,且目其人、其事为贱役。此大类高筑墙垣,厚储兵甲,而储粮一节,初不筹及,又复奚济? ……死固有时,吾但留一日之命,即一日泣血以告天下之学生;请治实业自振;更能不死者,即强支此不死期内,多译有益之书,以代弹词,为劝喻之助。①

如此文字,字字发自肺腑,呕心沥血,无不闪着强烈的爱国之心和渴望国人同心协力、治国图强之愿。因他的译名渐大,读者越来越多,着实影响了一批人,这对他来说值得安慰,当然这种警醒与奋起或许与他的设想和初衷有了些差异。然而,对于林纾来说,一个终生不曾入仕的学者所能做的,也只有如此尽心爱这个可怜可哀的国家了。

林纾之狂的表现之三是对自己根深蒂固熏陶的纲常伦理至死不移,不论时事如何变化,世人如何嘲笑,依然我行我素。虽然他也偶尔让其真性情自然流露出来,但总体上是固执到底,这也让他在历史上成为一个悲剧性的人物。

林纾作品中多有歌颂忠、孝、节、义,这是中国传统的礼义道德。然而,由于林纾生活于深受程朱理学影响的家庭,闽地也是程朱理学的圣地,林纾本人也喜欢讲诵程朱理学,深受其影响,其理念与行为已打上了程朱理学的深深烙印。于鬼神之事,林纾自言不大相信,然而,其行为却与此大相径庭。林纾母病,林纾与妻子尽心侍

---

① 钱谷融.林琴南书话[C].吴俊标校.杭州:浙江人民出版社,1999:67—69.

奉,请医诊治,倾其所有,除此之外,林纾还一连十天往越王台天坛拜祷,并"请削其科名之籍,乞母以善终"①,其行其言显示了对神佛的衷心虔诚。林纾妻子病重,女儿林雪深夜焚香告天,许愿后引刀割下自己手臂上的一块肉,和在母亲的药中,以为会有神效。女儿林雪因照顾母亲病时染上肺炎,年仅二十五岁就病重离世了,这不能不说与其愚孝有关。而林纾日后在其作品中还再次以赞扬的笔墨描写这种亲人刳肉治病的愚孝行为,林雪有此行为,不能不说与林纾理念的熏陶有关。

梁启超在《清代学术概论》中曾针对林纾的翻译说过:林纾"每译一书,辄'因文见道'";寒光也说过,林纾"太守着旧礼教,把礼字看得很重,不但他自己的言论和作品,就是翻译中稍有越出范围的,他也动言'礼防',几乎无书不然!"②林纾同时代人看其作品已经厌烦他的唯礼是举,处处辄言"礼防",喜欢"因文见道"。当今天崇尚个性的我们再看其真诚信奉和宣扬的封建伦理道德,可能会不觉哑然失笑,林纾老夫子怎会如此迂腐,道气十足呢?林纾不论在其译作还是创作中,总要找机会来宣扬三纲五常的封建伦理,甚至不管是否过于牵强。

如林纾在《美洲童子万里寻亲记·序》中说:

"《万里寻亲记》为余所见者,则瞿翁两孝子而已。然入于青年诸君之目中,则颇斥其陈腐。以一时议论,方欲废黜三纲,夷君臣,分父子,广其自由之途辙,意君暴则弗臣,父虐则不子。嗟夫,汤武之伐桀纣,余闻之矣。若虞舜伯奇,在势宜怼其父母,余胡为未之前闻耶?父子天性,中西初不能异,特欲废黜父子之伦者,自立异耳。"③

哈葛德的一部小说,原应译为《蒙特祖马的女儿》,林纾却译成《英孝子火山报仇录》,且于译本序中大肆张扬:"书言孝子复仇,百

---

① 林纾.林琴南文集[M].北京:北京市中国书店,1985:2.
② 薛绥之,张俊才.林纾研究资料[C].福州:福建人民出版社,1983:510.
③ 钱谷融.林琴南书话[C].吴俊标校.杭州:浙江人民出版社,1999:18.

死不惮,其志可哀,其事可传,其行尤可用为子弟之鉴……忠孝之道一也,知行孝而复母仇,则必矢忠以报国耻。"①

林纾创作的《畏庐漫录》共四卷,作品中歌颂的人物不是孝子,就是贞女。至于所谓孝,又多半是当父母病重时,做子女的能刲臂入药,结果病得到痊愈。如《葛秋娥》、《吕子成》两篇中的主人公是这样,甚至《洪石英》写妻为其夫的病,也是用刀劙臂入药的办法治好了病。据说这不一定是人肉的作用,而是儿子的孝心感动了天地的缘故。至于小说中也写了不少男女恋爱的故事,如《翁桐》、《陆子鸿》、《谢兰言》等,男女虽极倾慕,但都能以礼自持,不及于乱。即如《谢兰言》篇,写韩子羽乘船去欧洲留学,途中与富商谢有光的女儿兰言相识。到英伦后,彼此往来极密,情爱弥笃,但从无越礼之行。留英三年后回国,船在途中遇礁,幸而得救,到了一小岛,两人同住在岛上某一人家。当天晚上,子羽向兰言提出婚姻问题,她的态度,小说是这样写的:"女结舌,久不能言,心颇咎其唐突。即曰:'礼防所在,吾不能外越而叛名教,唯出之以正者,容与老母图之。今同在患难之中,偶一不慎,即万死无可澌涤,弟其慎持此意。'语后,凛然若不可犯。"

林纾自己也觉得这样写有点不真实,于是在篇末补充道:"有光俗物,安有此超轶凡近,慎持礼教之女郎。余叙述至此,亦自疑所言之不实。"②

正因为林纾作品中的人物大多为作者主观臆造之象,只是作者用以宣扬封建礼教、迷信的传声筒,缺乏现实基础,因此让人感觉不真实。这不能不说与林纾顽固的理学观念有关,理学的精华与糟粕林纾是不加区分地继承下来了,就像他九谒崇陵的顽固的遗老情结。

然而林纾常常也有不自禁流露出真情可爱的时候,甚至有时还会与当时礼教大起龃龉,这多体现在他的译作中,或许这跟他较为

---

① 钱谷融.林琴南书话[C].吴俊标校.杭州:浙江人民出版社,1999:26.

② 林薇选注.林纾选集·小说卷上[M].成都:四川人民出版社出版,1985:203—204.

忠实原作有关。对于译作与中国传统礼仪的冲突,林纾是持通达包容态度的,林纾译作的价值与启蒙意义也体现于此。

如寅半生撰文痛诋林纾:

"吾向读《迦茵小传》,而深叹迦茵之为人清洁娟好,不染污浊,甘牺牲生命以成人之美,实情界中之天仙也;吾今读《迦茵小传》而后知迦茵之为人淫贱卑鄙,不知廉耻,弃人生义务而自殉所欢,实情界中之蟊贼也……盖自有蟠溪子译本,而迦茵之身价忽登九天;亦自有林畏庐译本,而迦茵之身份忽坠九渊。

不意有林畏庐者,不知与迦茵何仇,凡蟠溪子所百计弥缝而曲为迦茵讳者,必俗历补之以彰其丑……呜呼!迦茵何幸,而得蟠溪子为之讳其短而显其长,而使读《迦茵小传》者,咸神往于迦茵也;迦茵何不幸,而得得林畏庐为之暴其行而贡其丑,而使读《迦茵小传》者,咸轻薄夫迦茵也?

林氏之所谓《迦茵小传》者,传其淫也,传其贱也,传其无耻也。"①

寅半生的激烈抨击倒反衬出林纾的可爱与大胆,迦茵的美丽与热烈追求爱的权利,以及为爱牺牲的高尚品格并不因其未婚先孕而在林纾笔下失去丝毫魅力,林纾给予了迦茵无保留的同情与赞美。他在为《迦茵小传》而题的《买陂塘》词序中写道:"迦茵一传,尤以美人碧血,沁为词华。余虽二十年庵主,几被婆子烧却,而亦不能无感矣。"②这序写得一唱三叹,感人至深,让读者丝毫不觉得迦茵有何"淫"、"贱"和"无耻"。

满清标榜以孝治天下,孝道在人们头脑中根深蒂固。林纾本人也是孝子,因此常以孝来命名他的翻译小说,甚至不惜歪曲原作。如狄更斯的 The Old Curiosity Shop 被翻译成《孝女耐儿传》;哈葛德的 Montezuma's Daughter 被译成《英孝子火山报仇记》;克力斯第·穆雷的 The Martyred Fool 被译成《双孝子噀血酬恩记》等。当

---

① 陈平原,夏晓虹.二十世纪中国小说理论资料[C].北京:北京大学出版社,1997:249—250.

② 钱谷融.林琴南书话[C].吴俊标校.杭州:浙江人民出版社,1999:25.

然,其孝的具体行为是否值得提倡还大可存疑,其女儿林雪之事就是明证。

林纾晚年自民国二年癸丑(一九一三)至民国十一年壬戌(一九二二),每年坚持谒崇陵,共达十一次之多,并作谒陵诗,以表达对光绪皇帝遭遇的痛心与伤感,也藉此表示对现实的失望。从六十二岁至七十一岁的高龄持之以恒地拜谒先皇陵墓,在世人唾弃帝制已走进民国的时代,这不仅很难为世人理解,还被视作复古不化的顽固派,即便是那些遗老顽少们,都觉得林纾以一布衣而做此举实在逾礼过分。清朝大势已去,林纾毫无所求、持之以恒以六十多的高龄连续十一次谒崇陵,表达对心目中的明君光绪帝的崇敬与戊戌变法失败的哀痛,从品格上来讲,林纾是值得尊敬的,虽然他与当时的时代方向背道而驰。林纾本人这样解释自己的行为:

"自始自终,为我大清之举人。谓我好名,听之。谓我作伪,听之。谓我中落之家奴,念念不忘故主,则吾心也。如刘廷琛、陈曾寿之假名复辟,图一身之富贵,事机少纽,即行辞职,逍遥江湖。此等人以国家为孤注,大事既去,无一伏节死义之臣,较之梁节庵一味墨守常经,窃谓逊之。"①

与那些为谋个人富贵而不惜置国家祸福于不顾的大人先生们相比,清介自守,甚至不惜杀身成仁,顽固维护封建道统的林纾真诚可爱得多,两者可谓不可相提并论。即便是他的敌人,也不得不佩服他始终如一的高尚品格。

第三节　林纾的求仕与谋生

隋文帝自开皇七年(五八七)开创分科举人后,历代封建王朝都以科举方式选拔人才,直到光绪三十一年(一九〇五)才废止。历朝

---

① 薛绥之、张俊才. 林纾研究资料[C]. 福州:福建人民出版社,1983:58.

历代无数读书人寒窗苦读,渴求一朝中试,成为国家选拔的人才,效力民生,以实现自己兼济天下的宏愿。喜爱读书的林纾也不免俗。

同治三年甲子(一八六四),林纾十三岁,根据薛则柯的建议,又从朱韦如学习制举文。正如薛则柯对林纾说:"时下盛行科举之制,不习八股无以求取功名,才学也要被埋没。先生老了,无所谓了;你尚年轻,不妨习些制举文,以成就功业。"在以科举决定读书人命运的时代背景下,少年林纾与天下所有读书人一样,都渴望通过科举之门得到选拔,踏入仕途,实现达则兼济天下的理想。虽然跟从薛则柯学习了两年的林纾已经深受这位不爱八股、只喜欧文杜诗的先生影响,喜欢上了能开阔心胸的欧杜诗文,而对八股文已存疑问,然而,无论是为了个人家庭,还是为了兼济天下的理想抱负,学习八股文,走科举之路都是必经之路。

同治八年己巳(一八六九),十八岁的林纾与同县刘有棻之女刘琼姿结婚。刘有棻的曾祖、祖父、父亲应童子试,都至老不授。岳父自然把以科举求功名之愿寄托在喜爱读书的女婿身上。林纾结婚后,每到岳父家,刘有棻都很高兴,喜欢以《呻吟语》、《五种遗规》等封建理学书籍教诲他。而林纾每应童子试,不管刮风下雨,刘有棻必送至试院,向林纾讲述道学源流,劝勉他如何立身安命。后来,刘有棻还建议并资助林纾从陈蓉圃读书,以求学业精进。①

林纾二十八岁因文名受到福建督学孙诒经的赏识,入县学读书,算是有了秀才身份。光绪八年壬午(一八八二),秋,林纾中举,与郑孝胥、陈衍、方家澍、李宗言、高凤岐等为同科举人。这年秋试的主考官,是清宗室宝廷,素以直言敢谏著称,与任侠尚气的林纾颇为投缘,还叫自己的两个儿子伯茀、仲茀与林纾做朋友。第二年,林纾入都赴礼部试,想考中进士,踏上仕途,实现兼济天下苍生的宏愿,然而,不第而归。此后,有据可查的是林纾在三十八岁、三十九岁、四十一岁三次参加礼部试,皆不第而归。②(另,林纾曾自述"七

---

① 薛绥之,张俊才.林纾研究资料[C].福州:福建人民出版社,1983:16.

② 薛绥之,张俊才.林纾研究资料[C].福州:福建人民出版社,1983:25.

上春官,汲汲一第",不知七是否为确数。)林纾耳闻目睹官场丑闻甚多,光绪二十五年己亥(一八九九),在仁和县知县陈希贤衙署中,目睹长官督责吸吮僚属,清介自守,牢记"畏天循分"祖训的林纾更是感到宦情扫地,从此完全断绝仕进之愿。也是在同一年正月,林纾译作的《巴黎茶花女遗事》在福州印行,此乃林氏家刻本,印数不多,但深得好评。三四个月后,素隐书屋托昌言报馆代印,此即汪穰卿刻本,亦即素隐书屋本,此书一出,立刻风行大江南北,后有一九〇一年玉情瑶怨馆刊本,一九〇三年文明书局刊本,以及光绪通行翻印本等多种版本蜂出,有洛阳纸贵之誉。素隐书屋托昌言报馆代印《巴黎茶花女遗事》时,曾拟以巨资酬林纾。林纾将自己的刻本原板寄去,表示不受酬资,后昌言报馆依言寄送版价,林纾又将酬资悉数捐给福州蚕桑公学。这段异国的悲剧恋情林纾以典雅简丽的语言译出,打动了中国无数多情书生,好评如潮。在茶花女的故事模式中,牺牲僭越了爱情成为主题,爱情反而是可以置换的,可以置换为亲情、友情、忠君爱国之心的,等等,以同样的模式演绎在不同领域的道德故事。中国向来是仁义道德的国家,这个法兰西过来的舶来品,却像极了中国自己的产品,非常合乎中国儒家的人格要求,赢得了时人一片动情声。

邱炜蔜《客云庐小说话》曾这样评点道:

"中国近有译者,署名冷红生笔,以华文之典料,写欧人之性情,曲曲以赴,煞费匠心,好语穿珠,哀感顽艳,读者但见马克之花魂,亚猛之泪渍,小仲马之文心,冷红生之笔意,一时都活,为之欲叹观止。"[1]

异中有同的茶花女故事点燃了中国读者的共鸣点,这也从某个角度揭示了这部译作获得风行的奥秘。连著名翻译家严复也写诗赞叹道:

"可怜一卷茶花女,断尽支那荡子肠。"[2]

---

① 阿英.晚清文学丛钞·小说戏曲研究卷[C].北京:中华书局,1960:408.

② 钱钟书等.林纾的翻译[C].北京:商务印书馆,1981:53.

　　这巨大的成功,大大鼓舞了林纾译书的热情,从此,他走上了一条新的道路,开启了文学翻译史上的一个新时代。

　　光绪二十七年辛丑,林纾由杭州迁家至北京。本年夏,清政府诏开经济特科,命部院大臣荐才赴试。礼部侍郎郭曾炘以林纾入荐,林纾坚辞不赴试,说:"今纾行不加修,而业益荒落,奈何贪美名,觊殊赏,冒进以负朝廷,而并以负公也。"言辞委婉,而意已决。次年冬,邮传部尚书陈璧要上书朝廷,荐擢林纾为郎中。林纾言辞激烈,坚辞不允,说:"疏果朝上,吾夕出都也,后此勿复相见。"①

　　老乡好心要提携林纾,却遭到以断交相胁的激烈拒绝,可见林纾仕意已彻底弃置。林纾曾解释自己拒绝荐举的原因,说:"恶争崇乱,世之善名也。纾七上春官,汲汲一第,岂恶争之人哉?果一第为吾分所宜获,矫而让之,亦适以滋伪。而纾省省不敢更希时名,正以所业莫适世用,又患辱之累至,故不欲竞进以自取病耳。"②

　　林纾后来在其创作的作品中借人物道白表达了对出仕的心理态度。《蜀鹃啼传奇》里有一段表白道:

　　"卑人连书,表字慰间,东越人也。生平冷僻,题起做官两字,如同恶病来侵。说到交友一途,即便拼命无惜。"③

　　辛亥之后,林纾又数次摒绝袁世凯、徐树铮、段祺瑞等的威逼利诱,甚至誓死不从。世事纷乱,丑象丛生,让林纾闻闻见见皆不适,更遑论抛却一世清名,为军阀粉饰太平呢?

　　从寒窗苦读,悉心举业,渴望一第到决然告别仕途,毫无留恋与徘徊,林纾走了一个一百八十度的转弯,这其中自然有其苦衷。在封建社会,中国的士人一方面需要通过科举考取功名,得到统治阶级的认可,方能施展自己的抱负和才能,有一定的世俗依附性;另一方面饱读圣贤诗书,往往喜以"道"之任,以天下民生之事为重,对权势有一定的反抗性,亦具有某种程度的超脱性。这在历史上多有这

　　① 薛绥之,张俊才.林纾研究资料[C].福州:福建人民出版社,1983:27—28.
　　② 林纾.林琴南文集[M].北京:北京市中国书店,1985:10.
　　③ 畏庐老人.蜀鹃啼传奇[M].北京:商务印书馆,1928:1—2.

方面的代表人物,如孔子的用世与育人隐世;东晋陶渊明不为五斗米折腰;宋代苏轼多次通过诗文所表达出来的那种人生空漠之感,退隐之思贯穿于一生;晚清著名的狂士龚自珍推崇侠义,狂放不羁,蔑视权贵;而林纾在逐渐看透世事后,毅然决定终生不入仕途,走上教学、译书、作画以自谋生计的学者之路。从某种意义上来说,林纾是第一批能脱离仕途、自谋生计而同样实现了自己理想抱负的新型学者。

首先,这样的人生选择一则与当时清末黑暗的现实有关。清末官场险恶,小人得志,君子遭殃,官场中"积疑"、"分功"现象十分严重,"方今小人之多,任事之难,在古实无可比例,盖上有积疑之心,则肤寸之失足累乎全局;有分功之思,则觖望之事弥甚于仇雠"①,言语交际,稍有差池,即引罪于人。朋友李佛客的宦海遭遇使林纾对仕途看得更透彻。李佛客"之江南,客南皮尚书幕中,周历世事,久乃于朋友益笃。每与余书,恒言至江南,穷闭一室,日治官书"②。这位正当中年的好友勤于公务,不久竟死于幕府中。林纾得知其事,心情沉重悲痛,相继写下《李佛客员外墓志铭》和《李佛客员外哀辞》,痛写思痛,认为佛客迷恋名利之钩,"以官自蠲",终至英年早逝。如此黑暗的官场让林纾毅然选择远离仕途,远离官场名利之薮。

其次,林纾的性格与家庭教育也让林纾与官场格格不入。林纾的爆烈、狂傲、秉直直言、清介自守都与虚伪、如履薄冰、"积疑"、"分功"的官场视同水火,如同油难以溶于水。林纾的性格特点前面多有论述,滋不赘述。林纾自幼家庭就以本分做人教子,父母长辈都是善良、老实、多为他人着想的厚道之人,林纾的秉直、清介与侠肝义胆的个性与家庭的培育是分不开的。祖母就曾对喜爱读书的孙儿说:"城中某公,官卿贰矣,乃为人毁舆,捣其门宇。不务正而据高位,耻也。汝能谨愿,如若祖父,畏天而循分,足矣。"而林纾不负祖

① 林纾.林琴南文集[M].北京:北京市中国书店,1985:9.
② 林纾.林琴南文集[M].北京:北京市中国书店,198:77.

母教诲,后来"宣南新居大书畏天榜其门,即遵吾大母太孺人遗训也"①。由此可见,少年林纾不仅听懂了祖母要他"畏天循分"之意,而且终生牢记在心,并以此规矩自己,至老不忘,甚至大书"畏天"张贴于门上,以作家训。

另外,清末民初,社会的变革让读书人有了更多的选择,而不必自古华山一条道,唯有做官才能实现士子才华,才能为世所用。当时社会上各种新兴报刊、杂志及新兴学堂的出现,培育了一批读书人从事专门的报刊撰稿人的职业,新兴学堂也集中了一批专业的教育者。这种固定的职业基本能让从业的士子们过上自食其力的生活,名气大、工作勤奋的,收入非常优裕,颇令世人羡慕。林纾应时而用,选择做一个职业的报刊译者、撰稿人、教育者,由于作品大受世人好评,名气日大,作品日多,收入丰厚可观,甚至被好友戏称为"造币厂",这也让林纾完全有骨气摒弃仕途。

同治十一年壬申(一八七二),林纾二十一岁,开始在村塾教书,同时多方求学,以求仕进。微薄的收入与成婚后家庭成员的日渐增多,使得林纾要靠岳父的资助求学,而林纾本人又慷慨助人,家境日窘,林纾前妻刘琼姿刚到中年就抛夫弃子离世了,而儿子林钧、女儿林雪均正当青年,却不幸早逝。虽说都与身体染病有关,但又不能不说与家庭困穷、饮食窘迫有关。

光绪二十三年丁酉(一八九七),林纾丧偶,牢愁寡欢。朋友以译书解林之闷,王寿昌口述,林琴南笔叙的《巴黎茶花女遗事》就此意外诞生了。《巴黎茶花女遗事》在中国文学史上开启了中西文学、文化交流的全新篇章,而林纾本人也终于找到了一条更适合谋生与实现个人抱负的途径。第一本译书获得了巨大的成功,也让林纾文名远扬。昌言报馆执意支付了巨额版价,习惯清介自守、乐于助人的林纾本声言不受酬资,收到后即悉数捐给了福州蚕桑公学。光绪二十七年辛丑(一九〇一),林纾与魏易合译了名著《黑奴吁天录》。林纾希望以此书儆醒国人,而刊出后也确实如林所愿,反响巨大,许

---

① 林纾.林琴南文集[M].北京:北京市中国书店,1985:49.

多读者纷纷在报刊上著文评介,呼吁国人以黑人遭遇为戒,奋发图强,团结对外。有位署名灵石的读者写道:

> "我读《吁天录》,以哭黑人之泪哭我黄人,以黑人已往之境,哭我黄人之现在,我欲黄人家家置一《吁天录》。我愿读《吁天录》者,人人发儿女之悲啼,洒英雄之热泪。我愿书场、茶肆演小说以谋生者,亦奉此《吁天录》,竭其平生之长,以摹绘其酸楚之情状,残酷之手段,以唤醒我国民。"①

类似灵石的读者还有很多很多。饱受欺凌的中国读者处于国家积贫积弱中,读此小说仿佛感同身受,国将不国,民众将有为奴之势,有志之士强国之心顿起。此后,林纾每年都有译作面世,最多时达到一年十五部之多,一直持续到民国十年辛酉(一九二一)冬,林纾已届七十高龄,才停止译书之笔。

清末民初小说市场的拓展,为林纾成为专业的小说译家提供了时代条件。书籍翻版,宋以来就开始有禁例了。② 西方出版业现代制度及版权观念的传入与中国近代出版业的蓬勃兴起,呼唤职业作家的诞生,而小说家尤其首当其冲。由于报刊杂志的启蒙与蓬勃发展,许多读书人成为其撰稿人,同时更多的人成为其读者,新式学堂在各省逐渐普及,报刊杂志的读者面也愈来愈广泛。而小说作为晚清民初大力提倡的文体,日渐由小道上升为有关国家兴衰的改良利器,小说本身又有着最富有吸引力的文学因素,这些都使得小说读者急剧增加,小说市场得到迅速发展。时至晚清,版权观念已深入人心,绝大部分清末民初小说都注有"版权所有,翻印必究"之类的字样。不单是整本的小说,连刊载在报刊上的小说也都在版权保护之列。《小说林》杂志曾刊出如下"特别广告":

> 本社所有小说,无论长篇短著,皆购有版权,早经存案,不许翻

---

① 陈平原,夏晓虹.二十世纪中国小说理论资料[C].北京:北京大学出版社,1997:132.

② 叶德辉.书林清话[M].北京:中华书局,1957:卷二"翻板有例禁始于宋人"条.

印转载……除由本社派人直接交涉外，如有不顾体面，再行转载者，定行送官，照章罚办，毋得自取其辱。特此广告。①

之所以有"版权所有，翻印必究"的观念，是因为抄袭、翻印不只是名誉损失，更关系到版权所有者的经济利益。版权所有者的利益，既直接涉及作者，也间接涉及出版商。这种利益的保障已经得到法律的保障，可"送官，照章罚办"，如此也促进了中国近代出版业的发展，促成了作家的专业化队伍的形成。但有趣的是，清末民初出现了不少职业小说家，却不曾产生过一个职业诗人或者职业散文家，而林纾的译作无一例外都是小说，甚至因此招人批评说他把莎士比亚的戏剧统统错译成了小说。此错是无意还是有意，或许也是一个值得深思的问题。

中国古代文人作文受谢自晋宋以来就有，到唐代已成普遍，只是此等润笔，并无定例，带有私人酬谢馈赠性质。且并非每文都能受谢，必须是为他人作文（尤其是墓志铭）方有润笔可收，故能换取钱财者一般不会是好文章，十有八九是谀文。"著书都为稻粱谋"，龚自珍的话更多指的是诗文间接谋取名利，而在晚清，版权制度却让作家实实在在由法律保障，稳定地获得稿酬收入。这只是针对小说作者而言，因为只有小说作品得到广大读者的欢迎喜爱，发行量大，出版商有利可图，才付给稿费。二十世纪初，各种大报小报，都把争夺广告作为报纸生存和发展的首要任务。腾出宝贵的版面登小说，不但不收广告费，还支付作者稿费，出版商都不是傻瓜，而是另有如意算盘。因为当时小说极受欢迎，刊载小说可以扩大报纸的销售量，而销售量大正是吸引更多广告的最有效手段。"当时报纸，除小说以外，别无稿酬，写稿的人，亦动于兴趣，并不索稿酬的。"②并非写作诗文的风格特别高尚，只为艺术而艺术，不计报酬，而是想索稿酬也索不到，因诗文只是点缀，报纸不靠诗文吸引读者，故出版商对诗文的需求可有可无，不会像小说一样要用稿酬来吸引作者投

---

① 小说林杂志.特别广告[J].小说林，1907(3).
② 包天笑.钏影楼回忆录[M].香港：香港大华出版社，1971：349.

稿。专门的小说杂志和小说单行本,主要依据自身的销售来获利。康有为在《日本书目志》卷十曾称:

> 吾问上海点石者曰:何书宜售也? 曰:书经不如八股,八股不如小说。

康有为后来有诗云:"我游上海考书肆,群书何者销流多? 经史不如八股盛,八股无如小说何。"[1]

可见,清末小说已深受读者欢迎,成为最畅销的种类,拥有读者数量最多。因为梁启超等富有影响力的大人物大力推崇小说,原先主要是粗通文墨的下层知识分子嗜读小说,如今不论是达官贵人,还是衷心仕途的士子们,都"易其浸淫'四书'、'五经'者,变而为购阅新小说"。[2]

小说的市场日渐拓展,出版商的营业方针自然随之转移,清末民初小说在整个出版物中所占的比例极其之大。出版社对小说的需求也日渐增多,为了争夺好的小说作品,各个出版机构不得不采取各种吸引手段。当时的小说林社为征集作品,不惜公开刊登广告,以优厚稿酬吸引作者。其文曰:

> 募集小说
>
> 小说林社
>
> 本社募集各种著译家庭、社会、教育,科学、理想、侦探、军事小说,篇幅不论长短,词句不论文言、白话,格式不论章回、笔记、传奇。不当选者,可原本寄还;入选者,分别等差,润笔从丰致送:
>
> 　甲等　每千字五圆
>
> 　乙等　每千字三圆
>
> 　丙等　每千字二圆[3]

---

① 陈平原.中国现代小说的起点—清末民初小说研究(第一卷)[M].北京:北京大学出版社,2005:76.

② 老棣.文风之变迁与小说将来之位置[J].中外小说林,1907(6).

③ 陈平原,夏晓虹.二十世纪中国小说理论资料(第一卷)[C].北京:北京大学出版社,1997:257.

　　当时大部分报刊喜欢用"润笔从丰"的模糊语言,有些无名作者所得稿酬微薄,最低者可压到每千字五角。小说林社这样的广告当然对许多作者都具有很强的吸引力。商务印书馆请林纾译小说,每千字稿费六元①,比甲等还多;请包天笑译书,则是每千字四元;陆秋心要求编译小说,则"告以最高等千字三元、次二元五角、次二元"。②

　　林纾通常是每天译书四小时,一小时译一千五百字,计六千字③,可得稿费三十六元。如按林纾一个月工作二十天计算,月收入可达七百二十元。姑且假设以三分之一给口译者,则每月仍可收入四百八十元。当时一位中学监督(校长)每月薪金五十元④,这样林纾的稿费月收入接近十位中学校长工资收入的总和。如此优裕的收入,难怪林纾即便是对翻译小说已渐失兴趣,也依然孜孜不倦,作为一份待遇优厚的工作来努力,这也是无可厚非的。

　　做笔墨生意,名家自然酬劳优厚,可普通人的待遇也不薄。以当时的物价而言,每千字二元也是很有诱惑力的。包天笑译《三千里寻亲记》、《铁世界》两种纸头四五万字,所得稿酬一百元,这也从某种程度上激发了作者译书的兴趣。正如包天笑说:

　　从此以后,我便提起了译小说的兴趣来,而且这是自由而不受束缚的工作,我於是把考书院博取膏火的观念,改为投稿译书的观念了。譬如说:文明书局所得的一百余元,我当时的生活程度,除了到上海的旅费以外,我可以供几个月的家用,我又何乐而不为呢?⑤

　　而林纾"与曾、魏二生相聚京师,乃得稍谈欧西小说家言,随笔译述,日或五六千言,二年之间,不期成书已近二十余种"⑥,因其润笔很高,收入相当可观。林纾一生有七子五女,其中九个子女为续

①　谢菊曾.十里洋场的侧影[M].广州:花城出版社,1983:18.
②　张元济.张元济日记[M].北京:商务印书馆,1981:9—13.
③　钱谷融.林琴南书话[C].吴俊标校.杭州:浙江人民出版社,1999:77.
④　包天笑.钏影楼回忆录[M].香港:香港大华出版社,1971:349.
⑤　包天笑.钏影楼回忆录[M].香港:香港大华出版社,1971:174.
⑥　钱谷融.林琴南书话[C].吴俊标校.杭州:浙江人民出版社,1999:30.

妻杨道郁所生,都是林纾近五十岁走上译坛之后相继诞生的。虽然子女众多,但生活优裕,且能资助多人,这不能不说与林纾译书收入颇丰有关。中国士子们一向以治国平天下为己任,如果要承认读书为谋生、糊口计,实在有失大雅,故译书著说都要与改良群治扯上关系。当然,也不排除他们确实真诚地相信他们所宣扬的道统有关于国家改良、民众警醒,如梁启超、严复,甚至包括林纾。但是,译小说创作小说事实上已经成了作者谋生的专门职业,这本身并无高低贵贱之分,都是自食其力。不过,历来清高的中国读书人,心理上一时还接受不了治国平天下的如椽大笔成了谋生的工具,总要找一些更冠冕堂皇的理由来调适。倒是吴双热在《〈枕亚浪墨〉序》中实话实说:"吾与汝皆一介布衣,文字而外无他长。"①一九〇六年,清政府停开科举后,无数沉浸于科举之路上的学子们失去了进身之阶,只能转而他途,寻找生计,更遑论治国平天下。这些自小熟读四书五经的士子们既无技术性的生产能力,又手无缚鸡之力,只好选择卖文为生。真正能转化为生活资料的只有小说,清末民初小说界因而分外活跃,创作、译作空前繁荣。阿英对此曾有如下论述:

　　第一,当然是由于印刷事业的发达,没有前此那样刻书的困难;由于新闻事业的发达,在应用上需要多量产生。第二,是当时知识阶级受了西洋文化影响,从社会意义上,认识了小说的重要性。第三,就是清室屡挫于外敌,政治又极窳败,大家知道不足与有为,遂写作小说,以事抨击,并提倡维新与革命。②

　　这样的分析颇有道理,但为何只有小说如此繁荣,其最根本的原因恐怕还是与唯有小说可以获得稿酬有关。因为小说有良好的市场需求,所以戊戌变法失败的维新者们选择小说来宣扬变革,传播新思想。小说因被选择作为传播新思想的工具,启蒙者如梁启超们不断撰文提高小说的地位,以"文学之最上乘"广为宣扬,从而小

---

①　徐枕亚.枕亚浪墨[M].上海:清华书局,1922.

②　阿英.晚清小说史[M].北京:人民文学出版社,1980:第1章.

说从边缘进入主流,终至成为文学中心,获得了越来越多读者的支持和青睐。对于从事小说创作或译作的作家而言,虽然像梁启超、严复、林纾他们为了崇高的政治理想或艺术目的而不考虑小说市场的制约,更倾向于载道传道,然而,商品经济规律对一切生产领域包括小说出版,都发挥着制约作用,消费时刻在刺激着生产。用这样的经济学概念来描述文化的生产,历来清高的士子们或许觉得刺耳,甚至认为是对小说创作与译作者的亵渎,但大批作家以获得稿酬的方式直接进入小说生产的商业性活动,在晚清以后却是事实。小说创作的商品化引诱愈来愈多的士子们迅速摆脱小说不登大雅之堂的传统偏见,西方对小说的重视及启蒙者对小说的提倡也吸引更多的作家积极投入小说的创作与译作热潮中,这促成了清末民初小说的繁荣。

小说家的商品意识,使小说创作、译作的作品数量日增,同时,也促成了作品的粗制滥造。钟骏文就指责新小说家"操觚之始,视为利薮,苟成一书,售诸书贾,可博数十金,于愿已足,虽明知疵漏百出,亦无暇修饰"①;眷秋批评"今之作者,率尔操觚,十日五日,便已成篇,自夸其神速,而不知全属糟粕"②。虽然言辞有些偏激,却确实反映了晚清民初小说界在商品经济冲击下的不良现状,连新小说的倡导者梁启超都表示不满:"试一浏览书肆,其出版物,除教科书外,什九皆小说也……什九则诲盗与诲淫而已,或则尖酸轻薄毫无取义之游戏文也。"③

小说的商品化确实吸引了一部分为糊口计混迹其中者,但是,即使有文学才华的严肃作家,其创作态度的粗率也颇让人生疑。林纾翻译小说就常自矜译作神速,"耳受笔追,声已笔止"、"运笔如风落霓转",且从来不加点窜,而写作古文,却"矜持异甚,或经月不得一字,或涉旬始成一篇"④,可见,并非林纾是个天才,而是态度有较

---

① 寅半生. 小说闲评·叙[J]. 游戏世界,1906(1).
② 眷秋. 小说杂评[J]. 雅言,1912(1).
③ 梁启超. 告小说家[J]. 中华小说界,1915(1).
④ 钱基博. 现代中国文学史[M]. 长沙:岳麓书社,1986:188.

大不同。林纾在中国翻译文学史上具有举足轻重的地位,当时也主要因其译才为世人所称誉,然而,林纾却不乐意人称赞他的翻译,一方面固然是因为林纾有强烈的正统观念,小说乃小道,不算人流的事业;另一方面,应是由于林纾译作的粗率态度,虽然这与其在序言中一再表达的翻译小说的热情有些不协调,其中也隐隐透露了翻译小说实有为生计着想之实。

第二章 译坛无意成奇才

第一节 丧偶无意入译坛

一八九七年,林纾人到中年,不幸遭遇丧妻之痛,牢愁寡欢,朋友以译书解林之闷,王寿昌口述,林琴南笔叙的《巴黎茶花女遗事》就此意外诞生了,这在中国文学史上开启了中西文学、文化交流的全新篇章。

"余既译《茶花女遗事》掷笔哭者三数,以为天下女子性情,坚于士大夫,而士大夫中必若龙逄、比干之挚忠极义,百死不可挠折,方足与马克竞。盖马克之事亚猛,即龙、比之事桀与纣,桀、纣杀龙、比而龙、比不悔,则亚猛之杀马克,马克又安得悔?"①

一个浸淫于中国传统文化几十年的举人,且深受程朱理学影响,却被异国妓女的爱情所打动,掷笔多次痛哭,且比之为中国古代圣贤龙逄、比干,或者这是借他人酒杯浇自己块垒,然而其大胆与深情以及其敏锐的文学直感不能不令人钦佩。

《巴黎茶花女遗事》一面世,立刻获得好评如潮。吟咏其事者,难以计数。邱炜萲说:

"中国近有译者,署名冷红生笔,以华文之典料,写欧人之性情,曲曲以赴,煞费匠心,好语穿珠,哀感顽艳,读者但见马克之花魂,亚

---

① 钱谷融.林琴南书话[C].吴俊标校.杭州:浙江人民出版社,1999:131.

猛之泪渍,小仲马之文心,冷红生之笔意,一时都活,为之欲叹观止。"①

原文的构思巧妙,译者的挥洒血性,融铸己情,语言典雅,哀感顽艳,皆引起了读者的赞叹。

"万种情丝牵不断,无端我得绝交书。

此中总有难言处,何竟粗儿不谅渠!

天生骨相是钟情,死后方知我负卿。

缩命十年拼一哭,病中狂呓泪如倾。

精铁铸闽断情果,逼来理势那能堪!

乃翁父道应如此,苟谅予心死亦甘。"②

高旭作的《题〈茶花女遗事〉》读后诗,一时广为人传诵。许多文人纷纷题诗作词,慨叹扼腕,在当时的中国掀起了异域文化与传统文化碰撞与交融的盛况,同时,也让许许多多还处于"父母之命,媒妁之言"的婚龄青年们对自己的命运产生了质疑,滋长着抗拒。

寒光先生后来评论说:

"自林琴南和晓斋主人同译了《茶花女》以后,中国小说界才大放眼光,才打破了从前许多传统的旧观念和旧习惯,并且引动了国人看起外国文学和提高小说家的身价;中国文学界也因此开展了文学的世界眼光来迎接国外的新思潮。论功行赏,他不仅是近代中国文学界的革命先觉,简直是新文学的动力呀!"同时还盛赞其问世后造成"一时纸贵洛阳,风行海内。"③

而蒋锡金教授在二十世纪八十年代撰文进一步认为:

"十九世纪末,有两部译书惊醒了当时的知识界,推动了社会历史的向前发展。一部是一八九九年正式出版的福建闽侯人严复译

---

① 阿英.晚清文学丛钞·小说戏曲研究卷[C].北京:中华书局,1960:408.
② 阿英.晚清文学丛钞·小说戏曲研究卷[C].北京:中华书局,1960:587.
③ 寒光.林琴南[M].上海:中华书局,1935:5.

述的英国赫胥黎的《天演论》，它以进化论思想启发了人们要变法图强，从而人们又觉悟了图强必须反帝；另一部是一八九九年开始刊布的福建福州人林纾译述的法国小仲马的《巴黎茶花女遗事》，它以发展真性情的思想启发了人们想到婚姻自由，从而人们又觉悟到必须在更广泛的范围内反封建。从当时这两部译书'不胫走万里'、'一时洛阳纸贵，风行海内'的情况看来，有人说清末民主主义的兴起、辛亥革命的得以胜利，应该归功于《天演论》和《茶花女》，虽然不免有些失之夸大，然而从思想启蒙方面说到二书所起的作用，那是并不过分的。"①

在中国历来被称作小道的小说经林琴南简洁而又蕴藉深情的文言翻译出来，散发着憾人心魄的冲击力量，异域的妓女才子爱情也与中国传统的唐人传奇有着某种意会暗合。然而这种悲剧式的爱情对于当时的中国人来说又是一种陌生化的体验，处于内忧外患的晚清国民还正被诸多的程朱理学所窒息着，国弱民愚，看不到出路。《巴黎茶花女遗事》以情动人，赚取了国人无数的眼泪，然而，在动情之后，也不禁引起了人们的反思。正如寒光先生与蒋锡金教授所分析的，《巴黎茶花女遗事》的风行打开了国人向外看的窗口，人们不禁想看得更多更广些，其真性情也启迪了懵懂的青年人，质疑传统婚姻的合理性，进而质疑所有的制度。

另一位大翻译家严复赠林琴南的诗，确切概括了《巴黎茶花女遗事》在当时的反响：

"可怜一卷茶花女，断尽支那荡子肠。"②

《巴黎茶花女遗事》获得如此成功，引起如此震动，实在出于林琴南的意料之外，却也让林琴南感受到成功的喜悦，从此激励他走上了一条崭新的翻译之途，也逐渐放弃了多年的求仕之路。

林琴南自作七十自寿诗有云：

---

① 蒋锡金.关于林琴南[J].江城文艺,1985(3).

② 严复.严复集(第二册)[M].北京:中华书局,1986:365.

宦情早淡岂无因，乱世诚难贡此身。

逐译泰西过百种，传经门左已千人。①

自一八九九年《巴黎茶花女遗事》公开面世后，林琴南孜孜于引进西方文化，毕其一生，共发表各类译著过百种，具体种数，有影响的有以下几种说法。郑振铎先生认为，成书的共有一百五十六种，其中有一百三十二种是已经出版的，有十种则散见于第六卷至第十一卷的《小说月报》而未有单刻本，尚有十四种则为原稿，还存于商务印书馆未付印。一九八一年，美国芝加哥大学远东图书馆工作人员马泰来先生在他的《林纾翻译作品全目》中，提出"林译作品今日可知者，凡一八四种"。据寒光《林琴南》统计称，林纾翻译的作品共有一百七十一部合二七〇册。曾宪辉则提出林纾翻译小说达二百余种，为中国近代译界所罕见，曾被人誉为"译界之王"。② 笔者在前人资料的基础上以表格形式将署名为林纾的翻译小说一一列出，统计得出，公开发表的共计一百九十一种，加上二十四种未发表译作总计达二百一十五种之多。作品清单附后。这样一个庞大的翻译清单，虽然都是林纾与其口译者合作的成绩，但在文学史上却留下了一个专有名词"林译小说"，这不能不说与林纾独特的感悟与简洁丽雅的文字因而富有林纾的独特风格有很大的关系。

林纾小说原著遍及英国、法国、美国、俄国、瑞士、西班牙、比利时、挪威、希腊、日本等国，介绍了不少著名的作家，如英国的莎士比亚、司各脱、斐尔丁、狄更斯，法国的大仲马、小仲马、雨果，俄国的托尔斯泰，挪威的易卜生等。他译介的世界文坛著名作品有《孝女耐儿传》、《撒克逊劫后英雄略》、《块肉余生述》、《冰雪因缘》、《贼史》、《双雄义死录》、《魔侠传》、《鱼雁抉微》（后来译名分别是《老古玩店》、《艾凡赫》、《大卫·科波菲尔》、《董贝父子》、《奥立佛·退斯特》、《九三年》、《堂吉诃德》、《波斯尺牍》）以及《鲁滨逊飘流记》、《伊索寓言》、《不如归》、《茶花女》、《汤姆叔叔的小屋》等，而且绝大部分

---

① 朱羲胄.贞文先生年谱(第二卷)[M].上海:世界书局,1949:48.

② 陈锦谷.林纾研究资料选编[C].福州:福建省文史研究馆编,2008:9—85.

都是最早的中译本。但译得最多的却是英国的哈葛德、柯南道尔的作品,达三十余种。即便被评论界称为三流作品的哈葛德的小说,林译二十三本哈葛德小说中,有十七本都印有三版以上,一些甚至印了五版六版。所以,不论林纾独特的译法和选择如何遭人非议和指责,从文化传播和交流的角度讲,称林纾是个优秀且成功的中西文化交流使者,这应该是可以成立的。这也可以从当时读者的评论中得到确证。《巴黎茶花女遗事》引起"洛阳纸贵"是一例,另外,"林译小说"滋养了一代读者,新文化运动中叱咤风云的新派人物几乎都曾是林纾的热心读者,并受到深远影响,这种影响既有学习借鉴的方面,也有以林纾为界标超越"林译小说"、进一步细化深化新思维的方面。

郭沫若是这样评述"林译小说"对自己的影响的:

"林琴南译的小说,在当时是很流行的,那也是我最嗜好的一种读物。我最初读的是 Haggard 的《迦茵小传》。那女主人公的迦茵是怎样的引起了我深厚的同情,诱出了我无限的眼泪!我很爱怜她,我也很羡慕她的爱人亨利……

《迦茵小传》有两种译本,林琴南译的在后,有前的一种只译了一半。这两种译本我都读过,这怕是我所读过的西洋小说的第一种。这在世界的文学史上并没有甚么地位,但经林琴南的那种简洁的古文译出来,真是增了不少的光彩!前几年我们在战取白话文的地位的时候,林琴南是我们当前的敌人,那时的人对于他的批评或者不免有一概抹煞的倾向,但他在历史上的地位是不能够抹煞的。他在文学上的功劳,就和梁任公在文化批评上的一样,他们都是资本制革命时代的代表人物,而且相当是有些建树的人物。

林译小说中对于我后来在文学的倾向上有一个决定的影响的,其次是 Scott 的《Ivanhoe》,他译成《撒克逊劫后英雄略》的一书。这书后来我读过英文,他的误译和省略处虽很不少,但那种浪漫派的精神他是具象地提示给我了。我受 Scott 的影响最深,这差不多是我的一个秘密,我的朋友差不多没有人注意到过这一点。我读 Scott 的著作也并不多,实际上怕只有《Ivanhoe》一种,我对于他并没有什么深刻的研究,然而在幼时印入脑中的铭感,就好象(像)车辙的古道一样,很不容易磨灭。

Lamb 的《Tales from Shakespeare》,林琴南译为《英国诗人吟边燕语》,也使我感受着无上的兴趣,它无形之间给了我很大的影响。后来我虽然也读过《Tempest》,《Hamlet》,《Romeo and Juliet》等莎氏的原作,但总觉得没有小时所读的那种童话式的译述来得更亲切了。"①

而鲁迅、郭沫若、茅盾、冰心、庐隐等,都有一个耽读林译小说的时期。茅盾不仅读过不少林译小说,林纾死后他还为林译《撒克逊劫后英雄略》作注,重新印行。今天只要你走进冰心故居,你一眼就可以看到线装的法国名著《巴黎茶花女遗事》素雅的封面镶嵌在墙头的镜框里,让人深思,也可想而知林译小说对冰心的影响。一九〇四年,鲁迅收到日本友人"寄至《黑奴吁天录》一部及所手录《释人》一篇,乃大欢喜,穷日读之,竟毕。拳拳盛意,莫可感言"②。鲁迅谈到"域外小说"的译作缘起时说:

《域外小说集》发行于一九〇七年或一九〇八年,我与周作人还在日本东京。当时中国流行林琴南用古文翻译的外国小说,文章确实很好,但误译很多。我们对此感到不满,想加以纠正,才干起来的。③

因为迷恋林译小说,想要痛痛快快读遍西洋小说的钱钟书这样描述林纾的作品:

商务印书馆发行的两小箱《林译小说丛书》是我十一二岁时的大发现,带领我进了一个新天地、一个在《水浒》、《西游记》、《聊斋志异》以外另辟的世界。我事先也看过梁启超译的《十五小豪杰》、周桂笙译的侦探小说等等,都觉得沉闷乏味。接触了林译,我才知

---

① 郭沫若.郭沫若选集[M].成都:四川人民出版社,1979:117—119.

② 鲁迅.鲁迅全集(第十一卷)[M].北京:人民文学出版社,1981:321.

③ 鲁迅.鲁迅全集(第十三卷)[M].北京:人民文学出版社,1981:659.

道西洋小说会那么迷人。我把林译里哈葛德、欧文、司各特、迭更司的作品津津不厌地阅览。假如我当时学习英文有什么自己意识到的动机,其中之一就是有一天能够痛痛快快地读遍哈葛德以及旁人的探险小说。

……

最近,偶尔翻开一本林译小说,出于意外,它居然还没有丧失吸引力。我不但把它看完,并且接二连三,重温了大部分的林译,发现许多都值得重读,尽管漏译误译随处都是。我试找同一作品的后出的——无疑也是比较"忠实"的——译本来读,譬如孟德斯鸠和迭更司的小说,就觉得宁可读原文。这是一个颇耐玩味的事实。①

从读者的评论反馈、林译小说的一版再版、林译小说的数量庞大以及林译小说对一代甚至几代人的影响来看,林纾作为中西文化交流的使者,无疑是取得了辉煌的成绩的,他留下的印迹是那样的深刻,即便是对他抱有极大偏见的人,也要尊重他的存在价值和意义。

林译小说既引领其接受者探首域外,知道了中国文化之外还有不同的文化视野和风光,也启发新文化的启蒙者超越林译小说的视野,引进和发掘其他的文化风景。林译小说的成功与缺陷从正反两方面为年轻一代提供了借鉴和参考。

晚清民初,中国和西方的文化冲突是相当强烈的。中国文化中有理性功利特征的传统,有和而不同的传统。儒家文化及其继承者程朱理学相继主宰了中国的政治文明和世俗文化,这是中国传统社会的主流意识形态,它基本没有宗教中的超越性特征,却有着较强的实用理性价值。对于神鬼之说,孔子持"存而不问"的态度。即使在民间信仰中,也有很强的世俗功利成分,所谓"急时抱佛脚"。在实用的旗帜下,中国文化具有较强的汲取和兼容性,如此,也就可以大大淡化与外部的文化冲突。

晚清的弱势地位和文化挫折感一直在民众中激发着剧烈的精

① 钱钟书等.林纾的翻译[C].北京:商务印书馆,1981:22—23.

神震荡，激发着反抗、求索和学习。弱势文化面临着许多两难问题，一方面，人们意识到传统文化对时代的不适应性，需要改造与更新；另一方面，人们又担心在文化变迁中失去"自我"，失去对自身主体文明的"身份认同"，因为这意味着其特有文明的消亡。

深入考察林译小说，林纾的翻译选择与语言及技巧的运用的背后也隐藏着一定的功利意识和政治立场。林纾以其充满矛盾的误读、调和及认同错位，建构了庞大的林译小说体系及其价值理念。

林纾在翻译中采用"删节"手段是最为常见的，同时它也是林译小说被批评的焦点所在。林纾的译本从篇幅的长短上与其他译本有着天壤之别。如一共四十四章的《黑奴吁天录》，林纾的译本字数是九万两千多，而出自黄继忠先生的《汤姆大伯的小屋》却有三十四万字之长；出自林纾之译笔的《巴黎茶花女遗事》的字数约四万三千多，而陈林、文光所译的《茶花女》译本的字数则达十二万六千字左右。以上的数据足以证明林纾在其译作中采用的删节的频繁度。

在林纾的一百八十多部译作中，有二十多部都来自于同一个作者——哈葛德·亨利，这一点不能不引起人们的关注。正如作家毕树堂在二十世纪三十年代所说的那样："一个外国人的作品有二十几部的中译本，在过去的译书界里也算稀奇，似乎不应该忽略。"①在大家看来，哈葛德不是一名出色的作家，林纾花了大量时间来翻译他的作品似乎太可惜了，这点曾经招致许多人的非议。与林纾一起翻译哈葛德作品的是魏易、曾宗巩和陈家麟，林纾与他们一起曾经介绍过许多一流的作品。在林纾的合作者中，应该说都具有较高的文学欣赏力水平。而且事实上，在二十世纪初，除林纾之外，许多人都致力于哈葛德作品的翻译。

哈葛德·亨利，英国作家，有五十七部作品，冒险是他小说中的一个题材，他作品里的非洲冒险故事在十九世纪吸引了大批读者。他极端厌恶庸俗单调的行为，并且把自己的主人公安置在充满异国

---

①　邹振环.接受环境对翻译原本选择的影响:林译哈葛德小说的一个分析[J].复旦学报,1991(3):41.

情调的环境里来展示他们勇敢非凡的一面。《斐洲烟水愁城录》就是一个恰当的例子。哈葛德书中所描绘的一切与中国人的现实生活大相径庭，因此，书中渲染的追求自由、人性意识以及进取精神深深地吸引住了中国读者。尽管大多数人都不能像书上所说的那样身体力行地追求理想，但是扣人心弦的线索和动人心魄的悬念与他们的愿望在欣赏与接受这一过程中不谋而合，这种陌生感和现实中对中庸怯懦的批判及对英雄的呼唤无疑契合了当时读者们的需要。在《雾中人》前言里，林纾大声呼唤这种自由，他认为这种冒险精神与中国文化里的中庸之道相去甚远，但是正是在这层意义上，哈葛德的小说与二十世纪初中国读者的"期待视野"完全吻合。

梁启超在《清代学术概论》中曾针对林纾的翻译说过：林纾"每译一书，辄'因文见道'"①。对于林纾念念不忘的封建仁义礼智道德，许多人都颇有非议。寒光说林纾"太守着旧礼教，把礼字看得很重，不但他自己的言论和作品，就是翻译中稍有越出范围的，他也动言'礼防'，几乎无书不然！"志希则认为，"林先生与人对译小说，往往上人家的当，所以错的地方非常之多……现在林先生译外国小说，常常替外国人改思想，而且加入'某也不孝'、'某也无良'、'某也契合中国先王之道'的评语，不但逻辑上说不过去，我还不解林先生何其如此之不惮烦呢？"②然而，正是林纾在揉和了这样的一些似是而非的误读与文化调和后，谨守中国传统文化但又处于穷则思变的接受主体轻松地接受了西方文学及其文化。

不论是旧派人物，还是新派人物，传统文化之道一直存在于他们的文化心理结构中。在潜意识的层面上，传统文化之道对他们都有着天生的亲和力，尽管新派人物在文化心理结构不断解构后走上了背叛传统文化之道，但在行动和潜意识的层面上，他们并没有断绝和这一文化传统的脐带；另外，林译小说中尽管揉和了这样的一些"道"，但还是无法完全遮蔽其文本原初的西方文化的全貌，这就

---

① 梁启超.清代学术概论[M].天津：天津古籍出版社,2003:162.
② 陈锦谷.林纾研究资料选编[C].福州：福建省文史研究馆编,2008:510—511.

使新派人物那正在成长着的文化心理结构获得了滋养的机缘，从而在一个新的基点上对西方文学进行整合，这也是他们为什么能够接纳林纾，然而当他们的期待视野改变后，他们又最终走出林纾和林译小说，走进了新文化运动。曾经扮演启蒙者角色的林纾在新文化运动蓬勃发展时，却渐渐成了前进的障碍，历史有意无意间选择批判林纾来完成新文化胜利的祭祀仪式。

　　林纾不懂外文，这使他最大限度地保持了自己既有的中国文化立场。他用中国文化立场来理解和整合西方文学，他在翻译中使用的古文话语体系，使其翻译和时代的审美趣味保持了最大限度的协调，在内在和形式上力图实现西方文学的东方化过程。林纾的古文话语体系，不仅没有限制其翻译，反而极大地促进了其翻译，使其翻译的小说获得了当下的存在价值和意义。然而，这却也使林译小说在白话时代只能退出人们的视线，充其量只具有研究的价值了。他人的口译使林纾的翻译只能在口译的基础上展开自己的东方化过程，他无法更改其文学叙事所规范的既定事实，这就保证了林纾的翻译保留了西方文学的基本特质，使其翻译确保自我独立的文学品格，不至于成为悖离西方文学的信马由缰式的杜撰，这也是其翻译给接受主体以新的审美冲击力的重要前提条件，是接受主体对西方文学爱不释手的重要缘由。此外，林纾是个有着敏锐文学感觉的作家，尽管他深深受到了中国传统文化的浸淫，然而，他却以其独特的认同错位接受了异域文化，并将这种异质文化以传统文化的诠释来传递给接受主体，固守传统文化者在林纾的诠释中看到了东方，探寻新文化的看到了西方。在某种意义上，林译小说在接受主体的眼里都具有自己所需要的或中或西的文化品格，正如喜山者得山，乐水者得水。

　　翻译由于社会文化、语言、民族心理等方面的原因，绝非只是一种一一对应的符码转换，而是要在保持深层结构的语义基本对等、功能相似的前提下，重组原语信息的表层形式。其中，在重组的过程中，甚至一些基本信念被替换、颠覆，文学发生了"范式的变化"。西方语言区别于汉语的言文不一，它是言文一致的拉丁语系，这就使文学语言和现实生活中人们所使用的语言是和谐一致的。但是，在汉语言中，汉语由于是一种象形文字，其文字本身具有表达意义的作用，这就使书面语言得以离开口语而存活。而林纾的翻译，则使西方现代小说的话语被整合为文言话语，并以此实现了对中国传统阅读心理习惯的迎合，从而完成了登陆中国读者文化心理的艰难过程。这就使人们在一定程度上接纳了西方小说，并且觉得西方小说和我们的文学与文法取着同一的价值取向，这就使人们放弃了对于西方小说的排斥性文化心理，具有了一种可以"平等"对话的基础。当然，这里的"平等"不可能是真正平等的对话，但对话本身却表明了对话主体容许对话对象的存在。

林纾利用自己的古文话语体系和传统文化心理，完成了对于西方文学精神和文化内核的东方化历程。林纾如果没有这一种对外文的隔膜和正统的传统文化心理，代之以某种程度上的西化的文化心理结构，那么，其翻译出来的文本要迎合接受主体的审美心理需求，将会是非常艰难的。这也说明了为什么前期鲁迅的小说翻译没有获得成功，而林纾的小说翻译却获得成功的内在缘由；同时还说明了为什么林纾在前期获得了成功，而后期则被逐出中心而沦入边缘的内在缘由。林纾的中国文化本位，使他的翻译最大限度地契合了接受主体的文化心理的实际状况，成为他们由此走出自我的另一重要中介。

很多学者指出，林纾因为没有进入西方文化的现实语境中，其对西方文化的解读也就更多地打上了中国文化的烙印，以至于在解读的过程中，甚至有很多的误读。其实恰恰是这一点，确保了林纾在翻译中能够从其独特的文化立场出发，由个体文化情怀引发社会文化情怀，进而促成了林译小说的最终确立。

在审美理想上，林纾作为纯正的中国士大夫，在中国古典文化的长期浸染中，形成了对于中国"文统"这一美学传统的认同。林纾认为，六经、左、史、韩、欧、归、方是"天下文章之归宿"，作文章讲究开阖、法度、波澜、声音等。林纾在解读西方文学时，动辄以司马迁为代表的"文统"为圭臬。史迁"笔法"不仅是林纾评判西方文学的价值尺度,而且还是他认同西方文学的基石。林纾是带着中国传统文化的心理结构评判西方小说。由于林纾是经过口述者的口译完成了文学从西方话语到中国口语的形式转变,他完成的只是从中国口语到文言语系的转换,并在这转换的过程中,对其所包蕴的文化内涵进行了符合古典审美范式规范要求的重新置换。在中西异质文化的冲突之间,林纾轻松地以认同错位与文化调和抹平了两者的缝隙,虽然在中国传统文化的形式下包裹着西方文本的异域文化因子,这些因子的积聚正是启迪新文化运动的源头,这也是林纾所没有预料到的。林纾所遵循的是"补天"思想,然而结果却迎来了颠覆,因此,林纾也就注定了在新文化运动中的悲剧角色。

在调节自我的文化立场和审美理想的关系上,林纾依恃着程朱理学所肯定的纲常伦纪的恒定性,把西方小说中的人物纳入到中国传统的文化体系中,进行重新整合和意义赋予。林纾对西方小说的认同,是基于把对象所体裁的理性,纳入到中国文化的结构体系中,这无疑是误读和误判。但是,恰恰是这误读,却既迎合了主流文化的规范需求,也契合了接受主体的独特的文体心理结构,并成为林译小说得以风靡一时的又一重要缘由。

文明对话要有前提,就是意识到文明的相对性和不同文明的共同性,从而建立对文明多样性的认可和容忍。亨廷顿对此有相当深刻的话,"多元文化的世界是不可避免的","维护世界安全需要接受全球的多元文化性"。①

林纾在思想上可能没有这样清醒的认识,但他却敏锐地察觉到了中西文化在表面形式的差异下存在着的共同的道德评判,因此,他的误读与误判从另外一个层面上又获得了一定的合理性;林译小说的接受者也在这样的认同错位中获得了合理的认同感,产生了共鸣。

不同的文明是不同的话语体系,但不同的话语体系背后往往是

---

① [美]亨廷顿.文明的冲突与世界秩序的重建[M].周琪等译.北京:新华出版社,1998:368.

共同的人类追求。承认文明的相对性,就是承认某一特定文明只是特定历史文化的产物,特定话语体系并不具有放之四海而皆准的绝对性。这也是历史发展到今天,我们清晰地看到了林纾翻译选择中的认同错位及其努力调和中西文化的可笑、林纾在新文化运动中被历史抛弃的可悲,然而,我们却也不得不承认,在当时的历史境遇中,林纾的认同错位与文化调和契合了当时接受主体的期待视野和文化主流,因此,当时境遇的林译小说的翻译策略是有效和成功的。

第二节　清末民初译坛现状

林纾无意译作《巴黎茶花女遗事》成名译坛后,光绪二十七年辛丑(一九〇一),刚刚五十岁的林纾受聘担任金台书院讲席,举家由杭州迁至北京。主讲金台书院的多是退休的六卿或者翰林学士,独林琴南以布衣受聘,可见声望文名已经颇高,他后又受五城学堂聘为总教习,授修身、国文等课。邮传部尚书陈璧保举奏折说:

福建省举人候选教谕林纾,学优品粹,守正不阿,于中外政治学术,皆能贯彻,在福州主讲苍霞精舍,在杭州主讲东文精舍多年,力辟邪说,感化尤多。①

五城学堂是北京首创的中学,林纾不懂一字外文,却被誉贯通中外学术,被保举为朝野瞩目的北京第一中学的总教习,这应该也与其译书文名远播有莫大的关系。同年,林纾与魏易合译美国作家斯托夫的《黑奴吁天录》,这是林纾的第二部译作,署真实姓名林纾,此后所有译作均署名林纾。一直到民国十年辛酉(一九二一),林纾每年都译书数部,每年均有一部至十五部不等的译作出版,一直持续到民国十三年甲子(一九二四)林纾离世后,还断断续续有遗作发

---

① 福建省政协文史资料委员会编.福建文史资料(第五辑)[C].福州:福建人民出版社,2003:97.

表。由此可见林纾活跃于译坛正是清末民初的二十年间。

清末民初中国文化界对待域外小说，大致经历了从漠视到呼吁引进，到积极反响，再到自觉吸收改造这样一个发展变化过程，正反映了清末民初进步人士对域外小说从轻视到引为改革利器，到域外小说自身发展及在中国文学土壤上生根发芽的现状。

戊戌变法前，域外文学的翻译屈指可数，现在所能找到一八四〇至一八九六年发表的域外小说译作只有如下七篇：

《意拾喻言》，罗伯特·汤姆译，一八四〇年刊于《广东报》，后由广学会刊行；《谈瀛小录》，刊于《申报》一八七二年四月十五日至十八日；《一睡七十年》，刊于《申报》一八七二年四月二十二日；《昕夕闲谈》，蠡勺居士译，连载于一八七三至一八七五年《瀛寰琐记》三至二十八期；《安乐家》，一八八二年画图新报馆译印；《海国妙喻》，一八八八年天津时报馆代印；《百年一觉》，李提摩太译，一八九四年广学会出版。

或许还有所遗漏，但用寥若晨星来形容也恰如其分，如此屈指可数的几篇，在当时基本没有引起多大关注，也根本谈不上对中国文学的刺激和冲突。这种情况与当时清政府刚刚被迫张眼看世界的态度及外游人员和国内士人对域外小说的态度有很大关系。

中国第一次向西方国家派外交使团是在清同治七年（一八六八）。随行的译员志刚作《初使泰西记》录沿途见闻。此后，清廷要求出使官员游历时"凡有关系交涉事件，及各国风土人情，该使臣皆当详细记载，随事咨报"。后又更详细列出要"将各处地形要隘、防守大势、远近里数、风俗、政治、水师、炮台、制造厂局、火轮、舟车、水雷、炮弹等详细记载，以备查考"。① 规定种种大都是关于政治、军事等所谓关涉洋务者，对于没有实用价值的域外小说，自然无暇顾及。况且，刚从大清帝国梦醒的国人还普遍持实学我不如人、词章人不如我的文化大国观，仍然相信中国文学领先于世界。

清廷第一次向国外派遣留学生，是在一八七二年，此后出外留

---

① 陈平原.中国现代小说的起点——清末民初小说研究[M].北京:北京大学出版社,2005:26—27.

学人数不断增加。清廷要求留学生专攻"农工格致各项专科……庶几实业人才可以日出,而富强之效可睹矣"①。自费留学生不受官方规定约束,可以自由选择所学专业,却也少有选择文学专业者。富国强兵是时代的最强音,实业法政成了所有留学生的必然选择,无关国计民生的文学实在还未进入人们的视野,何况泱泱大国,百不如人,独文学一门尚足自立。一直到十九世纪末,留学生中以介绍域外小说为专职的,一个也没有。

甲午战争以前,国内的译书机构,最主要的有以译述有关公法书籍为主,创办于一八六二年的京师同文馆;以译述有关制造书籍为主,创办于一八六七年的江南制造局;此外还有以译述有关宗教书籍为主,创办于一八八七年的广学会。这些有专门职能的译书机构所译之书"兵学几居其半","间及算学、电学、化学、水学诸门",②域外文学唯有李提摩太翻译的《百年一觉》。而提倡翻译小说的梁启超直到在一八九七年的《论译书》中列出应译的九大类书籍,也根本没有提及域外小说。不管是清政府,还是留学人员以及译书机构,对于域外小说,几乎不约而同地采取了漠然视之的态度,既无提倡,也无反对。从另一个角度来说,域外小说根本还未进入当时国人的视野,自然也被视同无物了。

然而,这种情况到戊戌变法时发生了大逆转。光绪二十四年戊戌(一八九八),公历六月十一日,光绪颁发宣布变法"明定国事"的诏书,到公历九月二十一日,六君子菜市口就义,康有为、梁启超仓皇出逃海外,自上而下的维新变革刚露芽就窒息了。

小说的入人以深和书市畅销给康有为等人以深刻印象,在政治上无可作为的维新派们并未放弃寻找救国的良方,小说因其独具的特点终于进入他们的视野,并成为启蒙民智的有力利器。一八九八年梁启超作《译印政治小说序》,明确表示:"今特采外国名

---

① 陈平原.中国现代小说的起点——清末民初小说研究[M].北京:北京大学出版社,2005:27.

② 梁启超.论译书[J].时务报,1897(27).

儒所撰述,而有关切于今日中国时局者,次第译之,附于报末。"①
在夸大欧美政治小说的社会功能的同时,梁启超亲自翻译日本柴
四郎的政治小说《佳人奇遇》,极大地提高了小说翻译的价值意义。
他对传统小说的解构和对欧美小说的推崇为清末民初的翻译小说
拓展了一个广阔的文化空间。一八九八年,严复译成《天演论》,并
在"译例言"中提出"信、达、雅"之翻译标准,这成为一个世纪以来
中国翻译家追求的目标,也成为中国现代翻译理论研究的滥觞。
一八九八年,林纾完成《巴黎茶花女遗事》的翻译,于次年印行。
《巴黎茶花女遗事》的翻译出版在晚清读书界引起极大反响,严复
在《甲辰出都呈同里诸公》赞道:"可怜一卷茶花女,断尽支那荡子
肠。"②林纾也从此开始其规模宏大、影响久远的翻译事业。林纾无
意参与政治,然而其雅洁清丽的文笔加上域外新鲜感人的小说故
事,无疑成了梁启超呼吁译印域外小说最有力的执行者,其独特的
魅力迅速吸引了国人对域外小说的关注目光。以上事件揭开了二
十世纪域外文学翻译的序幕。

　　此后,译印小说呈现繁荣态势,各类报刊杂志相继刊发翻译小
说,甚至大有扬译抑著之势。一九〇二年,《新小说》杂志创刊,宣布
"本报所登载各篇,著译各半"③;一九〇三年创刊的《绣像小说》标榜
"远摭泰西之良规,近挹海东之余韵"④;一九〇四年创刊的《新新小
说》公开宣称"每期所刊,译著参半"⑤。而从实际情况来看,翻译小
说的数量还要远超预期。一九〇八年,徐念慈在统计上一年的小说
出版情况时称:"著作者十不得一二,翻译者十常居八九。"⑥罗普则
吹嘘道:"余尝调查每年新译之小说,殆逾千种以外。"⑦一九一一年,

①　梁启超.译印政治小说序[J].清议报,1898(1).
②　严复.严复集(第二册)[M].北京:中华书局,1986:365.
③　《新小说》报社.中国唯一之文学报《新小说》[J].新民丛报,1902(14).
④　《绣像小说》报社.编印《绣像小说》缘起[J].绣像小说,1903(1).
⑤　侠民.新新小说·叙例[J].大陆报,1904(2):5.
⑥　觉我.余之小说观[J].小说林,1908(9).
⑦　[英]巴达克礼.红泪影[M].息影庐主译.上海:广智书局,1914:1.

陆士谔等人创办大声小说社,其《缘起》说:"新小说社风起云涌,新小说家云合雾集,顾所出不及千种,而大半均系译本。"①具体数字已很难准确计算,但清末民初小说出版中译作占绝对优势,却是众人公认的事实。从以译作冒充创作发表到以创作冒充译作出版,中国小说从异域小说中国化走向了中国小说异域化,而数量上更有了惊人的变化,从五十年出版七部,到一年出版数百种,其跳跃性发展是相当明显的。

梁启超提倡译印政治小说,着眼点在维新变革,改良群治,并没料到会对中国小说风尚形成这么大的冲击力。而林纾试译《巴黎茶花女遗事》,更是仅为消愁解闷,完全没想到与改良群治或者改造中国小说有何关联。然而,历史的巧合却让林纾无意间响应了梁启超呼吁译印域外小说的号召,并从此走上了专业化的翻译道路,成了实实在在富有影响力的执行者。

早期的翻译小说,大多不署译者真实姓名,甚至根本不署译者姓名。林纾初译《巴黎茶花女遗事》就只署笔名冷红生。直到一九〇三年《绣像小说》出版,其中不少译作仍不见译者姓名。如第十一期刊出的《天方夜谭》有小注:"是书为亚剌伯著名小说,欧美各国均迻译之,本馆特延名手重译,以饷同好。"然而此名手却是高人不露真相。林纾之署笔名,从其意义上来讲,还是承认翻译的心血付出,是一种文学创造,承认译者独立存在的价值,只是不愿署真名,还有小说仍小道,译小说更等而次之,惝有可能玷污古文名家的举人身份的担忧。而不署名则根本不承认翻译小说也是一种文学创造劳动,否认译者具有独立存在的价值,乃至可忽略不计。随着译作的盛行及小说地位的不断拔高至真正提高,翻译小说逐渐成为被社会普遍认可的高雅事业,甚至有关于国计民生,直至被推为启蒙的利器。因此译者也开始乐意署笔名甚至真名,而林纾译作第二部小说《黑奴吁天录》就大大方方地署上了林纾之名,之后所有译作一直如此,并且颇以译名远扬为荣。

---

① 陆士谔.缘起[J].大声小说社,1911(1).

一九〇三年,梁启超等人作《小说丛话》,开始了自觉品评译本小说。翻译家的独立存在价值不仅得到社会公认,许多名家翻译甚至已经开始逐渐确立自己的个人翻译风格。相继而起的俞明震(觚庵)的《觚庵漫笔》、钟骏文(寅半生)的《小说闲评》、邱炜萲的《新小说品》、侗生的《小说丛话》在当时较有影响,对翻译小说做了较为系统的评述。此外,翻译家为译本所作的序跋和单篇专论,也对翻译小说做了经验性的评述,还有一些报刊杂志的专栏也成了品评翻译小说的天地。然而,批评家们的品评对于原作倒常有精彩之论,而对于译文的品评,就显得有些牵强附会,力不从心。如俞明震赞赏《福尔摩斯探案》"其佳处全在'华生笔法'四字",行文尽得趋避铺叙之妙,颇中矢的,而评译文则词汇贫乏、含糊。如评《新庵谐译》"译笔之佳,亦推周子为首"①;评《块肉余生述》"原著固佳,译笔亦妙"②,可是到底佳在何处,就只能去想象了。有人注意到,译者个人气质与原作内容有所关联,如评论林纾译文甚佳,而"尤以欧文氏所著者,最合先生笔墨",而译侦探小说时则译笔"无可取"。又说林纾译《块肉余生述》中大卫求婚一节"曲传原文神味,毫厘不失"③。然而,由于品评者不懂外文,无法一一对勘原文,只能算是揣测之词了。

批评家雾里看花,翻译家却深有体味。严复译成《天演论》,在"译例言"中提出"信、达、雅"之翻译标准,在晚清影响很大,虽然"信、达、雅"在实际上还只是一种理想,即使严复本人也没能做到。史华兹在比较密尔原著《论自由》与严复的译作《群己权界论》之后,指出:

> 正如在他处一样,严复深深地抱怨用中文来传达原文意义的困难,以及无法逐句翻译密尔的文章,因而他的翻译乃不免用改写的方式。在改写中,可以看出严复无意中调整了密尔的思想,以迎合自己的关怀,这里我们发现了借翻译来阐释的好例子。④

---

① 紫英. 评《新庵谐译》[J]. 月月小说,1907(1):5.
② 侗生. 小说丛话[J]. 小说月报,1911(2):3.
③ 侗生. 小说丛话[J]. 小说月报,1911(2):3.
④ 史华兹. 寻求富强,严复与西方[M]. 南京:江苏人民出版社,2005:113.

可见,严复的自由主义思想体系与密尔自由主义思想有着内在差异,严复的自由观更侧重于政治哲学,即指治国的指导思想言论。在理论体系的价值取向上,严复对旧文化进行尖锐批判,同时有意识地提倡先进的西方文化,以达到思想启蒙的目的,其自由论思想体系就是他对近代社会改革的具体实践方案,也是对近代社会现实、历史文化理性透视之后的思想结晶,这使得他的自由论思想体系充满着丰富而深刻的历史意义与现实生命力。如果从翻译要"信"的角度讲,严复的翻译是有明显的偏离的。然而,理论上大家都承认译书必须求"信",译者序跋或按语中常有"原作如此,不得改动"之类的语言,似乎都是追求"信"的直译,不过,这可能更多是译者吸引读者注意学习域外小说独特之处的广告,或者是译者推卸责任,以免被人批评的技巧而已。晚清民初,意译成风,删改增漏随处可见,连标榜直译的译作也不能幸免。而直译本身在晚清民初是个名声糟糕的术语,往往跟"率尔操觚"、"诘曲聱牙",①或"如释家经咒"、"读者几莫名其妙"等评语相联系。这样的"直译"实际上是指略懂外语者一字一词死译、硬译造成的文句不通、意义无从索解的翻译状态。自然,这样的"直译"不受欢迎,没有市场。梁启超引述英人语"译意不译词"②的翻译方式,得到绝大多数译者的认同。

晚清小说翻译的"译意"主要体现为如下几个方面:(1)外国人名、地名的中国化,便于读者记忆,不费脑力;(2)改变小说体例、割裂回数,甚至重拟章回小说回目,以适应中国读者口味;(3)删除认为不合国情或译者觉得无关紧要的闲文;(4)增补译者自己创作的情节和议论。如此,晚清小说翻译的"译意"翻译法到底是真正意义的翻译,还是托翻译之名的创作,一直招致后人诟议。然而,这样"译意"的翻译方式在晚清风行一时,且颇得读者青睐,其原因笔者认为有如下几点。

首先,清末域外小说翻译的盛行是由于维新者们呼吁译印小说启蒙民众,改良群治。翻译小说首当其冲的任务是启蒙工具,当然内容要有益于启蒙和改良民众,文字也要通俗易懂,为此目的,译者只有进行删改式的"译意"。

其次,晚清从事小说翻译的人员没有一个是专业的文学翻译者,或者外语水平较差,或者中文文字功底欠佳,翻译水平最高的严复虽说中外兼通,也是学船政出身的,并无意于小说翻译。梁启超是边学日语边译日本小说《佳人奇遇》。林纾则是不识一字外文,只能是与人合作采取对译的方式。许多译作只能说是初学外语者的副产品,译得顺就译,译不顺就揣以己意创作,甚至干脆删掉不要,所谓"取长弃短,译其意不必译其辞"①。而对译方式则口述者不一定能准确解释原文,笔录者难免"参以己意而武断其间",马建忠称如此译书"亦何怪夫所译之书皆驳杂迁讹"②。晚清翻译小说界还流行"润词"、"饰意",也大抵如此。

再次,从事小说翻译的人员多有急功近利之心,持"率尔操觚"的翻译态度。由于域外小说大受欢迎,译者有利可图,不少人以翻译小说为业,甚至"托西籍以欺人,博花酒之浪费"③,而"译意"之说为他们不负责任、只求索利的"乱译"大开方便之门。

最后,"译意"的翻译方式与译者及读者对域外小说的期待视野和地位评价有密切联系。呼吁译印域外小说的倡导者们强调域外小说的思想启蒙性、考察异域风情民俗和鉴别政教得失等,唯独没有提到域外小说的艺术价值,自然,这种不尊重原作的漫不经心的"译意"大行于道,甚至声称删改增补远优于原作,背后的原因是对原作艺术价值的漠视和轻蔑。

---

① 鬟红女史.红粉劫[M].上海:国华书局,1914:1.

② 陈平原.中国现代小说的起点——清末民初小说研究[M].北京:北京大学出版社,2005:41.

③ 无名氏.读新小说法[J].新世界小说社报,1907(7).

第三节　林译小说分期

"林译小说"作为近代文学史上的一个专有名词,具有非常丰富的意义。林译小说诞生不久,就在当时的中国掀起了翻译小说的热潮,被认为开启了近代文学翻译的大门。纵览林译小说并结合林纾的思想变化,笔者将林纾的翻译自民国元年壬子(一九一二)为界划分为前后两期。总的来说,林译小说前期大都有序、跋或译后小语,态度热情、郑重,译笔传神生动,好语穿珠,雅洁魅人;后期题诗题词之类的点缀品大大削减,终至完全绝迹,态度冷淡、随意,译笔枯暗,劲头松懈,译文死气沉沉,使人厌倦。

宣统三年辛亥十二月二十五日(一九一二年二月十二日),清帝被迫退位。一直持维新改良观点的林纾精神抑郁,对时局颇有微议,其《畏庐诗存·自序》道:"革命军起,皇帝让政。闻闻见见,均弗适于余心。"①从此以后,他决计效法明末遗民孙奇逢,并誓以清举人终其身。之后,林纾的思想基本停滞于维新改良与遗民之念,坚持传统礼仪道德,成了落后于时代潮流的复古派。

民国元年壬子(一九一二),林纾作《残蝉曳声录·序》道:

革命易而共和难。观吾书所记议院之斗暴刺击,人人思逞其才,又人人思牟其利,勿论事之当否,必坚持强辩,用遂其私。故罗兰尼亚革命后之国势,转岌岌而不可恃。夫恶专制而覆之,合万人之力,革于一人易也。言共和,而政出多门,托平等之力,阴施其不平等之权。与之争,党多者不平,胜也,党寡者虽平,败也。则较之专制之不平,且更甚矣。此书论罗兰尼亚事至精审。然于革命后之事局,多愤词,译而出之,亦使吾国民出之,用以为鉴,力臻于和平,以强吾国。则鄙人这费笔墨,为不虚矣。②

---

① 薛绥之、张俊才.林纾研究资料[C].福州:福建人民出版社,1983:34.

② 钱谷融.林琴南书话[C].吴俊标校.杭州:浙江人民出版社,1999:105.

　　林纾以罗兰尼亚的革命图景表达了对民国共和前途的担忧，希望国人能借鉴其得失，走上真正的共和，展示其良好的愿望。迄至本年，正式出版和发表的林纾翻译作品，已达六十九种，另外，《保种英雄传》、《义黑》、《罗刹雌风》、《离恨天》等也已译讫。然而，之后的时事变化不幸被林纾所言中，年过六十的林纾看不到希望，逐渐退步，终于固守传统，最终被新文化运动的提倡者们视为前进路上的障碍。

　　钱钟书先生这样评价过林纾："据我这次不很完备的浏览，他接近三十年的翻译生涯显明地分为两个时期。'癸丑三月'（民国二年）译完的《离恨天》算得前后两期之间的界标。在它以前，林译十之七八都很醒目；在它以后，译笔逐渐退步，色彩枯暗，劲头松懈，使读者厌倦。"①这样的分法确实有其作品体验依据，笔者受此启发，经过认真考量林纾作品及思想变化，认为以民国元年壬子（一九一二）为界划分为前后两期更为妥当，理由如下。

　　民国肇始，开启了一个新的时代，而林纾在清末一直以维新变革的面貌走在时代的前列，以其公开发表的六十九部充满热情与改良呼吁的译作成为中国民众实际上的启蒙者，然而止步于民国之后的新时代，甚至逐渐退化为文化前进路上的障碍者。清朝的灭亡与民国的肇始在林纾的思想发展上具有界标的意义。

　　民国二年癸丑（一九一三），林纾此年仅出版一种小说，即《离恨天》，但经考察，此作先年已经译出。此年，林纾第一次谒光绪陵，也仅此一年林纾两度谒陵，这表明林纾思想已经起了重大转变。钱钟书先生也仅以《离恨天》发表于此年，译作属于"醒目"之列为依据分期值得商榷。

　　林纾自民国后的一大变化是由翻译小说开始自创小说，这与其思想上有重大激变有很大关系。民国二年癸丑（一九一三），林纾在其《践卓翁小说·序》道："余年六十以外，万事视若传舍。幸自少至老，不曾为官，自谓无益于民国，而亦未尝有害。屏居穷巷，日以卖

――――――――――――

　　①　钱钟书等.林纾的翻译[C].北京:商务印书馆,1981:34.

文为生,然不喜论时政,故着意为小说。"①从此开始,林纾的精力更多用在自创小说和力延古文于一线上,而于翻译小说热情大减,译笔枯暗,虽时有译作发表,却有出于博取稿费之嫌。

民国二年癸丑(一九一三),考察其本年活动,从一月五日至九月三十日,林纾几乎每天都有与时事关联密切的见闻笔记发表;十月至十一月,出版自创小说《剑腥录》和《践卓翁小说》第一辑;同年,林纾与姚永概一起辞职于京师大学堂。本年,林纾在其《深谷美人·叙》中说:"余老矣,羁旅燕京十有四年,译外国史及小说,可九十六种,而小说为多。其中皆名人救世之言,余稍为渲染,求合于中国之可行者。"②如据郑振铎统计的公开发表数,"成书的共有一百五十六种"③,那么至少可以得出结论,民国前林纾已翻译小说近百种,将近其公开发表数的三分之二,这也解释了林纾大部分的翻译小说还是"醒目"、受人欢迎的。

综上所述,笔者以为将林纾翻译小说生涯以民国元年壬子(一九一二)为界划分为前后两期,更为符合林纾本人的思想变化及思想影响下的翻译小说的变化情况,也更为恰切、妥当。

第四节　林译小说前、后期的评价

自光绪二十五年己亥(一八九九)林纾发表第一部译作《巴黎茶花女遗事》,到民国元年壬子(一九一二)为林译小说前期,笔者结合林纾思想及其译作特点,尽量以文本细读为依据,还原历史,阐述如下。

首先,林纾走上译坛无意契合时代潮流,成为以梁启超为代表的维新派们宣扬译印域外小说的有力执行者,林纾因"触黄种之将亡",热烈呼应维新变革,每有译作出版,几乎都有饱醮深情的序、跋

---

① 薛绥之,张俊才.林纾研究资料[C].福州:福建人民出版社,1983:39.
② 钱谷融.林琴南书话[C].吴俊标校.杭州:浙江人民出版社,1999:113.
③ 钱钟书等.林纾的翻译[C].北京:商务印书馆,1981:9.

或译后语，结合时事，呼吁国民警醒，以达到改良群治，有益国民的
维新变革目的。因此，林译小说恰好契合面临严重危机的中国社会
强同保种，盼望维新变革的普遍心理，受到民众的热切欢迎。当启
蒙主义的文学言论在各种报刊渐次增多并渐渐汇为潮声时，林纾对
翻译小说的态度愈趋明朗，他与口述者翻译西方小说的合作，不再
是聊以自慰的消愁解闷，而是成了他在晚清最后十年为"启发民智"
而进行的重要事业。光绪二十七年辛丑（一九〇一），林纾在其翻译
的第二部译作《黑奴吁天录·跋》中就鲜明呼吁："今当变政之始，而
吾书适成，人人即蠲弃故纸，勤求新学，则吾书虽俚浅，亦足为振作
志气，爱国保种之一助。"①同年，林纾还在《译林》第一册的序中说：
"吾谓欲开民智，必立学堂，学堂功缓，不如立会演说；演说又不易
举，终之唯有译书。"②此后的翻译，文本前后"序"和"跋"的位置，就
成为了林纾借机进行文学与思想阐释的广场，林纾本人也被视为社
会维新变革的代表，成为时代潮流的先行人物，受到民众的敬仰。

其次，林译小说作为中国最早的翻译文学代表，不论是当朝的
改良派、古文家们，还是浸染于科举之路上的学子，抑或是粗通文墨
的读书人，都入迷于林译小说，无疑其有着独特的魅力。晚清大多
数人刚刚睁眼接触西洋小说，作为完全陌生的他者，域外小说需要
经过某种程度的熟悉化才不会遭致排斥。林纾以古文家笔法，持中
国传统文化本位立场，用儒家道德范畴阐释西洋文学与西方风俗人
情，用史汉文学手法译印域外小说，如此误读却使中国读者找到了
中西文化的许多共性，从而热烈地欢迎了这个本来完全陌生的他
者，从而扫清了域外小说大举进入中国文学史的障碍，真正进入民
众视野，影响并逐渐改变着到无数读者的期待视野。林纾常以史传
和《红楼梦》等中国叙事文学的上乘杰作与西方小说做类比性体验，
"歪打正着"地感受到了西方近现代小说的某种精髓；他的史传文学

---

① 钱谷融.林琴南书话[C].吴俊标校.杭州：浙江人民出版社，1999：5.
② 陈平原，夏晓虹.二十世纪中国小说理论资料(第一卷)[C].北京：北京大学出版
社，1997：26.

的叙述经验和典雅的古文翻译小说,使一向不入流的小说,作为一种文体,被正式地延请进了中国主流文学的殿堂。如林纾在《撒克逊劫后英雄略·序》中云:"纾不通西文,然每听述者叙传中事,往往于伏线、接笋、变调、过脉处,以为大类吾古文家言……《汉书·东方曼倩》叙曼倩对侏儒语及拔剑割肉事,孟坚文章,火色浓于史公,在余守旧人眼中观之,似西文必无是诙诡矣。顾司氏述弄儿汪霸,往往以简语泄天趣,令人捧腹。文心之幻,不亚孟坚,此又一妙也。"①文学史家阿英曾说:"他使中国知识阶级接近了外国文学,从而认识了不少的第一流的作家,使他们从外国文学里学习,以促进本国文学的发展。"②这是就晚清文坛的情况而说的,当时读惯了"四书"、"五经"的举子们倘若不是林纾以其雅洁的古文,用中国儒家文化的视野去翻译域外小说,翻译小说的实际接受绝没有如此之大、之广、之深。

关于林译小说的语言,胡适认为:"平心而论,林纾用古文做翻译小说的试验,总算是很有成绩的了。古文不曾做过长篇的小说,林纾居然用古文译了一百多种长篇的小说。古文里很少滑稽的风味,林纾居然用古文译了欧文与狄更斯的作品。古文不长于写情,林纾居然用古文译了《茶花女》与《迦茵小传》等书。古文的应用,自司马迁以来,从没有这样大的成绩。"胡适在同书论严复翻译是个好例,完全可以用来例证林译。他说:"严复用古文译书,正如前清官僚戴着红顶子演说,很能抬高译书的身价,故能使当日的古文大家认为'骎骎与晚周诸子相上下'。"③实际上,林纾的古文话语体系,尤其是前期林译小说,不仅没有限制其翻译,反而极大地促进了其翻译,使其翻译的小说获得了当下的存在价值和意义。林纾利用自己的古文话语体系和传统文化心理,完成了对于西方文学精神和文化内核的东方化历程。林纾如果没有这一种对外文的隔膜和正统的

---

① 钱谷融.林琴南书话[C].吴俊标校.杭州:浙江人民出版社,1999:34.

② 阿英.晚清小说史[M].北京:人民文学出版社,1980:182.

③ 陈锦谷.林纾研究资料选编[C].福州:福建省文史研究馆编,2008:22—30.

传统文化心理,代之以某种程度上的西化的文化心理结构,那么,其翻译出来的文本要迎合接受主体的审美心理需求,将会是非常艰难的。这也说明了为什么前期鲁迅的小说翻译没有获得成功,而林纾的小说翻译却获得成功的内在缘由;同时还说明了为什么林纾在前期获得了成功,而后期则被逐出中心而沦入边缘的内在缘由;这也解释了林译小说对部分"五四"作家的成长曾起到积极作用,如鲁迅、周作人、郭沫若、冰心、叶圣陶等,他们都曾有过嗜读林译小说的经历和体会。林译小说对"五四"新文学的产生起到了间接的促进作用,因此有人干脆把林纾称为新文学运动的"不祧之祖"。然而,这些正面积极的影响更多指的是前期林译小说。

　　再次,前期林译小说译者出于改良群治的热望,往往充注了深情,这显示了林纾性情率真,多情之下并不拘泥于道学的诗人气,故前期林译小说很多可以说是封建文化道德的解构者。如林译《迦茵小传》出版后,立即在全国引起哗然,并遭到卫道者的强烈攻击。

　　寅半生撰文痛诋林纾:

　　　　吾向读《迦茵小传》,而深叹迦茵之为人清洁娟好,不染污浊,甘牺牲生命以成人之美,实情界中之天仙也;不意有林畏庐者,不知与迦茵何仇,凡蟠溪子所百计弥缝而曲为迦茵讳者,必俗历补之以彰其丑……呜呼!迦茵何幸,而得蟠溪子为之讳其短而显其长,而使读《迦茵小传》者,咸神往于迦茵也;迦茵何不幸,而得林畏庐为之暴其行而贡其丑,而使读《迦茵小传》者,咸轻薄夫迦茵也?

　　　　林氏之所谓《迦茵小传》者,传其淫也,传其贱也,传其无耻也。[1]

　　仅因林纾译出迦茵未婚先孕一节,这个热烈追求爱情,富有反抗精神,美丽善良而又甘愿牺牲个人成全他人幸福的女郎,在寅半生们的眼里突然就一变而成淫、贱、无耻之人了,可见当时卫道士们浓厚的封建观念。有意味的是,郭沫若青少年时代读到《迦茵小

---

　　①　陈平原,夏晓虹.二十世纪中国小说理论资料[C].北京:北京大学出版社,1997:249—250.

传》,却完全是另外一种感觉:

> "林琴南译的小说,在当时是很流行的,那也是我最嗜好的一种读物。我最初读的是 Haggard 的《迦茵小传》。那女主人公的迦茵是怎样的引起了我深厚的同情,诱出了我无限的眼泪! 我很爱怜她,我也很羡慕她的爱人亨利。"①

细细梳理中国文学史的变迁,我们或许能由此看出一些林译小说在熏染新一代的年轻人及郭沫若、鲁迅、冰心等由嗜读林译小说渐次走向新文化运动中所起的作用。

林纾是一个多情的人,诸种深情发之于文章,很热情地翻译《巴黎茶花女遗事》、《迦茵小传》、《洪罕女郎传》、《红礁画桨录》一类的小说。《冷红生传》、《洪罕女郎传·序》展现了他翻译这类小说的心情。林纾虽颇有几分头巾气,却肯翻译这种东西,还敢讪笑假道学:"宋儒嗜两庑之冷肉,宁拘挛曲局其身,尽日作礼容,虽心中私念美女,颜色亦不敢少动,则两庑之冷肉荡漾于前也。"②他思想中的道德与不拘泥于道学的诗人气有机地对立统一于一身,这也是他能赏鉴西洋小说的原因之一。林纾很喜欢于小说序中发掘见解、评论文学,并有许多大胆的议论,这种议论真叫一班轻视西洋无文学的古文家咋舌。

最后,前期林译小说几乎每篇都有的序、跋及译后小语常将中西文学做横向比较,信手拈来了大量中国文学史料,海阔天空,神游八荒,构成了中西文学对比观照的博大画廊,林纾无意间也因此成为比较文学的先驱。林译序、跋及译后小语征引中国文化典籍涉及《左传》、《史记》、《汉书》、《南史》、《北史》、《资治通鉴》、《聊斋志异》、《孽海花》、《文明小史》、《官场现形记》、《石头记》、《水浒传》、《封神演义》、《西游记》、《诗》、《庄子》、陶渊明和杜甫诗、蒋士铨的《香祖楼传奇》等,多为史传文学和白话小说,可看出史传与小说之间一脉相

---

① 郭沫若.郭沫若选集[M].成都:四川人民出版社,1979:117.
② 钱谷融.林琴南书话[C].吴俊标校.杭州:浙江人民出版社,1999:47.

承的关系;而所列举过的历史人物,更是举不胜举,如龙逄、比干、屈原、聂政、汉光武帝、孔光、贾充、成济、娄师德、苏味道、吴道子、韩愈、江邻几、金哀宗、杨椒山、秋谷、渔洋、子才、归愚、卢雅雨、马秋玉等。这些可以说是比较文学萌芽状态的平行研究,这种第一个吃螃蟹的胆量和探索意义,是永远值得铭记的。由于探索,难免有许多幼稚之处,应予以包容,然而,许多的闪光点和首创性现在依然值得我们去深入研究,不论作为文化史的意义还是现在的借鉴意义,今天依旧散发着魅力。

将这些中西文化比较归纳起来看,有最早对于国民性的思考、中西方的价值观异同、中西文学叙述焦点及现实观照的差异、小说叙事结构的不同艺术等。如林纾在《伊索寓言·识语》有如下论述,皆涉及到中西国民性的问题。

一西人入市,肆其叫呶,千万之华人,均辟易莫近者。虽慑乎其气,亦华人之庞大无能,足以召之。

凡无国权之民,生死在人掌握,岂论公理,岂论人情?故凡可与人争公法者,其国均可战之国;否则,公法虽在,可复据耶?

观无志之人,偶通西语,其自待俨然西人也。①

林纾对于小说结构艺术的认识比较深刻,他由译述的小说悟出诸如"联络法"、"锁骨观音"式等结构艺术,既将之比拟为中国史传文学传统,又有对中国传统小说格局的突破。

林纾《斐洲烟水愁城录·序》:

西人文体,何乃甚类我史迁也。史迁传大宛,其中杂沓十余国","然前半用博望侯为之引线,随处均着一张骞,则随处均联络;至半道张骞卒,则直接入汗血马。可见汉之通大宛诸国,一意专在马;而绵褫之局,又用马以联络矣。哈氏此书,写白人一身胆勇,百险无惮,而与野蛮拼命之事,则仍委之黑人,白人则居中调度之,可谓自占胜著矣。然观其着眼,必描写洛巴革为全篇之枢纽,此即史

---

① 钱谷融.林琴南书话[C].吴俊标校.杭州:浙江人民出版社,1999:10—11.

迁联络法也。①

而其《块肉余生述·前篇序》：

> 此书为迭列司生平第一著意之书，分前后二篇，都二十余万言。思力至此，臻绝顶矣！古所谓锁骨观音者，以骨节钩联，皮肤腐化后，揭而举之，则全具锵然，无一屑落者。方之是书，则固赫然其为锁骨也。大抵文章开阖之法，全讲骨力气势，纵笔至于灏瀚，则往往遗落其细事繁节，无复检举，遂令观者得蟫而攻。此固不为能文者之病，而精神终患弗周。迭更司他著，每到山穷水尽，辄发奇思，如孤峰突起，见者耸目，终不如此书伏脉至细，一语必寓微旨，一事秘种远因。手写是间，而全局应有之人，逐处涌现，随地关合，虽偶尔一见，观者几复忘怀，而闲闲著笔间，已近拾即是，读之令人斗然记忆，循编逐节以索，又一一有是人之行踪，得是事之来源。综言之，如善弈之著子，偶然一下，不知后来咸得其用，此所以成为国手也。
>
> 施耐庵著《水浒》，从史进入手，点染数十人，咸历落有致。至于后来，则如一丘之貉，不复分疏其人，意索才尽，亦精神不能持久而周遍之故。然犹叙盗侠之事，神奸魁蠹，令人耸慑。若是书特叙家常至琐至屑无奇之事迹，自不善操笔者为之，且厌厌生人睡魔；而迭更司乃能化腐为奇，撮散作整，收五虫万怪，融汇之以精神，真特笔也。史、班叙妇人琐事，已绵细可味矣，顾无长篇可以寻绎。②

从林纾中西文学的比较中可以看出，小说作为一种专门文体的观念还并未确立，史传与小说之间并无明显的界限，常常混为一谈，所以林纾将《块肉余生述》与《水浒》作比，以锁骨观音形容西洋小说的内在结构，从整体看，前者优于后者，中国小说不能贯穿到底，因此，后而难免松懈；另外，林纾虽赞赏史汉叙述艺术高妙，可惜没有长篇大作，无法与西洋小说相比，这也反映他混淆了小说与史传两种不同文体。与同时代理论家浮于表面外有的评议相较，林纾已涉

---

① 钱谷融.林琴南书话[C].吴俊标校.杭州:浙江人民出版社,1999;30—31.

② 钱谷融.林琴南书话[C].吴俊标校.杭州:浙江人民出版社,1999;83.

及到小说的内在结构的纵深层次,开始透露了一些小说文体的独特
意识。

民国元年壬子(一九一二)至民国十年辛酉(一九二一)为林译
小说后期,本年冬林纾不再从事翻译,时年七十岁。

林纾译印小说的巨大热情源于其相信其译作有益于改良群治,
富国强民,是梁启超等维新派宣扬译印小说的热烈响应者,然而,辛
亥革命暴发,清帝被迫退位,这大大超出了林纾的思想预料,而民国
的内乱外患不断,又让林纾对新的民主共和国大为失望,其思想趋
向内退,停滞于维新变法、光绪明君的幻想中,渐渐落后于时代潮流
的发展。到了"五四"新文化运动,在新文化运动健将的眼里,林纾
更是褪变成令人痛骂的顽固复古派,成了历史唾弃的人物。诚然,
历史是复杂曲折的,也是鲜活具体的,后人常常只记住了结论,而抛
弃了许多有可能改变结论的细节,笔者依旧试图通过对史料的梳理
尽量还原历史,让林纾灵肉鲜活地活动于他的历史中,让读者看到
一个更具体、更有血肉的林纾,而不只是文学史给我们的一个结论
的符号。

民国后,林纾思想的变化无疑也体现到了他的翻译小说上,后
期林译小说也就有了不同于前期的一些变化。林纾在《离恨天·译
余剩语》中写道:"余自辛亥九月,侨寓析津,长日闻见,均悲愕之事。
西兵吹角伐鼓,过余门外,自疑身沦异域。"①此语形象描述了林纾心
中的悲楚。《离恨天》译时犹是晚清,译余剩语已是民国了,改朝换
代之念于传统文化根深蒂固的林纾自是难免,悲愕之思化为"自疑
身沦异域"了,其中的酸楚细加体味方可明了。然而,此时的林纾犹
思为强国富民出一份力,也相信自己译作的化民之功,故此《译余剩
语》所论颇多,篇幅也较长,显示林纾对新的民主共和国寄以希望。
其中写道:

　　欧洲之视工人,为格滋卑。谓长日劳动,与机器等耳。田夫之

① 钱谷融.林琴南书话[C].吴俊标校.杭州:浙江人民出版社,1999:108.

见轻于人为尤甚。工艺则较农人略高。"呜呼！此为中国今日言耶？欧洲昔日之俗，即中国今日之俗。卢骚去今略远，欧俗或且如是。今之法国，则纯以工艺致富矣，德国亦肆力于工商。工商者，国本也。独我国之少年，喜逸而恶劳，喜贵而恶贱。方前清叔末之年，纯实者讲八股，佻猾者讲运动，目光专注于官场；工艺之细，商务之靡，一不之顾。以为得官则万事皆足，百耻皆雪，而子孙亦跻于贵阀。至今革命，八股亡矣，而运动之术不亡。而代八股而趋升途者，复有法政。……工商者，养国之人也。聪明有学者不之讲，倖无学者为之，欲其与外人至聪明者角力，宁能胜之耶？不胜则财疲而国困。徒言法政，能为无米之炊乎？呜呼！法政之误人，甚于八股。①

　　对于新的民主共和国，林纾敏锐地揭示了国民的弊端所在，希冀其呼吁有益于国家，这显示了林纾改良民众的热情并未立刻熄灭。然而，随着时事发展，林译小说的序、跋、识语越来越稀少了，其感想呼吁也近于潦草敷衍，终至于绝迹了。自民国二年癸丑（一九一三）至民国十一年壬戌（一九二二），林纾坚持拜谒光绪陵墓达十一次之多，其留恋故主，效忠晚清之行为让清逊帝宣统都大为感动，并赐林纾"贞不绝俗"匾额，林纾则撰《御书记》云："一日不死，一日不忘大清。死必表于道曰：'清处士林纾墓'，示臣之死生，固与吾清相终始也。"林纾还对自己数谒崇陵如此解释道："自始自终，为我大清之举人。谓我好名，听之。谓我作伪，听之。谓我中落之家奴，念念不忘故主，则吾心也。"②这样公开宣扬誓做清室遗老的林纾，在世人眼里，尤其在"五四"新文化倡导者眼里，他已从一个走在时代前列的启蒙者、维新派，褪变成了迂执顽固的"封建余孽"。然而，现在重新再看林纾时，我们不应仅宥于"五四"文化立场所凝定的历史结论，如果不过多考虑政治的眼光，而从传统文化的视野复原历史，予以历史同情之理解，林纾的思想行为包含着丰富复杂的文化符号意义。跨越晚清与民国两个时代的林纾，其一生的思想行为都有一个

① 钱谷融.林琴南书话[C].吴俊标校.杭州：浙江人民出版社,1999：110—111.
② 薛绥之,张俊才.林纾研究资料[C].福州：福建人民出版社,1983：57—58.

从认同到疏离的变化过程,其始终未变的是强烈的爱国情怀,富国强民是其一生追求的理想。在传统文化浸染下成长的林纾曾"七上春官,汲汲于一第",表现了强烈的功名心和对清朝政治与文化秩序的认同。而放弃科举之念,数次拒绝举荐,也显示林纾由御史台上书及"戊戌变法"失败等林林总总的体验,让他以决绝的态度与腐朽的清王朝拉开了距离,不屑于与其为伍。

　　辛亥革命爆发,民国建立,林纾虽不赞成暴力革命,却也认为清王朝的腐朽无能断送了维新大业,清廷灭亡全是咎由自取。面对举国欢欣鼓舞的盛况,林纾也曾表示"生平弗仕,不算为满州遗民,将来自食其力,扶杖为共和之老民足矣"①。林纾曾真诚的以为,新的共和政府能实现富国强民之愿,国家会在一个安定的环境中渐趋完善。他写于民国元年壬子(一九一二)年底至民国二年癸丑(一九一三)年初的《论中国海军》、《论中国丝茶之业》等文章,阐述了"振军旅"、"兴实业"、"广教育"等救国主张,实际上也是其一直坚持的"实业救国"、"教育救国"的理念,同时阐述"使上下成为一气,方是共和之真面目"的政治愿望。但是,民国初乌烟瘴气的"共和"现状让林纾的热情迅速消散,他不仅对现实社会深感绝望,而且对一切新生事物充满了敌意,失去了进取之心,这个将传统道德视若生命,真诚和讲究气节的古文家带着对现实的厌恶退回到遗老的文化秩序及道德体系中去了。林纾自喻"只嫉恶之心过严,服善之情愈笃"②,政治改良既已无可想,只有退守坚持传统文化道德了。由此可见,林纾自我标榜的遗老之思有别于真正的封建顽固派转化的遗老,终其一生,林纾始终是一个文学家,并未真正涉足政坛一步。

　　以人品论,林纾是个刻苦的人、勤勉的人、正派的人、富于血性的人,他为人正直,光明磊落,是一个极清介的学者。然而总的来说,林纾的一生显然经历了一个由先进而落后的褪变,这诚然是林纾的悲剧,但又不仅仅是林纾的悲剧,而是几乎整整一代人的悲剧!

---

①　张俊才.林纾评传[M].天津:南开大学出版社,1992:164—165.

②　张俊才.林纾评传[M].天津:南开大学出版社,1992:218.

康有为、梁启超、严复、王国维乃至章炳麟、章士钊,他们在历史上不
是都曾在世人眼里展出过以先进者始、以落后者终的悲剧吗? 鲁迅
在《花边文学·趋时与复古》中对章炳麟等人曾做过这样的描绘:
"原先是拉车前进的好身手,脚肚大,臂膊也粗。这回还是请他拉,
然而是拉车屁股向后,这里只好用古文,'呜呼哀哉,尚飨'了。"①林
纾何尝不是如此呢? 然而,这是一代人一个时代的悲剧,他是在新
旧交替的历史结构中来到人间的,因此他身上也不可避免地存在着
亦新亦旧的特点:一方面痛心于积弱守旧,不甘于亡国灭种,因而要
求维新变法;另一方面又无法与封建文体道德割断联系,而列强的
侵略和蔑视,又使林纾这类爱国者更产生一种逆反心理,他们要保
种,也要不加分析地保护和珍爱本民族的传统文化。辛亥革命后,
整个社会政治失序,文化失范,忠义遭到嘲笑,人心动荡浇漓,林纾
选择以哭陵的形式表达对现实和文化的道德关怀,而更极端的王国
维则选择自沉昆明湖来表达对污浊社会苟活的决裂。陈寅恪读懂
了王国维,他觉得王国维自杀的最高境界,是对灌注其生命而呈衰
势的中国传统文化的"殉身",由此摆脱污浊的社会,获得精神的解
脱。他在《王观堂先生挽词》中写道:

> 凡一种文化呈衰落之时,为此文化所化之人,必感苦痛,其表现
> 此文化之程度愈宏,则其受之苦痛亦愈甚;迨既达极深之度,殆非出
> 于自杀无以求一己心安而义尽也。②

这样的痛惜既是对王国维的哀悼,也可以看做是对康有为、梁
启超、严复及林纾等一代曾走在时代潮流前列又退守传统之人的哀
叹。林纾的哭陵与王国维的自沉从本质意义上来讲是相似的。

从思想上来说,林译后期小说基本丧失其启蒙价值,许多译作
由于过度拘泥于封建仁礼,牵强于因文见道而成为新思想传播的障
碍。在调节自我的文化立场和审美理想关系上,林纾依恃着程朱理

① 鲁迅.鲁迅全集(第五卷)[M].北京:人民文学出版社,1981:536.
② 陈锦谷.林纾研究资料选编[C].福州:福建省文史研究馆编,2008:1142.

学所肯定的纲常伦纪的恒定性,把西方小说中的人物纳入到中国传统的文化体系中,进行重新整合和意义赋予。林纾对西方小说的认同,是基于把对象所体裁的理性,纳入到中国文化的结构体系中,这无疑是误读和误判。这种误读与误判,在晚清迎合了刚张眼看世界的主流文化的规范需求,也契合了接受主体独特的文体心理结构,并成为林译小说得以风靡一时的重要缘由。然而,到了民国时期,革命者们对封建文化道德展开了凌厉的批判,林译小说依然持传统文化观念,这无疑成了时代的落后者,遭到进步读者的唾弃,梁启超、鲁迅、寒光、志希等对此都有批评。

林纾时时掺杂于小说中的中国传统仁义礼孝之"道",本来一直存活于中国士人的文化心理结构中,在潜意识的层面上,他们也乐于亲和这样的"志同道合"者。然而,革命的浪潮毫不留情地批判、解构了此"道",进一步觉醒的进步青年已经开始强烈呼唤新的文化及政治秩序,他们需要打碎、践踏旧的文化及政治束缚,在废墟上尽快建立新的理想文化及政治王国,所以他们后来都决然地背叛了这样的旧文化理念,但在潜意识的层面上,他们无法完全断绝和这一文化传统的脐带。此外,林译小说中尽管搀和了这样的一些"道",但还是无法完全遮蔽其文本原初所传输的西方文化的全貌,这使新派人物那正在成长着的文化心理结构获得了裂变的机缘,从而在一个新的基点上对西方文学进行整合,因此他们大都能够接纳晚清的林纾和林译小说,而不满甚至痛骂后期的林纾及其翻译小说。

意识形态指的是社会的、政治的思想或世界观,它可以是社会的、上层的,也可以是个人的。意识形态作用于翻译过程时会造成原作文化在译作中的变形。"翻译为文学作品树立何种形象很大程度取决于译者的意识形态,这种意识形态可以是译者本身认同的,也可以是赞助人强加给他的。"[1]满清标榜以孝治天下,孝道在人们的头脑中根深蒂固,林纾因此以孝道"包装"他的翻译小说,如狄更

---

① Lefevere, Andre. Translation, Rewriting and the Manipulation of Literary Fame [M]. London & New York: Routledge, 1992: 41.

斯的 The Old Curiosity Shop 被翻译成《孝女耐儿传》；哈葛德的 Montezuma's Daughter 被译成《英孝子火山报仇记》；克力斯第·穆雷的 The Martyred Fool 被译成《双孝子喋血酬恩记》等。林纾后期的翻译小说，这样牵强附会的诠释常令建构着新期待视野的读者大为厌烦。

林纾的"补天意识"和"经世意识"，使林纾在解读西方小说的过程中，常常能够超越自己既有的文化限制，开始瞩目西方文学所显现出来的西方文化的深刻意蕴。从个体主体的角度来看，林纾认为，"欧人志在维新，非新不学，即区区小说之微，亦必从新世界中着想，斥去陈旧不言。若吾辈酸腐，嗜古如命，终身又安知有新理耶？"①林纾这里所显示出来的文化意识，表明了他和"嗜古如命"的个体主体截然不同的文化立场，显示出"经世意识"参与现实变革的积极一面，这确实让世人感到了林纾维新者的召唤魅力。但是，历史大踏步前行的潮流冲洗了林纾表面的光环，让我们看到，林纾对"嗜古如命"者的决绝态度并不代表他本人就是大胆突进的改革者，林纾的改革只是在自己所画定的"补天"这一范畴下进行。这样的解读，已经超越了中国传统文化中的"天不变，道亦不变"的文化意识，开始认同"维新"的存在价值，并否定了"嗜古"的合理性。这样的理性认知，林纾晚清常有如此大胆认识，可惜当这种理性认识开始形成潮流时，其提倡者却在文化实践过程中无法超越原有情感所认同的理性，反而从思想到行为上都走向了倒退复古。

从语言上来说，中国文人、小说向来是以"小道"目之的，有盛名的古文家绝不肯动手做什么小说，所有做小说的人都写着假名，不欲以真姓名示读者。林纾开始也以笔名示人，可他很快就打破了这个传统的见解，乐意响应梁启超译印域外小说的号召，以一个"古文家"动手去译西洋小说，且称他们的小说家可以与太史公比肩，这在晚清算得上是很勇敢大胆的举动。自他之后，中国文人多有以小说

---

① 钱谷融.林琴南书话[C].吴俊标校.杭州:浙江人民出版社,1999:31.

家自命的,也开始了翻译文学的兴盛风气。

　　然而到了民国,以古文译印小说,仍然持传统文化理念诠释域外文学,意译过多等已经不能满足中国读者的期待视野了。这些读者既有经历了耽读林译小说时期,又许多有国外留学生活体验,再则也有不少与西洋文化交流认识的经验,因此,他们在原来的视野中又萌发了新的期待视野,而林纾不仅没有与时俱进,反而退守过去,以致后期林译小说无论是思想,还是语言形式、诠释角度都让读者兴趣顿减,甚至反感,终于被批判了。后期林译小说也逐渐在社会上丧失其影响力,成为理论界批评的标的,最后不得不渐渐退出历史的舞台。

　　如苦海余生《论小说》:

　　琴南说部译者为多,然非尽人可读也……曷为而言琴南之小说非尽人可读也?琴南之小说不止凌轹唐、宋,俯视元、明,抑且上追汉、魏。后生小子,甫能识丁,令其阅高古之文字,有不昏昏欲睡者乎?故曰琴南之小说非尽人可读。[①]

　　新生代的读者接受的是新式学堂的教育,古文的学习内容相对科举时代大减,自然,他们的古文阅读能力也日趋下降,但林纾依然故我选择古文译书,其传播效果不言而喻有诸多障碍。

　　曾朴曾真诚地劝告林纾改用白话译书,并提出一些建议说:

　　我就贡献了两个意见,一是用白话,固然希望普通的了解,而且可以保存原著人的作风,叫人认识外国文学的真面目、真精神;二是应预定译品的标准,择各时代,各国、各派的重要名作,必须逐译的次第译出。他对于第一点完全反对,说用违所长,不愿步《孽海花》的后尘;第二点怕事实做不到,只因他自己不懂西文,无从选择预定,人家选择,那么和现在一样。人家都是拿着名作来和他合译的,何必先定目录,倒受拘束。我觉得他理解很含糊,成见很深固,还时时露出些化朽腐为神奇的自尊心,我的话当然要刺他老人家的耳,

---

　　① 陈锦谷.林纾研究资料选编[C].福州:福建省文史研究馆编,2008:26.

也则索罢了。他一生译的小说,不下二百余种,世界伟大的名著经他译出的,不在少数,对着译界,也称得起丰富的贡献了。如果能把没价值的除去,一家屡译的减去,填补了各大家代表的作品,就算他意译过甚,近于不忠,也要比现在的成绩圆满得多呢。①

对于语言的问题,蔡元培说:"白话与文言的竞争,我想将来白话派一定占优胜的——从前的人,除了国文,可算是没有别的功课,从六岁起,到二十岁,读的写的都是古人的话,所以学得很像。现在应学的科学很多了,要不是把学国文的时间腾出来,怎么来得及呢?"②民国以前沉醉于大清帝国的子民,浸染于中国传统文化的语境,把中国的知识者熏染得"很像"古人,在这样的情景下,他们在无意识的潜层次上就必然形成了"嗜古如命"的文化心理结构。所以,古文的外在形式也就契合了他们的这一结构的需要。到新的民主共和国建立,新的文化与教育逐渐构建起来,白话开始快速扩张占领市场,白话文学也顺势成了中国文学的主流,古文不可挽回地成为了边缘用语,日趋丧失其生命力,最后只能退居到研究的领域,成为保存传统文化的博物馆里的语言了。林纾依旧固执于古文翻译西洋小说,自然也只能成为少部分人欣赏的"古董",失去了其风靡大江南北的魅力,最后不得不中止其翻译。到林纾离开人世,据说商务印书馆还存了不少没有发表的林译小说。

在翻译选择和技巧上,后期的林译小说也逐渐失去了吸引力。在意译过甚的晚清,林译小说称得上是比较忠实于原著的。如寒光就曾说:"他的初期译本,俱以译文忠实著称;近有人加以标点而作为高级中学文学读本了。"③然而,清末民初,鲁迅等一批作家开始提倡直译,宁愿不合于中国文字规范,也要尽可能保留域外文学风味。关于直译意译的讨论,历来就是一个绕不开的话题。

汤元吉《春醒》译序:

---

① 陈锦谷.林纾研究资料选编[C].福州:福建省文史研究馆编,2008:29.
② 陈锦谷.林纾研究资料选编[C].福州:福建省文史研究馆编,2008:508.
③ 陈锦谷.林纾研究资料选编[C].福州:福建省文史研究馆编,2008:19.

　　说到译书的问题，常见有直译和意译之争，据我看来，直译至低限度也要做到信、达两个字；那末这和意译究竟有什么分别呢？举一个浅近的例来说：如果现在有一位西洋人翻译中国"原璧奉赵"这句话，他不老老实实的译作奉还两个字，偏要照着原文译为"原璧奉赵"然后再加上许多的注解，这种直译的方法，岂不是世间第一等笨伯做的事吗？我底朋友俞敦培在《德文月刊》第一卷、第十二期，有这么一段很重要的谈话：

　　"直译之弊，在于但知注重单字及文法之排列，而忽略意义上之结构。结果成为字典式之翻译，存其皮毛而遗其神态，读之索然无味。盖字句仅为发表思想之工具，同一思想，而表现之方式，所谓语气风味者，中外实难强同。思想虽藏于字句之间，然为整个的、流动的、不可分析的，惟能心领神会之；而翻译之使命并非为字句之译义，乃引渡此种原文之思想也。是故译文，须先彻底了解原文之意义，字里行间，已无半点疑惑，然后融会于心，揣摩中文之语气，笔而出之。经此一番融化，则所译之文，自有整个的，流动的原作之思想存于其内，而无晦涩难明之虞矣。"①

　　严复在他的《天演论》里也说：

　　西文句中名物字，多随举随释，如中文之旁支，后乃遥接前文，足意成句，故西文句法，少者二三字，多者数十百言。假令仿此为译，则恐必不可通；而删削取径，又恐意义有漏，此在译者将全文神理、融会于心，则下笔抒词，自善互备……各国文字组织不同，语气、风味亦各有异，所以译书只有意译之一法。直译云云，简直是一个不通的名词！——意译当然也要做到信、达两个条件。倘若有人解作"任意翻译"，那就大错而特错了。②

　　从形式上来说，这样的论述都是持意译观的，然而细细品味，其求传神、求信达实质上是追求归化翻译的，有别于晚清的率性意译。

---

①　[德]卫德耿.春醒[M].汤元吉译.上海：商务印书馆，1928.

②　陈锦谷.林纾研究资料选编[C].福州：福建省文史研究馆编，2008：20.

林纾自称对于关键之处"虽一小物一小事,译者亦无敢弃掷而删节之"①。茅盾曾对照林纾的《撒克逊劫后英雄略》译文与原文,也说林纾译文"颇能保有原文的情调"②。然而,林纾译文的删节增补也是无法掩饰的事实,在意译成风的晚清,林译小说虽称得上忠实,可到了民国以后,越来越追求异化风格的直译,不懂外文、只能与人口译笔述的林译小说相比之下就可说是不忠实了。林纾的一些误译错译也成了不可原谅、遭人指责的口实,这些都让林译小说越来越失去读者的喜爱和认可。晚清以来,小说作家的专业化与小说的商品化让读者成了文学发展方向的有力影响者,经历晚清以传统文化为主体式的归化翻译、热衷于史传文学式追求情节小说及外在描述的读者渐渐产生了审美疲劳,开始感兴趣于异化的风格,并转向了诗骚传统式的非情节化、注重情调与内在刻画的小说,同时,中国读者也由习惯于阅读长篇小说转向短篇小说。经过晚清到民国对域外小说的大量引进和学习借鉴,时事风尚都发展了巨大的变化,域外小说由启蒙功能更多转向了艺术技巧的的欣赏与模仿,极端的甚至想颠覆中国传统文化,走向全盘西化。

林纾的传播西洋文化,是在中西文化正面碰撞时保留传统文化的根柢,用以抗衡西方文化,其文化本位是中国传统文化,故他处处以中国文化来诠释西洋文明。如民国四年乙卯(一九一五),他在《鹰梯小豪杰·序》中道:"此书为日耳曼往古之轶事。其所言,均孝弟之言;所行,均孝弟之行。"③民国七年戊午(一九一八),林纾《孝友镜·译余小识》说:"父以友传,女以孝传,足为人伦之鉴矣。命曰《孝友镜》,亦以醒吾中国人,勿诬人而打妄语也。"④这些都显示林纾对中国传统文化中的孝的充分认同与热切关注,并极力以西洋文学论证中西文化相通及其存在的合理性,这也成了后期林译小说反复追求的目标,以保留传统文化为理念,并极力维护传载中国几千年

① 钱谷融.林琴南书话[C].吴俊标校.杭州:浙江人民出版社,1999:99.
② 沈雁冰.评《撒克逊劫后英雄略》[J].小说月报,1924(15):11.
③ 钱谷融.林琴南书话[C].吴俊标校.杭州:浙江人民出版社,1999:120.
④ 钱谷融.林琴南书话[C].吴俊标校.杭州:浙江人民出版社,1999:123.

文化与道德的古文语言。然而，新一代成熟起来的新文化运动的倡导者们却已经将林纾的理念远远抛到了身后，甚至走向了反面，时代的风尚也因此裹挟其中，林译小说从思想、语言到技巧都失去了号召力与吸引力，甚至成为激进者猛烈拼击的范本，成了嘲笑的对象。

晚清宣扬说读西洋小说可以考其异国风情，鉴其政教得失，实际上蕴藏着一种根深蒂固的偏见：对域外小说艺术价值的怀疑。那种漫不经心的"意译"之风，除译者的理解能力外，很大原因是译者并不尊重原作的表现技巧，甚至颇有声称篡改处优于原作者。这就难怪随着理论界对域外小说的评价日渐提高，翻译上出现传真域外文学的表达技巧与风格，并出现了鲁迅等人"直译"的主张和实践。表面上，小说体裁在晚清得到前所未有的重视，处于整个文学结构的中心，但这更主要是借助政治运动而不是自身的艺术魅力。小说家们并没有真正完成小说作为一种文学形式从俗到雅的转变，这种转变是在"五四"作家手中完成的。即使如此，清末民初的小说界，确实存在着一种雅化的倾向，只是由于理论的偏差和样板的限制，这股"雅化"小说的潮流一波三折，甚至出现明显回潮。大致而言，辛亥以前的主要倾向是由俗入雅，辛亥后则为回雅向俗。"五四"新文学兴起，小说进一步俗化，变成严格意义上的通俗小说，与《狂人日记》、《沉沦》为代表的现代小说互相对峙，形成了贯穿整个二十世纪中国小说史的雅、俗小说并存共进的局面。在这种逐渐的转变潮中，不进则退的林译小说由翻译文学的主流被抛到了边缘，甚至走到了被遮盖而不得不消失的境地。

另外，从感情上来说，不论是林纾的思想褪化影响到他译书的热情，还是读者的抛弃与理论界的批评让林纾丧失了热情，总之，与前期林译小说相比，后期林译小说大大降低甚至消解了感情的投入，这让其译作的魅力大大流失。钱钟书对此评论林纾说：

后期翻译所产生的印象是，一个困倦的老人机械地以疲乏的手指驱使着退了锋了秃笔，要达到"一时千言"的指标。他对所译的作品不再欣赏，也不甚感觉兴趣，除非是博取稿费的兴趣。换句话说，这种翻译只是林纾的"造币厂"承应的一项买卖，形式上是把外文作品转变为中文作品,而实质上等于把外国货色转变为中国货币。①

钱钟书先生的语言幽默,却也无法掩饰对林纾后期译作的尖刻批评。事实上,林纾后期译作少有序、跋及译后小语,这也从侧面印证了林纾后期远不如前期态度认真、热情。林纾本人也说:"余笃老无事,日以译著自娱;在,是又不解西文,则觅二三同志取西文口述,余为之笔译。"②相比前期的泣血以告读者,这种无聊打发时间的译述只能说是冷血了,连译者本人都对自己的译作冷淡、漠不关心,当然更别指望读者会被打动、会被其译作吸引和引起反响了,除非是负面的反响。

---

① 钱钟书等.林纾的翻译[C].北京:商务印书馆,1981:35.
② 钱谷融.林琴南书话[C].吴俊标校.杭州:浙江人民出版社,1999:120.

第三章　林译小说及代表作

第一节　林译小说

　　一九二四年林纾过世后，胡适从高凤谦处借读了《闽中新乐府》，感慨道："林先生的《新乐府》不但可以表明他文学观念的变迁，而且可以使我们知道：五六年前的反动领袖在三十年前也曾做过社会改革的事业。我们这一辈的少年人只认得守旧的林琴南，而不知道林琴南壮年时曾作过很通俗的白话诗——这算不得公平的舆论。"郑振铎批评林纾后期的落后保守，同时也肯定他前期的《闽中新乐府》有"新党的倾向"，并为林纾前后的转变解释："这大约与他的环境很有关系。戊戌之前，他是常与当时的新派的友人同在一起，所以思想上不知不觉地受了他们的熏染；后来，清廷亡了，共和以来，他渐渐的变成了顽固的守旧者了。这样的人实不仅林先生一个。有好些人都是与他走同样的路的。"①

　　在"五四"新文化运动之后，白话代替古文已成文化界的共识与现实。如果从对白话的认识与应用技巧来看，其实林纾并不逊于"五四"新文化诸人，因为早在三十年前，林纾就有成熟的白话作品问世了。另外，林纾还在《闽中新乐府》序言中表达道："儿童初学，骤语以六经之旨，茫然当不一觉。其默诵经文，力图强记，则悟性转窒。故入人，以歌诀为至。闻欧西之兴，亦多以歌诀感人者。闲中

---

① 钱钟书等.林纾的翻译[C].北京:商务印书馆,1981:8.

读白香山讽谕诗,课少子,日仿其体作乐府一篇,经月得三十二篇。"①从中可以看到,林纾最早感悟到浅显的白话对于儿童教育与传播效果的无可比拟的魅力。

东亚病夫曾真诚地建议林纾:

我就贡献了两个意见,一是用白话,固然希望普通的了解,而且可以保存原著人的作风,叫人认识外国文学的真面目、真精神;二是应预定译品的标准,择各时代,各国、各派的重要名作,必须逐译的次第译出。可惜林纾过于自信固执,并没有听进去,"他对于第一点完全反对,说用违所长,不愿步《孽海花》的后尘;第二点怕事实做不到,只因他自己不懂西文,无从选择预定,人家选择,那么和现在一样。人家都是拿着名作来和他合译的,何必先定目录,倒受拘束。我觉得他理解很含糊,成见很深固,还时时露出些化朽腐为神奇的自尊心"。②

如果林纾真诚地接受了东亚病夫的建议,后期改用白话译书,并预定译品标准,选择名作翻译,文学史上林纾的地位应该重新书写,林译小说也将更圆满,也就不可能有"封建余孽"林纾了。然而,历史无法改写。我们现在所看到的是自一八九九年《巴黎茶花女遗事》公开面世后,林琴南孜孜于引进西方文化,毕其一生,共发表各类译著过百种,具体种数,有影响的有以下几种说法。郑振铎先生认为成书的共有一百五十六种,其中有一百三十二种是已经出版的,有十种则散见于第六卷至第十一卷的《小说月报》而未有单刻本,尚有十四种则为原稿,还存于商务印书馆未付印。一九八一年,美国芝加哥大学远东图书馆工作人员马泰来先生在他的《林纾翻译作品全目》中,提出"林译作品今日可知者,凡一八四种"。据寒光《林琴南》统计称,林纾翻译的作品共有一百七十一部合二百七十册。曾宪辉则提出林纾翻译小说达二百余种,为中国近代译界所罕见,曾被人誉为"译界之王"。③ 笔者在前人资料的基础上以表格形

---

① 钱谷融.林琴南书话[C].吴俊标校.杭州:浙江人民出版社,1999;135.

② 陈锦谷.林纾研究资料选编[C].福州:福建省文史研究馆编,2008;29.

③ 陈锦谷.林纾研究资料选编[C].福州:福建省文史研究馆编,2008;9—85.

式将署名为林纾的翻译小说一一列出,统计得出,公开发表的翻译作品总计达一百九十一种,未公开发表作品二十四种,两者合计达二百一十五种。作品清单附后。这样一个庞大的翻译清单,虽然都是林纾与口译者合作的成绩,但在文学史上却留下了一个专有名词"林译小说",这不能不说与林纾独特的感悟、简洁丽雅的文字,因而富有林纾血性感情的独特风格有很大的关系。

林纾小说公开出版的大致公认为一百八十多种,译作遍及英国、法国、美国、俄国、瑞士、西班牙、比利时、挪威、希腊、日本等国,介绍了不少著名的作家,如英国的莎士比亚、司各脱、斐尔丁、狄更斯,法国的大仲马、小仲马、雨果,俄国的托尔斯泰,挪威的易卜生等。他译介的世界文坛著名作品有《孝女耐儿传》、《撒克逊劫后英雄略》、《块肉余生述》、《冰雪因缘》、《贼史》、《双雄义死录》、《魔侠传》、《鱼雁抉微》(后来译名分别是《老古玩店》、《艾凡赫》、《大卫·科波菲尔》、《董贝父子》、《奥立佛·退斯特》、《九三年》、《堂吉诃德》、《波斯尺牍》)以及《鲁滨逊飘流记》、《伊索寓言》、《不如归》、《茶花女》、《汤姆叔叔的小屋》等,而且绝大部分都是最早的中译本,但译得最多的却是英国的哈葛德、柯南道尔的作品,达三十余种。即便是被评论界称为三流作品的哈葛德的小说,林译二十三本哈葛德小说中,有十七本都印有三版以上,一些甚至印了五版六版。所以,不论林纾独特的译法和选择如何遭人非议和指责,从文化传播和交流的角度讲,称林纾是个优秀且成功的中西文化交流使者是可以成立的,这也可以从当时读者的评论得到确证。《巴黎茶花女遗事》引起"洛阳纸贵",国人撰文写诗各抒感受;《黑奴吁天录》一印行,读者纷纷在报刊上著文评介,有位署名灵石的读者写道:"我愿书场、茶肆演小说以谋生者,亦奉此《吁天录》,竭其平生之长,以摹绘其酸楚之情状,残酷之手段,以唤醒我国民。"①《黑奴吁天录》在警醒国民,教育民众团结抗争确实发挥了巨大的影响力;《迦茵小传》

① 陈平原,夏晓虹.二十世纪中国小说理论资料[C].北京:北京大学出版社,1997:132.

一出,批评者有之,赞赏者有之,争议者有之,而其感动人心,风靡读书市场更是文学史上的事实。

"林译小说"滋养了一代读者,不论是晚清热衷于科举之路的士子,还是略通文墨的读书人,甚至包括"五四"新文化运动中叱咤风云的新派人物,几乎都曾是林纾的热心读者,并受到深远影响。这种影响既有以林译小说为救国改良之方,也有消遣娱乐之用,更有学习借鉴的功能。从读者的评论反馈,林译小说的一版再版,林译小说的数量庞大,以及林译小说对一代甚至几代人的影响来看,林纾作为中西文化交流的使者,无疑是取得了辉煌的成绩的,他留下的印迹是那样的深刻,即便对他抱有极大偏见的人,也要尊重他的存在价值和意义。

林译小说既引领其接受者探首域外,知道了中国文化之外还有不同的文化视野和风光,也启发新文化的启蒙者超越林译小说的视野,引进和发掘其他的文化风景。林译小说的成功与缺陷,从正反两方面为年轻一代提供了借鉴和参考。

众所周知,林纾是一个完全不懂外文的翻译家,据查,与林纾合作翻译小说的口译者有十八人,其中翻译最成功及合译最多的有王寿昌、魏易、陈家麟、曾宗巩等人,此外还有李世中、王庆骥、王庆通、毛文钟、严璩、严潜、力树萱、林骙、陈器、林凯、胡朝梁、廖秀昆、叶于沅、魏瀚。这是早期文学翻译的特殊现象,许多人感叹,林纾不通外文,不能自己选择译本,常常出现误译、漏译、删改、增补等问题,并归之于口译者之误,而林纾本人也很遗憾地说:"予颇自恨不知西文,恃朋友口述,而于西人文章妙处,尤不能曲绘其状。故于讲舍中敦喻诸生,极力策勉其恣肆于西学,以彼新理,助我行文,则异日学界中,定更有光明之一日。或谓西学一昌,则古文之光焰熄矣。余殊不谓然。学堂中果能将洋、汉两门,分道扬镳而指授,旧者既精,新者复熟,合中西二文,熔为一片,彼严几道先生不如是耶?"[①]说这话时林纾已是五十五岁的老人,如若还是青年,林纾定会拜师学习

---

① 钱谷融.林琴南书话[C].吴俊标校.杭州:浙江人民出版社,1999:41.

西文,如严复一样,成为中西兼通之人。然而耐人寻味的是,兼通中西文的严复,其八大名著的出炉却从一八九五年至一九〇八年整整花费了十三年,而这还算是严复翻译西学著作的高产期。严复不仅由此而被人视为"译界始祖"、"译界泰斗",而且也刮起了一股西学热的旋风。但从数量上来说,严复翻译作品远远不及林纾近二百种小说译作之浩繁。

严复的翻译作品都是经过精心选择,翻译态度极其认真,"一名之立,旬月踟蹰"①。严复高深的古文修养加上精通西文,提出的"信、达、雅"理论在很长时间内都成为了翻译界普遍奉行的标准,尽管严复本人也未能严格执行,但严复的翻译作品依然独树一帜,占有很高地位。如果林纾也如严复一样,精通中西文,谨慎行文,而不是"耳受手追,声已笔止","不加窜点,脱手成篇",那么,林纾翻译的数量绝对没有这么多。由于早期翻译意译成风,更注重引进域外文学,向国人介绍西洋小说,而非创造精品,从这个意义上来讲,林纾不懂外文在晚清民初刚刚开始张眼看世界的情境下,正是林纾成功的助力而非阻力。如果不是采取合译的方式,林纾外文再好,可能也无法翻译十多个国家的近两百部小说。林纾古文修养深厚,叙事简劲,深得史汉文学真传,其人深于情,富于血性,有很强的文学感悟力,因此,在意译成风、对原著随意摘取的晚清翻译界,林纾的译本,算得上难得的规范。林译小说中,有四五十种属名著名译,可以称得上比较完美,茅盾、郑振铎等都曾对照原著称赞林译小说的忠实。而且,林纾的译本,一一注明作者及其国籍、口述者、笔录者,这在晚清翻译界实属难能可贵。

终林纾一生,他对古文的痴迷叫谓愈久愈醇。幼年贫寒,宁愿节衣缩食,也要到处搜罗各种古书以满足自己的求知欲;青年时借读好友藏书三四万册,博闻强识,欣然自乐;中年由博返约,沉缅于《诗》、《礼》二疏,《左》、《史》、《南华》及韩、欧之文等,如味醇酒;晚年呕心沥血,搜索其一生所悟,撰成《春觉斋论文》,临别人世之际,还

---

① ［美］施沃茨.严复与西方[M].滕复等译.北京:职工教育出版社,1990:79.

要说着"古文万无灭亡之理"①而逝。古文已与林纾如影随形,贯穿于他的研读、写作与讲授,也深入其骨髓和血液,融铸了林纾的灵魂,成为其身体发肤的一部分。这种痴迷加上其独特的固执性格,虽然成全了他在古文上的高深造诣,赢得世人的称赞与追捧,被誉之为古文的押阵大将,然而在新旧交替的时代,却也注定了他的悲剧命运。

清史稿本传《文苑列传》曰:

> 林纾,幼嗜读,尝得史汉残本,穷日夕读之,因悟文法,后遂以文名。忧时伤事,一发之于诗文,为文宗韩、柳。少时务博览。中年后,案头唯有《诗》、《礼》二疏,《左》、《史》、《南华》及韩、欧之文,此外则《说文》、《广雅》,无他书矣。其由博反约也如此。其论文,主意境、识度、气势、神韵,而忌率袭庸怪。文必己出,尝曰,古文唯其理之获,与道无悖者,则味之弥臻于无穷;若分画秦汉唐宋,加以统系派别,为此为彼,使读者炫惑,莫知所从,则已梏其途而左其趣。经生之文朴,往往流入于枯淡,史家之文则骤突恣肆,无复规检。二者均不足以明道,唯积理养气,偶成一篇,类若不得已者。必意在言先,修其辞而峻其防,外质而中膏,声希而趣永,则庶乎其近矣。纾所作,务抑遏掩蔽,能伏其光气,而其真终不可自闷,尤善叙悲,音吐凄梗,令人不忍卒读,论者谓以血性为文章,不关学问也。所传译欧西说部至百数十种,然纾故不习欧文,皆待人口达而笔述。任气好辨。自新文学兴,有倡非孝之说者,奋笔与争,虽胁以威,累岁不为屈。②

从中可以看到,首先,林纾是自学成才的,其成才路径是博览群书,之后到一定阶段再由博返约,沉醉于《诗》、《礼》二疏,《左》、《史》、《南华》及韩、欧之文,此外则《说文》、《广雅》,精研细读;其次,林纾作文讲究不得不作,文必己出,无宗派之念,以血性为文章,故

① 薛绥之,张俊才.林纾研究资料[C].福州:福建人民出版社,1983:60.
② 赵尔巽等.清史稿(第三十三册)[C].北京:中华书局,1976.卷273.

含蓄蕴藉,动人入深;最后,林纾是中国孝文化等的忠实坚持者,这也是林纾最终与"五四"新文化运动分道扬镳的主要价值分野点。钱基博先生称赞林纾古文说:"纾之文,工为叙事抒情,杂以恢谐,婉媚动人,实前古未有,固不仅以译述为能事也。"①林纾作文的独特风格连钱基博先生也激赏不已,并认为这样的"工为叙事抒情,杂以恢谐,婉媚动人",历览前人,都无法找到源头出处,从中也透露了林纾为文的独创性,体现其博览杂收后融注己性的血性之文。

林纾古文造诣能达到这样的境界,自然与他的长期苦读和严格要求自己有关。林纾不断地作文磨练,又尽量做到文必己出,出之以血性,从而为他以后的小说翻译打下了坚实的语言基础,让他能游刃有余地处理异国各种文本。而他幼年的穷日研读史汉残书,从他后来的个性嗜好来看,对他的一生也产生了不可估量的影响,譬如对小说家言的偏好,譬如论文译文多次谈到史汉义法。韩、欧之文的简洁流畅与小说家言的婉曲达情对于林纾的小说翻译可以说是相辅相成的利器,使他在文学史上留下了灿烂瑰丽的林译小说,搏得了清末读者的热捧。另外,林纾并不排斥白话,他公开发表的第一部作品《闽中新乐府》使用的就是浅显的白话。对于自幼饱读诗书,具有深厚古典诗词修养又将古文奉若圭臬的林纾而言,作古诗词驾轻就熟,为何要采用"新乐府"的形式进行创作呢?他在序言中说:"儿童初学,骤语以六经之旨,茫然当不一觉。其默诵经文,力图强记,则悟性转窒。故入人,以歌诀为至。闻欧西之兴,亦多以歌诀感人者。闲中读白香山讽谕诗,课少子,日仿其体作乐府一篇,经月得三十二篇。"②这些新乐府是白话文学兴起之前的白话诗,鲜明地表达了他当时的维新思想。可见为了现实改良群治的需要,林纾是乐意使用更合适的语言的,而非偏执于古文之士。

林译小说由于诞生于文学翻译的早期,使用语言的特殊,即便以某些翻译理论框架而言,也具有诸多的不合规性,但这也反映了

---

① 陈锦谷.林纾研究资料选编[C].福州:福建省文史研究馆编,2008:746.
② 钱谷融.林琴南书话[C].吴俊标校.杭州:浙江人民出版社,1999:135.

林纾翻译语言的变通与灵活。但是,从它诞生之日的接受效果来看,它在文学史上不能不说具有不可思议的魅力,这也证明了林纾的语言选择是恰当的。有意思的是,从林纾作文的经历来看,林纾最初作文作诗并无较强的信心,或者说并没有藏之名山、流传千古的奢望。他的好友张僖就这样说他:"畏庐,忠孝人也,为文出之血性。光绪甲申之变,有诗百余首,类少陵天宝乱离之作。逾年则尽焚之。独其所为文,颇秘惜。然时时以为不足藏,摧落如秋叶。"可见他早期的许多作品都被他轻易的或焚或毁了。张僖看到林纾"文稿已有数十篇,是汲汲焉索其疵谬,时时若就焚者",仍"夺付吏人,令装书成帙。为之序其上"。① 在科举路途上艰难跋涉的林纾可能做梦也没想到,这得以保存下来的古文不仅为他带来了巨大的声誉,也为他带来了可观的经济收益,这在古文的发展历史上也是少见的。正如林纾向其子孙教诲之言:"力学是苦事,然如四更起早,犯黑而前,渐渐向明。"②林纾以其终生的学习精神,在人生走到近五十岁时,无意却又必然地走进了历史的视野,成为文学史上璀璨的明星,虽有瑕疵,却无法掩饰其耀眼的光芒。

正因为林纾"文必己出",无宗派之见,故亦无任何清规戒律,常常有独创之见之行。事实上,林纾翻译小说语言能很快突破古文界限,以一种更有弹性、自由,也更灵活的文言表达域外小说情事,故能传情达意绘神,得到国人喜爱,风靡大江南北。

钱钟书先生以幽默的语言描述林纾初涉译坛的语言应用说:"在林译第一部小说《巴黎茶花女遗事》里,我们看得出林纾在尝试,在摸索,在摇摆。他认识到,'古文'关于语言的戒律要是不放松(故且不说放弃),小说就翻译不成。为翻译起见,他得借助于文言小说以及笔记的传统文体和当时流行的报章杂志文体。但是,不知道是良心不安,还是积习难除,他一会儿放下、一会儿又摆出'古文'的架

---

① 林纾.林琴南文集·序[M].北京:北京市中国书店,1985.

② 薛绥之,张俊才.林纾研究资料[C].福州:福建人民出版社,1983:53.

子。"①从这个意义上讲,林纾从来没有使用纯粹的古文翻译域外小说,由于这是一种古文向白话过渡性质的文言,又由于刚刚从古文脱胎而来,带有更多古文的特征,故历来被人视作古文翻译小说的代表,虽然林译小说语言正在悄然孕育新的语言,可参看前面详细分析,此略。

林纾用文言翻译西方的小说,以中国文人认可的"雅语"讲述琐碎而包容万千的世俗人情,实现了中国文学雅与俗的共容。林纾是清末民初唐宋派古文大家,文言文章者常以林纾为师。在翻译文体上,林纾以唐宋古文义法与笔记小说语言并用,在他自觉的文化意识中,林译小说的道,即是孔孟的纲常伦理规范,弹性古文是其语言载体,两者表里相辅,不可分离,也不可或缺。他的译述西洋小说,除了借以正风俗、戒人心而外,还有着弘扬古文义法的曲折用意。林纾最推重自己的古文,批评康有为赠诗称赞他的译著而不谈他的古文,是"舍本逐末"。与林纾既是同乡、又素有交往的经学家陈衍,后来曾经对钱钟书说起,林纾最恼别人称赞他的翻译和绘画,他认为自己最见功力、最有水平的是古文。实际上,林纾的画相当好,讨画的人也相当多。鲁迅一直到"五四",都保持着搜购林纾画的雅好。

翻译和绘画,使林纾名利双收——为此,他译书和作画的书房,被友人戏称为"造币厂"——但在正统观念中,绘画只是雅兴,而小说更不能入流,只有集道德学问于一身的古文,才是士大夫足以立身扬名的正经事业。林纾不乐意别人称赞其翻译与绘画,恰好透露了他内心顽固的正统观念,这种心态与他对翻译小说的热情,似乎是不协调的。

钱钟书曾调侃林纾道:

林纾不乐意人家称他为"译才",我们可以理解。刘禹锡《刘梦得文集》卷七《送僧方及南谒柳员外》说过,"勿谓翻译徒,不为文雅

---

① 钱钟书等.林纾的翻译[C].北京:商务印书馆,1981:42.

雄",就表示一般人的成见以为翻译家是说不上"文雅"的。一个小例也许可以表示翻译的不受重视。远在刘禹锡前,有一位公认的"文雅雄",搞过翻译——谢灵运。他对"殊俗之音,多所通解";流传很广的《大般涅槃经》卷首标明:"谢灵运再治";抚州宝应寺曾保留"谢灵运翻经台"的古迹。但是评论谢灵运的文史家对他是中国古代唯一的大诗人而兼翻译家这一点,都置之不理。这种偏见也并不限于中国。林纾原自负为"文雅雄",没料到康有为在唱和应酬的诗里还只品定他是个翻译家;"译才"和"翻译徒"虽非同等,总是同类。他重视"古文"而轻视翻译,那也并不奇怪,因为"古文"是他的一种创作,一个人总认为创作比翻译更亲切地是"自家物事"。①

从清末民初一直到"五四"时期,西方文化以一种为东方文化师的强势姿态进入中国,然而,林纾却始终认为西方文化只可资借鉴,故坚守中国传统的主流文化立场。面对西风东渐的历史潮流,林纾始终不感弱势自卑,并常以西方文化与文学技巧附会中国传统文化与古文义法,显示中西相通之处,并无强弱之别。林译小说体现了中国传统文化对西方文化的对抗,也显示出林纾对于中国传统文学的推崇。然而到了"五四"新文化运动时期,林纾这种自欺欺人式的调和中庸之论,即用"古文"翻译、理解西方小说,也用"古文"提升小说的地位,与此同时,林纾又在小说与古文之间找到种种同一性的共存,为他自己既追求维新之潮流,响应译印域外小说,还可有巨大的经济收益的同时,又保持古文家的尊严,找到了和平共处的稳妥空间。但如此折中、调和,在"五四"新文化人的犀利解剖中,却是最不能容忍的虚伪。

梁启超在《清代学术概论》中曾针对林纾的翻译说过:林纾"每译一书,辄'因文见道'"②寒光也说过,林纾"太守着旧礼教,把礼字看得很重,不但他自己的言论和作品,就是翻译中稍有越出范围的,他也动言'礼防',几乎无书不然!"志希则认为,"林先生与人对译小

---

① 钱钟书等.林纾的翻译[C].北京:商务印书馆,1981:49—50.

② 梁启超.清代学术概论[M].天津:天津古籍出版社,2003:162.

说,往往上人家的当,所以错的地方非常之多……现在林先生译外国小说,常常替外国人改思想,而且加入'某也不孝','某也无良','某也契合中国先王之道'的评语,不但逻辑上说不过去,我还不解林先生何其如此之不惮烦呢?"①然而,正是林纾在挽和了这样的一些似是而非的误读与文化调和后,谨守中国传统文化但又处于穷则思变的接受主体轻松地接受了西方文学及其文化。不论是旧派人物,还是新派人物,传统文化之道一直存在于他们的文化心理结构中,在潜意识的层面上,传统文化之道对他们都有着天生的亲和力,尽管新派人物在文化心理结构不断解构后,走上了背叛传统文化之道,但在行动和潜意识的层面上,他们并没有断绝和这一文化传统的脐带。另外,林译小说中尽管挽和了这样的一些"道",但还是无法完全遮蔽其文本原初的西方文化的全貌,这就使新派人物那正在成长着的文化心理结构获得了滋养的机缘,从而在一个新的基点上对西方文学进行整合,这也是他们为什么能够接纳林纾,然而当他们的期待视野改变后,他们又最终走出林纾和林译小说,走进了新文化运动。曾经扮演启蒙者角色的林纾在新文化运动蓬勃发展时,却渐渐成了前进的障碍,历史有意无意间选择了批判林纾来完成新文化胜利的祭祀仪式。

　　林纾不懂外文,这使他最大限度地保持了自己既有的中国文化立场。他用中国文化立场来理解和整合西方文学,他在翻译中使用的古文话语体系,使其翻译和时代的审美趣味保持了最大限度的协调,在内在和形式上力图实现西方文学的东方化过程。林纾的古文话语体系,不仅没有限制其翻译,反而极大地促进了其翻译,使其翻译的小说获得了当下的存在价值和意义,然而,却也使林译小说在白话时代只能退出人们的视线,充其量只具有研究的价值了。他人的口译使林纾的翻译只能在口译的基础上展开自己的东方化过程,他无法更改其文学叙事所规范的既定事实,这就保证了林纾的翻译保留了西方文学的基本特质,使其翻译确保自我独立的文学品格,

---

① 陈锦谷.林纾研究资料选编[C].福州:福建省文史研究馆编,200:510—511.

不至于成为悖离西方文学的信马由缰式的杜撰,这也是其翻译给接受主体以新的审美冲击力的重要前提条件,是接受主体对西方文学爱不释手的重要缘由。此外,林纾是个有着敏锐文学感觉的作家,尽管他深深受中国传统文化的浸淫,然而,他却以其独特的认同错位接受了异域文化,并将这种异质文化以传统文化的诠释来传递给接受主体,固守传统文化者在林纾的诠释中看到了东方,探寻新文化者看到了西方。在某种意义上,林译小说在接受主体的眼里都具有自己所需要的或中或西的的文化品格,正如喜山者得山,乐水者得水。

翻译由于社会文化、语言、民族心理等方面的原因,绝非只是一种一一对应的符码转换,而是要在保持深层结构的语义基本对等、功能相似的前提下,重组原语信息的表层形式。其中在重组的过程中,甚至一些基本信念被替换、被颠覆,文学发生了"范式的变化"。西方语言区别于汉语的言文不一,它是言文一致的拉丁语系,这就使文学语言和现实生活中人们所使用的语言是和谐一致的。但是在汉语言中,汉语由于是一种象形文字,其文字本身具有表达意义的作用,这就使书面语言得以离开口语而存活。而林纾的翻译,则使西方现代小说的话语被整合为文言话语,并以此实现了对中国传统阅读心理习惯的迎合,从而完成了登陆中国读者文化心理的艰难过程。这就使人们在一定程度上接纳了西方小说,并且觉得西方小说和我们的文学与文法取着同一的价值取向,这就使人们放弃了对西方小说的排斥性文化心理,具有了一种可以"平等"对话的基础。当然,这里的"平等"不可能是真正的平等对话,但对话本身却表明了对话主体容许对话对象的存在。

林纾利用自己的古文话语体系和传统文化心理,完成了对于西方文学精神和文化内核的东方化历程。林纾如果没有这一种对外文的隔膜和正统的传统文化心理,代之以某种程度上的西化的文化心理结构,那么,其翻译出来的文本要迎合接受主体的审美心理需求,将会是非常艰难的。这里也说明为什么前期鲁迅的小说翻译没有获得成功,而林纾的小说翻译却获得成功的内在缘由;同时还说明了为什么林纾在前期获得了成功,而后期则被逐出中心而沦入边缘的内在缘由。林纾的中国文化本位,使他的翻译最大限度地契合了接受主体的文化心理的实际状况,成为他们由此走出自我的另一重要中介。

很多学者指出,林纾因为没有进入西方文化的现实语境中,其对西方文化的解读也就更多地打上了中国文化的烙印,以至于在解读的过程中,甚至有很多的误读。其实恰恰就是这一点,确保了林纾在翻译中能够从其独特的文化立场出发,由个体文化情怀引发社会文化情怀,进而促成了林译小说的最终确立。

在审美理想上,林纾作为纯正的中国士大夫,在中国古典文化的长期浸染中,形成了对于中国"文统"这一美学传统的认同。林纾认为,六经、左、史、韩、欧、归、方是"天下文章之归宿",作文章讲究开阖、法度、波澜、声音等。林纾在解读西方文学时,动辄以司马迁为代表的"文统"为圭臬。史迁"笔法"不仅是林纾评判西方文学的价值尺度,而且还是他认同西方文学的基石。林纾带着中国传统文化的心理结构评判西方小说,他是经过口述者的口译,才完成了文学从西方话语到中国口语的形式转变。林纾完成的只是从中国口语到文言语系的转换,并在这转换的过程中,对其所包蕴的文化内涵进行了符合古典审美范式规范要求的重新置换。在中西异质文化的冲突之间,林纾轻松地以认同错位与文化调和抹平了两者的缝隙,虽然在中国传统文化的形式下包裹着西方文本的异域文化因子,这些因子的积聚正是启迪新文化运动的源头,也是林纾所没有预料到的。林纾所遵循的是"补天"思想,然而结果却迎来了颠覆,因此,林纾也就注定了在新文化运动中的悲剧角色。

在调节自我的文化立场和审美理想的关系上,林纾依恃着程朱理学所肯定的纲常伦纪的恒定性,把西方小说中的人物纳入到中国传统的文化体系中,进行重新整合和意义赋予。林纾对西方小说的认同,是基于把对象所体裁的理性,纳入到中国文化的结构体系中,这无疑是误读和误判。但是,恰恰是这误读,却既迎合了主流文化的规范需求,也契合了接受主体的独特的文体心理结构,并成为林译小说得以风靡一时的又一重要缘由。

文明对话要有前提,就是意识到文明的相对性和不同文明的共同性,从而建立对文明多样性的认可和容忍。亨廷顿对此有相当深刻的话"多元文化的世界是不可避免的","维护世界安全需要接受全球的多元文化性"。①

林纾在思想上可能没有这样清醒的认识,但他却敏锐地察觉到了中西文化在表面形式的差异下存在着的共同的道德评判,因此,他的误读与误判从另外一个层面上又获得了一定的合理性,林译小说的接受者也在这样的认同错位中获得了合理的认同感,产生了共鸣。

不同的文明有不同的话语体系,但不同的话语体系背后往往是共同的人类追求。承认文明的相对性,就是承认某一特定文明只是特定历史文化的产物,特定话语体系并不具有放之四海而皆准的绝对性。这也是历史发展到今天,我们清晰地看到了林纾翻译选择中的认同错位及其努力调和中西文化的可笑,林纾在"五四"新文化运动中被历史抛弃的可悲。然而,我们却也不得不承认,在当时的历史境遇中,林纾的认同错位与文化调和契合了当时接受主体的期待视野和文化主流,因此,当时境遇的林译小说的翻译策略是有效和成功的。

另外,林纾与赞助人构建的良好关系也为林译小说成系统的出版奠定了坚实的基石。"赞助人的力量可以由三种因素组成,即思想意识、经济和地位。"②赞助人是指任何可能有助于文学作品的产生和传播,同时又可能妨碍、禁止、毁灭文学作品的力量,它对于翻译活动的走向、翻译文学的兴衰、译者的地位乃至生命都起着重要的作用。③林纾时代的资产阶级改良主义思潮迅速兴起,大批康有

---

① [美]亨廷顿.文明的冲突与世界秩序的重建[M].周琪等译.北京:新华出版社,1998:368.

② Andre Lefevere. Translation History Culture:A Source Book [M]. London and New York:Routledge,1992. p. 45.

③ 杨柳.论原作之隐形[J].中国翻译,2001(3):48—49.

为、梁启超们致力于翻译以政治小说为主的各类文学作品来达到改良政治的目的,林译小说如《黑奴吁天录》、《撒克逊劫后英雄略》等正是顺应这股潮流而产生的,理所当然会受到当时上层改良家们的支持。"译才并世数严、林,百部虞初救世心",康有为的诗句是对林纾最大的肯定和支持。

　　林纾早期最有影响的两部翻译小说《巴黎茶花女遗事》和《黑奴吁天录》,都是由私人赞助刊行的。光绪二十九年癸卯(一九〇三年),林纾走上译坛不久,其好友高凤谦进入商务印书馆任职,巧的是,商务印书馆出版的林纾的第一部翻译小说也是在此年,即印行的林译《伊索寓言》。① 后来,林纾翻译小说的出版与发表大都是在商务印书馆,林纾与商务印书馆建立起稳定的合作关系。据东尔的《林纾与商务印书馆》统计,林纾在商务出版的单行本著译合计一百四十余种,其中还出版了两辑《林译小说丛书》共一百种。② 另外,商务创办的各类杂志上也发表了不少的林译小说,如从一九一〇年《小说月报》创刊起,林译小说就与之保持着密切的合作关系,直到一九二一年茅盾接手《小说月报》,林纾发表翻译小说五十余部,平均下来,《小说月报》几乎每期都有一篇甚至同时有两篇林译小说发表。而从实力上来讲,商务印书馆是清末民初出版业中的龙头老大,其地位稳如泰山。据李泽彰《三十五年来中国之出版业》所提供的一九〇二年至一九三〇年商务印书馆的出书数目,陆费逵的《六十年来中国之出版业与印刷业》也证明,从晚清到二十世纪二十年代,商务印书馆的营业额一直占到全国书业的约三分之一,而一九〇一年至一九一六,统计位居前列的八家出版翻译小说的营业情况,商务印书馆也是稳做龙头,共出版翻译小说二百四十一部,仅次于它的小说林社则只有九十部。③

　　商务印书馆作为文化民营企业,文化人与生意人的双重身份,

---

　　① 韩洪举.林译小说研究——兼论林纾自撰小说与传奇[M].北京:中国社会科学出版社,2005:333—334.

　　② 陈原.商务印书馆九十年[C].北京:商务印书馆,1987:527.

　　③ 陈平原.二十世纪中国小说史(第一卷)[M].北京:北京大学出版社,1989:49.

决定了它对译作出版的选择既要获得经济利润，又要追求文化品位。无论从林纾与商务印书馆的私交来看，还是风靡晚清民初的林译小说的畅销与其以"古文"译书的高雅，林纾及林译小说与商务印书馆构建稳定良好的合作关系都是一种最佳选择，能够实现共赢之局。事实也正是如此，商务印书馆出版林译小说获得了巨大的经济利益，增强了其业绩及地位；同时，林译小说依托商务印书馆雄厚的实力与良好的销售能力，迅速占领了读者市场，攻城略地，风靡南北，在西学东渐的晚清民初迅速确立了译界之王的地位。尽管《小说月报》创刊后，林纾由于时局变化，翻译小说的热情大减，译笔也开始松懈枯暗，但《小说月报》一直大量刊登林译小说，还在醒目的位置为林译小说的单行本做广告。如第四卷第一号的目录后就是林琴南的《迦茵小传》、《红礁画桨录》、《洪罕女郎传》、《玉雪留痕》的广告，第四卷第八期的广告为"林琴南先生译最有趣味之小说"等，这样的广告轰炸与不断推出的林译小说，成了最早的成功商业模式，即便林译小说后期质量大不如前，依然拥有支持林译的强大的舆论导向，使得林译占有广大的市场。同样的原因，"五四"新文化运动的雷霆之势的批评指责最终也导致林译小说失去了读者。

由于商务印书馆与林纾的特殊亲密关系，使得林纾也成了获得特别优待的个别作者之一。林纾的稿酬据称每千字六元，比上等小说还要高出一元。[①] 由于小说出版获得稿酬已成制度，林纾译书收入颇丰，成为中国最早的职业翻译家之一，因此，林纾可以为了理念与价值认同潇洒地拒绝数次举荐，不愁生计，生活优裕。林纾翻译小说既可以成为宣扬改良群治的爱国"实业"，又可以成为"造币厂"，此等两全其美之事何乐不为呢？如果没有商务印书馆的大力支持与良好合作关系，很难说文学史上是否还会留下近两百部庞大浩繁的林译小说。

---

① 谢菊曾.十里洋场的侧影[M].广州：花城出版社，1983.

第二节　林译爱情代表作

纵观林纾公开出版的一百八十多部林译小说,其译作内容大致可分为爱情小说、政治小说、社会问题小说、探险小说、侦探小说和其他小说,但主要为前三类。林纾无意进入译坛,时间上几乎与梁启超呼吁"译印小说"同时,并以其无论从数量上还是质量上都无可比拟的林译小说,成为梁启超倡导的实际支持与实践者。然而,林纾翻译数量最多的并非梁启超所希望的政治小说,而是爱情小说。

光绪二十五年己亥(一八九九),林纾第一部译作爱情小说《巴黎茶花女遗事》刊行,即引得国人动情淌泪,纷纷撰文写诗,为茶花女的动人爱情所感叹不已。林译爱情小说居多,也与小说无男女之情不足吸引人有关,著名的还有《迦茵小传》、《红礁画桨录》、《离恨天》、《鱼海泪波》、《洪罕女郎传》、《双雄较剑录》等。《巴黎茶花女遗事》最早由素隐书屋刊本行世,以后有一九○一年玉情瑶怨馆刊本,一九○三年文明书局刊本,以及光绪通行翻印本等。至一九八○年止,据不完全统计,它总共再版了十余次。若再算上后来的其他译本,至一九九三年止,这部小说在中国有了十六个不同的译本,总印数超过百万册。① 这些数字形象地说明了《巴黎茶花女遗事》受到读者热烈追捧的程度。当年丘炜萲说:"中国近有译者,署名冷红生笔,以华文之典料,写欧人之性情,曲曲以赴,煞费匠心,好语穿珠,哀感顽艳,读者但见马克之花魂,亚猛之泪渍,小仲马之文心,冷红生之笔意,　时都泮,为之欲叹观止。"②

林纾是在用中国的经验译西方的小说。所谓"以华文之典料,写欧人之性情",小说中的情景、形象,都在林纾的笔下有意无意地

---

① 北京大学中法文化关系研究中心,北京图书馆参考资料部编.汉译法国人文科学与社会科学图书目录[Z].北京:中国图书出版公司,1993.

② 陈平原,夏晓虹.二十世纪中国小说理论资料(第一卷)[C].北京:北京大学出版社,1997:45.

中国文学化,并以中国的方式去演绎,实在属于异域文学特有的,在中国文学、文化中找不到对应的,而无关情节进展的则被漏删或改译,跟情节发展密切相关的照直翻译,但附有解说。这样,中国读者的接受基本在期待视野之中,并无太多影响理解的陌生化的东西,故这本翻译小说毫无阻碍地进入了中国读者心中,并普遍引起了深刻的共鸣,产生了巨大反响。

由于爱情主人公茶花女是妓女,而中国传统文学中的青楼文化也甚发达。儒家抑情爱,对男女两性是分而视之的。女性万万不能逾越礼教,男性则无专情之义,能维系与妻子的礼宾关系,即可称作有德之士,而受阻的情爱,可以从其他渠道补充。唐代妓女兴起,社会通道敞开,男性如鱼得水,几已忘记家中妻子。青楼历来为文人骚客喜爱,轻歌曼舞,诗酒风雅,中国文学里多有此类佳话,如白居易的"樱桃樊素口,杨柳小蛮腰",诗文风流,不无欣赏之意。青楼文化对儒家文化有明显的杀伤力,不受儒家限制疏通情爱的方式,正好可以平复男性因国家事务与家庭事务所引起的心理焦虑。青楼文化虽不提倡专贞,但亦有"杜十娘"之类故事,歌颂专情贞洁,这在青楼之中实属难得。林纾翻译《茶花女》,暗中推崇马克的专贞,此即是林纾背后隐藏的标准。

小说中亚猛钟情于青楼女子,爱到痴迷,如此男性在西方浪漫主义文学中时有出现,在中国文学里却是罕见。中国文人涉及青楼的文学创作,从未有如亚猛一样爱得如痴如狂的男人,只有青楼女子异常热烈或深情地爱上某个男人,这样的爱是单方面的输出,而非平等的互爱。《巴黎茶花女遗事》传达了平等的爱情观念,是双方在为爱情付出一切,因此,林纾在译述这个缠绵悱恻的爱情故事的同时,无意间传递了自由平等的爱情与人格,而这到"五四"新文化运动时期才广为中国人所了解接受。然而,林纾通过误读的方式尽量以传统之礼去覆盖现代观念。传统与现代,以扭曲的方式被林纾奇特地搅和在一起。法兰西的风花雪月场被转换成中国的青楼,马克被定位为中国夜度娘,"修眉媚眼,脸犹朝霞,发黑如漆覆额,而仰盘于顶上,结为巨髻。耳上饰二钻,光明射目","余观马克清瘦,若不胜衣,然娉娉有出尘之致……此女高操凌云,不污尘秽……马克接人,恒傲狷落落,不甚为礼,余固知马克之贞,非可以鄙陋干也"。①从外貌到品性,马克的黑发、高傲、贞洁,均已中国化,足以引发中国读者的传统想像。林纾赋予马克傲狷的个性,与中国名士相仿,高操凌云,出污泥而不染,这充分说明马克操妓业乃不得已而为之。当亚猛指责马克与他人交往时,马克说:"我身非闺秀,而君今日方邂逅我,我何能于未识君前为君守贞?"②亚猛则心道:"第马克身为勾栏中人,而吾之待之,实目为一至贞至洁之女子。"③马克后来果然不负亚猛重望,虽与他人交往,皆游戏之,独对亚猛衷情款款无他图。亚猛的品行亦是高洁,这也成了守中国礼俗的亚猛。马克一次患病三礼拜之久,亚猛每日问讯,却未入见,述及当时情况,马克曰:"良然,尔时何以不排闼入?"余曰:"女子寝室,胡得唐突。"马克曰:"若吾辈者,亦可绳之礼法乎?"余曰:"吾一生见妇人,恒以礼自律。"④正如亚猛时时以君子律己,马克在遇到情与理的冲突时,也能舍情取理。亚猛父亲来巴黎游说马克,劝其与亚猛断交,勿使再入歧途。马克深明大义,"此时吾为理势所压,吾之心愿毫发莫遂。且此理所积,此势所临,吾以一女子之私愿,断不能与之相抗"⑤。真是固为情所动,却皆格守礼义,正是中国传统文化中的爱情故事,所谓"以华文之典料,写欧人之性情"是也。

如果硬要将《巴黎茶花女遗事》与时事政治、爱国之情挂钩,要牵强附会才可能有点相关。林纾本人感叹道:

---

①　[法]小仲马.巴黎茶花女遗事[M].林纾,王寿昌译.北京:商务印书馆,1981:1—15.

②　[法]小仲马.巴黎茶花女遗事[M].林纾,王寿昌译.北京:商务印书馆,1981:161.

③　[法]小仲马.巴黎茶花女遗事[M].林纾,王寿昌译.北京:商务印书馆,1981:163.

④　[法]小仲马.巴黎茶花女遗事[M].林纾,王寿昌译.北京:商务印书馆,1981:159.

⑤　[法]小仲马.巴黎茶花女遗事[M].林纾,王寿昌译.北京:商务印书馆,1981:201.

余既译《茶花女遗事》掷笔哭者三数，以为天下女子性情，坚于士大夫，而士大夫中必若龙逢、比干之挚忠极义，百死不可挠折，方足与马克竞。盖马克之事亚猛，即龙、比之事桀与纣，桀、纣杀龙、比而龙、比不悔，则亚猛之杀马克，马克又安得悔？[①]

一个浸淫于中国传统文化几十年的举人，且深受程朱理学影响，却被异国妓女的爱情所打动，掷笔多次痛哭，且比之为中国古代圣贤龙逢、比干，或者这是借他人酒杯浇自己块垒，然而其大胆与深情以及敏锐的文学直感不能不令人钦佩。同时，林纾以中国传统文化覆盖西洋文化也让人瞠目结舌，中国传统文化中的《离骚》美人之喻、忠君爱国之思，在林纾的泣血之语中无意间就巧妙地嫁接到了茶花女身上，故当时的读者也因林纾的点拨，由茶花女为爱人的牺牲精神联想到爱国之士为国家勇于献身的义举。从这个意义上来讲，《巴黎茶花女遗事》虽为爱情小说，也不妨作政治小说来读，虽然这种关联是多么的勉强。在茶花女的故事模式中，牺牲僭越了爱情成为主题，爱情这个主题是可以无限置换的。中国历来有泛情之论，这情也可以置换为亲情、友情、忠君爱国之心等，从而以同样的模式演绎着不同领域的仁义道德故事。林纾感叹的潜意识标准即可视为此。

小仲马在法国文学史上并非资深作家，《茶花女》也不是法国文学的经典作品，但经过林纾的转译误读诠释，《巴黎茶花女遗事》在中国反倒成了堂堂正正的经典。《巴黎茶花女遗事》是林纾的最佳译作之一，虽基本保持原作风貌，但还是有删节增饰等处理，其删节主要集中在前四节，其中包括另一个妓女的故事、拍卖的场面描写和马克之姐的插叙，以及叙事中有关妓女的议论。以中国传统情节为叙事线索来看，这些不影响情节进展的分支叙述在林纾看来自然都是多余的闲笔，照译反而显得累赘。在价值观念上，林译《巴黎茶花女遗事》表现了不同寻常的胆识，茶花女的爱情是以个人为本位

---

① 钱谷融.林琴南书话[C].吴俊标校.杭州:浙江人民出版社,1999:131.

的价值观,这与以家庭为本位的宗法制价值观是对立的。小说中歌颂真挚的爱情,而又把造成爱情悲剧的原因归结到男主角的父亲为了维护"家声"而制止恋爱上。《茶花女》在价值观念上比《红楼梦》更进一步,因为《红楼梦》描写的是门当户对的恋爱,而《茶花女》的男主角真诚地爱上了一位人尽可夫的妓女,这是沾辱门第的爱情。男主角的父亲为了维护门第的声誉而千方百计扼杀这一爱情,女主角则以她崇高的牺牲精神展示了她高尚的德性,这衬托出了男主角的父亲为维护门第而显示的卑劣、专横与残酷。尽管林纾自己并没有自觉意识到《茶花女》对宗法制价值观念的冲击,也不能完全理解小说主人公的思想,但是由于他基本忠实地译出了小说,小说原有的西方近代人文精神自然对中国当时的宗法制价值观念产生冲击。

　　《茶花女》在叙述上的另一特点是在小说中引进了书信与日记,这对言情小说的创作也产生了影响。中国古代小说也有将书信引入小说的,不过大都是战书一类,也就是说,中国古代小说很少用书信来袒露人物的内心世界。林纾翻译的《巴黎茶花女遗事》,忠实地译出了原著的书信、日记,它们在小说中帮助作家袒露了人物的内心世界,使小说逐渐由情节为中心向性格为中心转移,这也正是"五四"新文化运动文学的发展方向。林纾翻译的《巴黎茶花女遗事》用的是第一人称叙述,但是小说的第一人称叙述实际上有两个,一个是男主角亚猛,另一个是买《曼侬雷斯戈》的旁观叙述人,也用第一人称。为了区分这两个第一人称叙述人,林纾干脆就称这位买《曼侬雷斯戈》的旁观叙述人为"小仲马曰",虽然"小仲马"的名字其实未在正文中出现。这两位叙述人虽然同用第一人称叙述,但前者是以事件的主角身份叙述他自己的亲身经历,后者则是以旁观者的身份叙述他所看到的。林纾一直有小说史传意识,他把旁观叙述人理解为"小仲马",正是出于小说乃作者自传的潜意识,他相信这是小仲马亲身经历的实事。

　　中国传统小说历来侧重于讲故事,所谓"志怪传奇",满足于用全知全能的叙述方式,用不着采用第一人称叙述。晚清翻译的西洋小说第一人称叙述相当广泛,可见第一人称叙述在西洋小说中早已普遍使用。晚清翻译界一译再译的《福尔摩斯探案》,就是以旁观者华生的第一人称叙述的。此外,林译小说中的《块肉余生述》、《海外轩渠录》、《三千年艳尸记》,等等,也都是用第一人称叙述。这种叙述方法不仅给中国读者留下了深刻的印象,同时也促使中国作家去模仿翻译小说。

晚清较早模仿翻译小说运用第一人称叙述的可能是吴趼人和符霖。吴趼人在小说形式上一直很注意研究翻译小说,他创作的《二十年目睹之怪现状》便是用"九死一生"的"我"作为旁观者来贯穿整部小说。对于第一人称被引进中国文学的意义,陈平原先生有精辟论述:

> 引进的绝不只是一种叙事人称的多样化或者谋篇布局的小技巧,而是一种观察人物、思考问题、构思情节乃至叙述故事的特殊视角。正因为它牵涉到中国小说发展的全局,不能不受到传统审美趣味的牵制。在一系列中西小说叙事角度的"对话"中,限制叙事不断演化,不断扩大影响,也不断磨蚀自己的棱角,以至我们不能不赞叹限制叙事对新小说的改造,可又很难找到这种改造的成功范例……从统一的说书人腔调,到小说中千姿百态的叙事者声音,这给小说艺术带来的变化无疑是巨大的。戏剧化叙述者引起的小说阅读方式的改变、叙述者与隐含作家的距离产生的反讽效果、不同叙述者交叉使用出现的多重声调的变奏等等,这些讨论小说的叙述角度时常常涉及的命题,新小说家绝少考虑。实际上,他们关注的主要是如何借助"旅行者"形象,建立相对统一的叙事角度,以便更有效地描述社会变迁的大趋势。当然,也正是这种"补史之阙"的雄心壮志,最后使得小说中限制视角的应用无法贯彻到底。①

外国文学一经翻译,便脱离了原语的语境以及相应的文化背景而进入了汉语语境以及相应的中国文化背景,这样,"翻译文学就不

---

① 陈平原,夏晓虹.二十世纪中国小说理论资料(第一卷)[C].北京:北京大学出版社,1997:页232.

再是纯粹的外国文学,不论是在语言的性质上还是在文学的性质上以及文化的性质上都发生了根本性变化,具有汉语性和中国性或者说民族性"①。译作超过原作这种情况在文学翻译史上常有出现,反之也不少见,这更多出现在将翻译视同创作的翻译早期,多以意译为主。然而,自傅雷的"重神似不重形似"到许渊冲的扬长避短,发挥译文语言优势等理论实质上认同了创作翻译的实践,赋予了创作翻译以理论的合法性。

"优势竞赛论"的贡献在于它突破了翻译"以信为本"的传统观念,标举译者的创新意识,这是我国翻译理论研究的一大飞跃。同时,"优势竞赛论"也揭示了文学翻译的客观规律。一方面,译者在翻译过程中"美化"原文是不可避免的,即便是不承认"优势竞赛论"的译者,在翻译中也会不自觉地发挥译语的优势;另一方面,与西方语言相比,汉语文学语言的确有优势,它可以美化和弥补原作的不足,有的外国文学作品语言并不精彩,但译成汉语却很感人,这显然是汉语弥补了它的不足。相反,中国文学作品译成西文往往苍白无力,所以需要翻译者发挥创造,妙笔生花。从发展的眼光来看,未来的文学翻译应该富有更多的创造性和艺术性,而创造性和艺术性是以"美化"为标志的。所以,"求真"、"求信"是有局限性的,"神似"与"化境"的局限也正在于此。因而我们可以说,"优势竞赛论"是二十世纪中国翻译理论研究的重大突破,对文学翻译的发展有导向意义。②

林纾翻译的众多爱情小说中,《迦茵小传》很有名气,并且可作为"优势竞赛论"理论诠释的代表,同时,林纾所译的全本《迦茵小传》,在价值观念上带来的冲击比《巴黎茶花女遗事》更甚。晚清民初翻译介绍的域外小说家中,译本出版最多的前五位是柯南道尔、哈葛德、凡尔纳、大仲马和押川春浪,但译得多不等于接受的就多。

---

① 高玉.翻译文学:西方文学对中国现代文学影响关系的中介性[J].中国现代文学研究丛刊,2002(4):41.

② 郑海凌.文学翻译学[M].郑州:文心出版社,2000:112.

哈葛德小说的中译本,绝大部分是林纾译成的,其翻译出版的哈葛德小说共计三十二种之多。林纾曾道:"凡诸译著,均恃耳而屏目,则真吾生之大不幸矣。西国文章大老……在英,吾知司各德、哈葛德两先生。"①幸好林纾不懂西文,否则看了哈葛德的原文,他可能会大失所望。能读原文的钱钟书先生就说:"发现自己宁可读林纾的译文,不乐意读哈葛德的原文。理由很简单:林纾的中文文笔比哈葛德的英文文笔高明得多。哈葛德的原文很笨重,对话更呆蠢板滞,尤其是冒险小说里的对话,把古代英语和近代语言杂拌一起……林纾的译笔说不上工致,但大体上比哈葛德的轻快明爽。翻译者运用'归宿语言'的本领超过原作者运用'出发语言'的本领,那是翻译史上每每发生的事情。讲究散文风格的裴德(Walter Pater)就嫌爱伦·坡的短篇小说文笔太粗糙,只肯看波德莱亚翻译的法文本……惠特曼也不否认弗拉爱里格拉德(F. Freiligrath)用德文翻译的《草叶集》里的诗有可能胜过英文原作。林纾译的哈葛德小说颇可列入这类事例里。"②译作胜过原作的现象也即许渊冲的"优势竞赛论",扬长避短,发挥译文语言优势,这种理论实质上认同了创作翻译的实践,赋予林纾式的创作型翻译以理论的合法性。林译哈葛德小说还激起了钱钟书先生学习外国文学的兴趣,他说:

> 商务印书馆发行的那两小箱《林译小说丛书》是我十一二岁时的大发现,带领我进了一个新天地、一个在《水浒》、《西游记》、《聊斋志异》以外另辟的世界。我事先也看过梁启超译的《十五小豪杰》、周桂笙译的侦探小说等等,都觉得沉闷乏味。接触了林译,我才知道西洋小说会那么迷人。我把林译里哈葛德、欧文、司各特、迭更司的作品津津不厌地阅览。假如我当时学习英文有什么自己意识到的动机,其中之一就是有一天能够痛痛快快地读遍哈葛德以及旁人的探险小说。③

---

① 钱谷融.林琴南书话[C].吴俊标校.杭州:浙江人民出版社,1999:35.
② 钱钟书等.林纾的翻译[C].北京:商务印书馆,1981:45—46.
③ 钱钟书等.林纾的翻译[C].北京:商务印书馆,1981:22.

　　林译小说在传播接受上无疑是成功的,且不论林纾使用了什么样的翻译方式、误读诠释是否合理。中国传统观念注重"孝","百善孝为先"。清代以"孝"治天下,但是在《迦茵小传》中,男主角在父亲临危托付之际,公然违逆父亲的意志,不肯答应娶爱玛,而女主角迦茵也公然指斥父亲不该遗弃她,这样一对"不孝"的情人竟然私合而有私生子,并且仍然被作为正面人物在小说中得到歌颂,他们张扬个人价值,以爱情而结合,不计名利地位,不顾社会道德约束,其高雅纯真远远高出于他们周围的人。迦茵批判父亲遗弃她的罪恶,并以她的牺牲精神显示出她崇高的德行,将她父亲置于被告的地位。《迦茵小传》对传统价值观念的冲击犹如石破天惊,惊起喧天谴责之声,连志在改革的维新志士也深感担忧。当时主张女权甚力,以"爱自由者"、"女界卢骚"著称的金天翮都攻击林纾"使男子而狎妓,则曰我亚猛着彭也,而父命可以或梗矣。女子而怀春,则曰我迦茵赫斯德也,而贞操可以立破矣",他担心中国将会盛行握手接吻之风,宁可回归专制,也要实行男女之大防。① 另一位也属于改良派的钟骏文,比较杨紫麟、包天笑与林纾的译本,批评林纾"凡蟠溪子所百计弥缝而曲为迦因讳者,必欲历补之以彰其丑"。"亦复成何体统",并大加挞伐道:"迦茵何幸,而得蟠溪子为之讳其短而显其长,而使读《迦茵小传》者,咸神往于迦茵也;迦茵何不幸,而得得林畏庐为之暴其行而贡其丑,而使读《迦茵小传》者,咸轻薄夫迦茵也? 林氏之所谓《迦茵小传》者,传其淫也,传其贱也,传其无耻也。"② 这些攻击来自倡导翻译外国小说力主学习外国小说的改良派,而不是抱残守阙的封建顽固派,更能说明林译小说对传统伦理价值观念的冲击之大。其实林纾为了维护礼教在翻译时已经删去了不少内容,如《迦茵小传》中描写男女主角的私通,以至今天再看林纾的译本,便会觉得迦茵的私生子来得太突然了。

---

　　① 松岑.论写情小说与新社会之关系[J].新小说,十七号.

　　② 陈平原,夏晓虹.二十世纪中国小说理论资料[C].北京:北京大学出版社,1997:249—250.

　　林纾翻译的这些小说为当时的中国小说提供了一种新的价值模式：只要是出于纯真爱情的相恋，无论这种相恋违背了什么样的现行伦理观念，它仍然是值得赞颂的，为了相爱的对方而牺牲自己的精神更是崇高的，其纯真率性值得尊敬。而青年郭沫若坦率地承认："林琴南译的小说，在当时是很流行的，那也是我最嗜好的一种读物。我最初读的是 Haggard 的《迦茵小传》。那女主人公的迦茵是怎样的引起了我深厚的同情，诱出了我无限的眼泪！我很爱怜她，我也很羡慕她的爱人亨利。"①恪守礼教的林纾，没有想到他所译的《迦茵小传》，会成为二十世纪中国最自由不羁的浪漫诗人的启蒙之物，这从某种程度上也证实了寅半生们的担忧。

　　林纾翻译的西洋言情小说，通过感情危机和情场纠葛为我们展示了男女恋爱中所包含的基督教精神、侠义精神、浪漫精神，以及个人有权追求自身幸福所构成的近代心态，比起中国传统的"洞房花烛夜，金榜题名时"的才子佳人小说来，蕴涵着不少新内容。这种已具"反封建"和"个性解放"思想的《巴黎茶花女遗事》和《迦茵小传》出现后，中国的爱情小说没有继续发展，它的真正精神到"五四"新文化运动时期才被世人普遍认识。这种价值模式开始显示独立的个性的人的存在，它对民初的言情小说发展带来了重要影响，促使民初的言情小说在原有的言情传统基础上正视现实，并开始反抗现实。透过林纾的翻译，西方的爱情观得以在中国长驱直入，并动摇了礼教的基本，掀起了中国社会二十世纪个性解放、妇女解放和婚姻自由的浪潮，尤其是深深影响了青年一代们价值观念的孕育，以致爆发了轰轰烈烈的"五四"新文化运动，并成为作家合法探索的题材。从龚自珍就开始倡导的个性解放，经历几十年，不见有重大的突破，而林译小说却以其译述的西方男女追求爱情的轰轰烈烈的故事，使这个诉求由涟漪突变为巨浪，促成了文学和社会巨变的实现。晚清民国社会的改革，《巴黎茶花女遗事》、《迦茵小传》两部翻译小说似乎起了不小的引导作用。

---

　　① 郭沫若.郭沫若选集[M].成都：四川人民出版社，1979：117.

第三节　林译政治代表作

林纾翻译的第二本译作《黑奴吁天录》无疑是政治小说,此外还有《爱国二童子传》、《撒克逊劫后英雄略》等,而译者自认为倏关时事的能与维新变革、改良群治的还有更多,如《义黑》、《金台春梦录》、《鱼雁抉微》等,这些都是林纾有意识地呼应梁启超的《译印政治小说序》的改良群治之急切需要。由于这些作品契合了当时的时代背景,引起了国民切肤之痛的反响,可算名著名译。

林纾前期译本里,常常强调小说的感人力量及其社会教育功能,充满改良群治、爱国启蒙意识,尤其在《黑奴吁天录》的序、跋及例言中,林纾一再表明译此书的时势之感和社会责任感。辛亥革命失败,有感于政局愈趋不堪,林纾在跋文中想到国民境遇时沉痛呼吁道:

"余与魏君同译是书,非巧为叙悲以博阅者无端之眼泪,特为奴之势逼及吾种,不能不为大众一号……若夫日本,亦同一黄种耳,美人以检疫故,辱及其国之命妇,日人大忿,争之。若吾华有司,又乌知有自己国民无罪,为人囚辱而瘐死邪?上下之情,判若楚越,国威之削,又何待言?今当变政之始,而吾书适成。人人既蠲弃故纸,勤求新学;则吾书虽俚浅,亦足为振作志气,爱国保种之一助。"[①]

这种表述颇能见出当时维新变革的时事风气。林纾一生始终持爱国之念,并有拼命请谏的勇气与行为,既然介绍域外小说能有助于国家进步,改良群治,也已有《巴黎茶花女遗事》的成功前例,故更努力于自己的翻译事业,于国于己皆有利,何乐而不为?

陈熙绩为林纾翻译侦探小说《歇洛克奇案开场》作叙说:"吾友林畏庐先生夙以译述泰西小说,寓其改良社会、激动人心之雅

---

① 钱谷融.林琴南书话[C].吴俊标校.杭州:浙江人民出版社,1999:5.

志……吾愿阅之者勿作寻常之侦探谈观,而与太史公之《越世家》、《伍员列传》参读之可也。"①不要说《黑奴吁天录》本是倏关时事的政治小说,即使是与时事政治完全无关的侦探小说,都可从中国文学传统中搜罗到与爱国励志图强相关的因子。

纯粹的政治小说和科学小说数量不多,但在社会小说中插入政治小说的政论与预言,或者科学小说的幻想与学理则相当普遍。政治小说、科学小说的输入,使得晚清几乎所有小说类型都倾向于在小说中找到相关救国良方,或增饰说理、教诲色彩,以致"著小说固难,阅小说亦殊不易"。② 除了得时时抵抗旧小说娱乐倾向的诱惑,还得时时准备接受一大堆新思想新学理。《读新小说法》一文甚至为小说读者提出:"无格致学不可以读吾新小说";"无警察学不可以读吾新小说";"无生理学不可以读吾新小说";"无音律学不可以读吾新小说";"无政治学不可以读吾新小说";"无伦理学不可以读吾新小说"。③ 论者本意在揄扬新小说之高雅精深,却无意中正好说中了其致命的弱点,完全成为宣扬维新变革的载道小说,风靡一阵后很快如潮汐退了,只有真正有不可思议感人之力的小说才长久地占据了读者的心灵。

林纾翻译的《黑奴吁天录》,由于采取了译者主体本位的策略,原作者哈里叶特·比彻尔·斯陀夫人(Harriet Beecher Stowe)所诠释的宗教政治小说在林纾与魏易的有意选择策略下成了贴近晚清时事的政治主题小说。林纾在《黑奴吁天录·例言》中对书中宗教的删减有个说明:

是书专叙黑奴,中虽杂收他事,宗旨必与黑奴有关者,始行着笔。

是书为美人著。美人信教至笃,诸多以教为宗。顾译者非中人,特不能不为传述,识者谅之。

---

① 陈锦谷.林纾研究资料选编[C].福州:福建省文史研究馆编,2008:156.
② 老棣.文风之变迁与小说将来之位置[J].中外小说林,1907(6).
③ 未署名.读新小说法[J].新世界小说社报,1907(7).

是书言教门事孔多,悉经魏君节去其原文稍烦琐者。本以取便观者,幸勿以割裂为责。①

林译小说多招人诟病的正是其删改原作,当然,这种批评的潜在标准是应该忠实于原作。当翻译理论常常推陈出新时,我们也早已意识到,翻译的实践早已推翻了忠实原作为翻译成功的标的,林译小说的成功早已是翻译文学史上公认的事实。尽管林译小说删改处处可见,这里更是明文告示其与魏易删去了叙述宗教烦琐的地方,但有趣的是,林译《黑奴吁天录》保留了一些宗教的叙事,却又删改了一些,在这保留还是删改的选择中,明显反映了林纾的中国文化传统根柢及时事爱国之念。文中直接提到或人物的感叹语"God","the Lord",基本照直译为"天主",忠实保留了原作的异域宗教风味。然而在原作中,作者通过书中人物观点表达的宗教立场,诸如感谢天主把人们从苦难中拯救出来,或颂扬人们凭虔诚的信仰取得精神上的胜利等,都被删改了。例如,汤姆之死作为小说主题和故事的核心也是林译删改非常典型的一个例子。

I'm right in the door, going into glory! O, Mas'r George! Heaven has come! I've got the victory! - the Lord Jesus has given it to me! Glory be to His name!②

林纾译为"小主人来适其时,吾正欲面郎主耳。郎主来,吾复何憾"③。接着,汤姆以至死虔信基督爱的力量,并带着胜利者的姿态微笑离开人世。

And tell her the Lord's stood by me everywhere and al'ays, and made everything light and easy. And oh, the poor chit'en, and the baby! …and everybody in the place! Ye don't know!'Pears

---

①　[美]斯土活.黑奴吁天录[M].林纾,魏易译.北京:商务印书馆,1981:2.

②　Stowe, Harriet Beecher. Uncle Tom's Cabin: or, Life Among the Lowly[M]. New York: Harper & Row, 1965. p. 421.

③　[美]斯土活.黑奴吁天录[M].林纾,魏易译.北京:商务印书馆,1981:196.

like I loves' em all! I loves every creature' everywhar! – it's nothing but love! O, Mas'r George! What a thing' t is to be a Christian![①]

　　林译为"今兹何怜,冀郎北归,更勿以吾毙于凶祸告彼克鲁,第语克鲁日,老驴儿已适安乐国土矣。特吾心其念吾子,郎可语此雏,务以吾忠恳为立身之表,凡德行中人,唯以爱心为无上上品"[②]。基督之爱在林纾译文里已悄然转化为中国传统道德美德,而原作表达的凭着虔诚的基督信念终获回报、得到解脱,真正从世间的痛苦与折磨中获得解救则完全看不到了。

　　香港学者张佩瑶认为,林纾删改翻译的《黑奴吁天录》获得了这样的效果:

　　　正因为译者对原著有所裁剪审查,把原著的宗教内容加以操纵而不是一刀切地砍掉,因此他们合作的成果,是一部强烈颠覆原文的翻译小说。要是译者把原著的宗教内容一刀砍掉,译本便会成为一部彻头彻尾的非宗教性政治小说,成为把西方文学作品本土化以适应本国需求的范例。这样一来,译本的功能便会变得单一化,也不会有甚么颠覆力之可言。但事实上《黑奴》的颠覆力相当惊人……基督教能提供的,中国传统道德观也可以提供。而基督教宣扬的耐心和坚忍,其实是寂静主义的一种;是消极的、不可靠的,是意识形态上的鸦片,对爱国保种的计划,只有百害而无一利。[③]

　　对于林纾而言,翻译的潜在标准是域外小说的引入是否有助于改良群治、爱国保种,故林译小说的删改、增补是为了符合时事国情的需要而必须使用的手段。另外有意思的是,林纾还删改了一些看来既与宗教也和政治无关的片断,如小说中人物的衣着、外貌等描

---

　　① Stowe, Harriet Beecher. Uncle Tom's Cabin; or, Life Among the Lowly[M]. New York: Harper & Row, 1965. p. 421.

　　② [美]斯土活. 黑奴吁天录[M]. 林纾,魏易译. 北京:商务印书馆,1981:196.

　　③ 陈锦谷. 林纾研究资料选编[C]. 福州:福建省文史研究馆编,2008:431.

写。下面我们比较黄继忠译本与林纾译本,可以明显看到两者之间的差异。

他的衣着过分考究:上身穿一件花里胡哨、俗不可耐的背身,脖子里系一条蓝底黄点子、亮晃晃的围巾,再配上一根花花绿绿的领带;这副打扮跟他这个人的派头倒是十分相称。又粗又大的两只手上戴着好几枚戒指;身上还佩带着一根沉甸甸的金表链,表链下面系着一串五光十色、大得惊人的图章;每逢谈话谈得起劲的时候,他总喜欢把表链挥动得叮叮作响,显出一副心满意得的神气。① (第一章,以下引文同出此书)

林译是:"衣服华好,御金戒指一,镶以精钻,又佩一金表。"

住宅前面本来是修剪得平平整整的草坪,到处都是灌木丛点缀其间;现在则落得腐草芜杂,马桩四立;马桩周围的青草已被马踏得精光,地下扔着破木桶、玉米核和其它残物,零乱不堪。各处作为装饰用的花桩子,都被当作马桩用了,挂得一根根东歪西斜。上面还狼藉地垂挂着一两朵霉烂了的茉莉花或忍冬花。昔日的大花园,如今已经野草丛生,偶尔还可以看到一两支寂寞的奇花异卉,在杂草层中凄凉地探着脑袋。往时的花房,现在连窗户框都不见了;起霉的花架子上还剩下几只干涸了、无人过问的花盆,里面竖着好些枯枝败梗,只有上面的干叶子说明这一度是花卉。(第三十二章)

林译概括成"一路景物荒悄,似久无人行"几个字。

西方小说重视场景式的描述,作者常常用详尽的笔墨历历描述人物的身世、性情、品格特点,描述人物的相貌、衣饰,通过细致描绘人物的装束、举止,人物就被赋予了客观、确凿的身份、面貌,从而相对固定下来。此外,我们随处可以读到有关环境、景物场面等的静态描写,这些描写常常是细致入微的;西方小说努力要建立一个与我们的经验世界同形同构,集中、精细、清晰、完整的小说世界,在这

① [美]斯陀夫人.汤姆大伯的小屋[M].黄继忠译.上海:上海译文出版社,1982.

个世界里,不仅有恍如真实的时代背景和社会生活基础,也有情节和人物真实可信的虚拟性,以及人物活动、情节展开的具体确定的时间空间。当情节发展到上面那个破败的庄园时,作者 Stowe 就是用如此精细的文字框定了那里的空间场景,并连同其中栩栩如生的人物鲜明地呈现出来,使整个小说世界能像我们身边的经验世界一样,获得现实的真实性。

林纾的译文简洁写意,与原文大相径庭。从传统史传文学汲取营养的林纾,习惯于故事情节的叙事,而不理解这种精细如画的静态描绘及真实固定的场景对小说情节的进展有何意义,林纾删除或简化了那些场景式的、不直接推动情节进展或者停滞情节进展的文字,代之以写意朦胧的诗意感受。

此外,中国传统史传文学也很少刻画人物心理,这也迥然有别于西洋文学的细致入微的心理描述。例如:

> 那伙人听了这消息之后的各种站立姿态,实在值得画家画下来。雷切尔·哈里台原本在做饼干,刚放下活来听消息,这会儿举着两只沾满了面粉的手站在一旁,脸上泄露出万分关切的神色,西蒙似乎陷入了沉思;伊丽莎双臂紧抱住丈夫,抬眼望着他;乔治站在那里紧捏着拳头两眼炯炯有光;无论是谁,遇到自己的妻子将被人夺去拍卖,儿子将落到一个黑奴贩子手里去时,而这一切又都是在一个基督教国家的法律庇护下进行的,都会显出这种表情的。(第十七章)

林译为:"于是大众闻言,咸变色无语。"取意精简,然神色也几乎丧失殆尽。

Stowe 通过描述人物的各种姿态,捕捉并素描了他们各自的内心反响,变幻不定的心理意绪因此得以转化为外在行为,并且凝定为具体的、各具特色的空间状态。而林纾取意精简的叙述,无法提供任何具体、确定的细节,只给读者一个叙述的轮廓。

在晚清民初,习惯于欣赏情节曲折、故事紧凑小说的中国读者,也包括特殊读者翻译作家们,还没有意识到场景、背景等的刻画对小说的意义，甚至觉得人物性格的塑造也是可有可无的，只有给读者带来扣人心弦的故事情节的小说才会受到晚清民初的人们的喜欢和认可。因此，林纾大刀阔斧地删改在他看来显得冗长的场景、背景描写，甚至忽略人物性格的刻画，这是符合当时读者欣赏风尚的。然而，由于林纾轻率的删改，却将西洋文学异质的因素推迟到"五四"才让中国读者开始逐渐认可小说非情节化的场景、背景描写的作用，小说也逐渐从外在的以情节故事为主线向内在的以人物性格及心理为主线的模式转变。

郁达夫先生说："在近代小说里，一半都是在人物性格上刻画，一半是在背景上表现的。"①这在"五四"新文化时代已是大多数作家的共识，但在晚清时期，这样的认识还处于被遮蔽状态。Stowe 的绘声绘色、不遵循时间流逝的节奏，阻滞时间，把瞬息即逝的情形、意态，用文字固定下来的空间表现方式还很难得到晚清民初作家的欣赏。林纾注重的是讲述故事，与故事关联不大的在他眼里都是可有可无的饰品，甚至是阻碍欣赏风景的累赘，因此在他的译作里不是消失了，就是只剩大意的概括，其声色已难寻踪迹。林纾尊重小说情节的时间性流动，用概括的语言来描绘场景、背景及人物心理，着意于简短的对话和叙述来较快地推进情节，故事的进展精炼、紧凑，随着时间连续的一维性流动，情节裹挟、带动着人物。由于语言的简洁、含浑，人物原本鲜明的性格、品质都被削弱了，小说以情节的鲜明突出、故事的曲折动人打动读者，而人物的形象与意态则以其微妙含蓄给读者可意会不可言说的感受。

林纾这些方面的删改与政治改良并无关联，其潜在的标准是中国小说以故事情节为主题的小说观。在小说文学叙述技巧与主题上，林纾无疑觉得中国小说更高一筹，也更能得到中国读者的喜欢与认可，这也是林译小说删改的另一个因素。

不少人批评林译小说删节的轻率与不忠实，抱怨道：林纾采用的翻译手段中，"删节"是最为常见的，同时它也是林译小说被批评

---

① 郁达夫.小说论[M].上海：上海光华书局，1926.

的焦点所在。林译小说与其他译者的翻译相比,相同的译作往往林译要精简得多。如一共四十四章的《黑奴吁天录》,林纾的译本字数是九万两千多,而出自黄继忠先生的《汤姆大伯的小屋》却有三十四万字之长;出自林纾之译笔的《巴黎茶花女遗事》的字数约四万三千多,而陈林、文光所译的《茶花女》译本的字数则达十二万六千字左右。以上的数据足以证明林纾在其译作中采用的删节的频繁度。

不同译本字数差别如此之大,一方面有文言简洁与白话繁复的差别,另一方面,林译小说正如上面分析确实有较大的删改之处,但这却不能说明忠实的译本是成功的,删改的译本就是失败的。《黑奴吁天录》出版以后,引起了强烈反响。一位署名"醒狮"的读者写下了这样的诗句:"专制心雄压万夫,自由平等理全无。侬微黄种前途事,岂独伤心在黑奴。"另一位被林译小说打动心灵的读者,声泪俱下地写道:"我读《吁天录》,以哭黑人之泪哭我黄人,以黑人已往之境哭我黄人之现在……我愿书场、茶肆演小说以谋生者,以奉此《吁天录》,竭其平生之长,以描绘其酸楚之情状、残酷之手段,以唤醒我国国民。"①还在日本仙台医专留学的青年鲁迅,收到朋友寄来的《黑奴吁天录》一书,读后十分感慨,于是写信给好友蒋抑卮抒写心绪:"……乃大欢喜,穷日读之,竟毕。拳拳盛意,感莫可言……曼思故国,来日方长,载悲黑奴前车如是,弥益感喟。"②值得一提的是,中国第一个话剧团体春柳社,一九〇七年在日本演出的最成功剧目《黑奴吁天录》,就是根据林纾所译美国作家 Stowe 的小说《汤姆叔叔的小屋》改编而成。由于该剧上演大获成功,激发了春柳社同仁继续从事新兴话剧事业的动力,也形成了"五四"以前中国新兴戏剧运动的第一个高潮。

《黑奴吁天录》契合了时代风尚与时事背景,获得了不同读者的喜爱与共鸣,更达到了林纾、魏易翻译救国保种的初衷,强烈地激发

① 陈平原,夏晓虹.二十世纪中国小说理论资料[C].北京:北京大学出版社,1997:132.

② 鲁迅.鲁迅全集[M].北京:人民文学出版社,1981:321.

了国人的爱国激情,并程度不同地化为爱国志士的进一步救国行动,这种种反响与事实证明,林译删改本《黑奴吁天录》是成功的。

第四节　林译社会问题代表作

林译从当前社会抉取题材的社会问题小说,最值得注意的是迭更司的著作。迭更司也是林纾非常欣赏的作家,他翻译了《块肉余生述》、《贼史》、《冰雪因缘》、《孝女耐儿传》、《滑稽外史》等,除此之外,还有其他作家的社会问题译作《蛇女士传》、《彗星夺婿录》、《脂粉议员》、《天囚忏悔录》、《现身说法》、《美洲童子万里寻亲记》、《英孝子火山报仇录》等。

林纾非常欣赏迭更司,一方面固然是迭更司直面现实的作品对当时亟待变革的晚清具有借鉴意义,另一方面,林纾从古文义法的视野看到了与迭更司作品结构的相通之处,甚至不由得自叹中国文学不如迭更司叙事技巧之妙。林纾真正认识到西洋文学的妙处,甚至认为西洋文学高于中国传统文学始于迭更司。

光绪三十三年丁未(一九○七)至宣统元年己酉(一九○九),林纾连续翻译了迭更司的五部小说,即《滑稽外史》、《孝女耐儿传》、《块肉余生述》、《贼史》、《冰雪因缘》,这也是林译小说中公认的名著名译。在没有接触迭更司前,林纾对仲马父子、司各特、哈葛德均极欣赏,然而在翻译了迭更司的小说后,迭更司却跃居为林氏最崇敬的西方作家。其原因固然有改良群治的爱国因素,希望迭更司揭示社会问题的小说对中国社会有所借鉴与启迪,如林纾感叹道:"迭更司极力抉摘下等社会之积弊,作为小说,俾政府知而改之。每书必竖一义……顾英之能强,能改革而从善也,吾华从而改之,亦正易易。所恨无迭更司其人,如有能举社会中积弊,著为小说,用告当事,或庶几也。呜呼!李伯元已矣,今日健者唯孟朴及老残二君,果能出其余绪,效吴道子之写地狱变相,社会之受益宁有穷耶。谨拭目俟之,稽首祝之。"①中国作家如果能有迭更司之人图形绘色抉摘下等社会之积弊以公告社会,中国的当政者及国民或许都能奋起改革现状,实现如欧美国家的快速发展,这是林纾美好的愿望。但是,笔者以为,作为一个文学家,更深打动林纾、吸引林纾、让林纾引为至爱的是迭更司小说传真的写实手法、化腐朽为神奇的精妙构思等高超的艺术特色。如林纾赞道:"英文之高者,曰司各得;法文之高者,曰仲马,吾则皆译之矣。然司氏之文绵邈,仲氏之文疏阔,读后无复余味。独迭更司先生临文如善弈之著子,闲闲一置,殆千旋万绕,一至旧著之地,则此著实先敌人,盖于未胚胎之前伏线矣。"②司各得、仲马已经是西洋文学的高手了,可是在迭更司面前都不得不要逊色了。另外,坚持中国文化传统本位的林纾在比较克制的赞扬中也表露出,迭更司小说高妙的独特艺术即使与中国最优秀的文学相比也要略高一筹。如他说:

> 综言之,如善奕之著子,偶然一下,不知后来咸得其用,此所以成为国手也。施耐庵著《水浒》,从史进入手,点染数十人,咸历落有致。至于后来,则如一群之貉,不复分疏其人;意索才尽,亦精神不能持久而周遍之故。然独叙盗侠之事,神奸魁蠹,令人笔懔。若是书特叙家常至琐至屑无奇之事迹,自不善操笔者为之,且恹恹生人睡魔,而迭更司能化腐为奇,撮作整,收五虫万怪,融汇之以精神,真特笔也! 史班叙妇人琐事,已绵细可味矣,顾无长篇可以寻绎。其长篇可以寻绎者,惟一《石头记》,然炫语宝贵,叙述故家,纬之以男女之艳情,而易动目。若迭更司此书,种种描摹下等社会,虽可哕可鄙之事,一运以佳妙之笔,皆足供人喷饭。英伦半开化时民间弊俗,亦皎然揭诸眉睫之下。③

中国小说名著《水浒传》在全篇佳构、精神贯穿始终方面输于迭更司小说,而长篇佳构成功之作《红楼梦》,却在题材方面不如迭更

---

① 钱谷融.林琴南书话[C].吴俊标校.杭州:浙江人民出版社,1999:86.
② 钱谷融.林琴南书话[C].吴俊标校.杭州:浙江人民出版社,1999:99.
③ 钱谷融.林琴南书话[C].吴俊标校.杭州:浙江人民出版社,1999:83—84.

司小说描摹的下等社会依然动人耳目。林纾比较迭更司与左、马、班、韩，又看到迭更司小说在描摹人物蠢状方面有别于中国史传文学，有其独特之处。如林纾感叹道：

> 迭更司写尼古拉司母之丑状，其为淫耶？秽耶？蠢而多言耶？愚而饰智耶？乃一无所类。但觉彼言一发，即纷纠如乱丝；每有所言，均别出花样，不复不沓，因叹左、马、班、韩能写庄容不能描蠢状，迭更司盖于此四子外，别开生面矣。①

对于迭更司小说题材、刻画手法及艺术构思与中国文学的不同，林纾还不能从小说的独特艺术特点方面给出文学理论方面的精辟诠释，然而，作为一个有敏锐艺术直感的文学作家，林纾却直接从文本的细节方面揭示了具有启发意味的中西文学对比观照。林纾认为，迭更司小说的独特异质的形成是因为迭更司本人出身贫贱，来自下层社会，故对下等社会情有独钟，刻画入微，这已经初步触及之后影响中国文学界数十年的现实主义表现手法，而在小说虚构方面，林纾也已跳出了史传文学求真的拘束，认可"妄语"在小说中存在的价值和意义：

> 迭更司，古之伤心人也。按其本传，盖出身贫贱，故能于下流社会之人品，刻划无复遗漏，笔舌所及，情罪皆真，爰书既成，声影莫遁。而亦不能无伤于刻毒者，以天下既有此等人，则亦不能不揭此等事，示之于世，令人人有所警醒，有所备豫，亦禹鼎铸奸，令人不逢不若之一佐也……魅魅出没之地，不在穷山，而在阛阓。人心之险，岂能一一诛锄。不过世有其人，则书中即有其事。犹之画师虚构一人状貌，印证诸天下之人，必有一人与像相符者。故语言所能状之处，均人情所或有之处，固不能以迭更司之书，斥为妄语而弃掷之也。②

---

①　钱谷融.林琴南书话[C].吴俊标校.杭州:浙江人民出版社,1999:72.

②　钱谷融.林琴南书话[C].吴俊标校.杭州:浙江人民出版社,1999:71—73.

林纾对迭更司高妙的艺术手法推崇备至,甚至第一次承认西洋文学在某些方面确实高于中国文学,他看到了小说绘声绘色描写下层社会,长篇佳构贯穿始终,容许虚构手法的运用,逼真地直面现实问题等现实主义创作手法。虽然林纾依然坚持用中国传统文学的期待视野去审视西洋文学,但这些星星之火点燃了"五四"新文化,并成燎原之势,开启了近代文化平民文学、社会问题小说、现实主义文学等各种文学思潮的兴起。追根溯源,林译小说及其精辟序跋等居功甚伟。为了更清楚地了解林译社会问题小说及林译迭更司风貌,下面笔者具体分析迭更司自认为是第一小说的《块肉余生述》,这也是林纾用心翻译的名篇佳作。林纾在《块肉余生述·续编识》特别指出:

> 此书不难在叙事,难在叙家常之事;不难在叙家常之事,难在俗中有雅,拙而能韵,令人抱之不尽。且前后关锁,起伏照应,涓滴不漏,言哀则读者哀,言喜则读者喜,至令译者啼笑间作,竟为著者作傀儡之丝矣。近年译书四十余种,此为第一,幸海内嗜痴诸君子留意焉!"又在此书序中以文章相较迭更司本人也自认为第一小说的结构之妙:"此书为迭更司生平第一著意之书,分前后二篇,都二十余万言;思力至此,臻绝顶矣。古所谓锁骨观音者,以骨节钩联,皮肤腐化后,揭而举之,则全具锵然,无一屑落者;方之是书,则固赫然其为锁骨也。大抵文章开阖之法,全讲骨力气势,纵笔至于浩瀚,则往往遗落其细事繁节,无复检举;遂令观者得罅而攻。此固不为能文者之病,而精神终患弗周。"①

正因为迭更司叙述家常琐事依然动人的吸引力有别于林纾潜在的史传文学的宏大叙事,如此二十多万言的浩繁长篇小说具有林纾认为的文章的"锁骨观音"的结构却无所遗落细事繁节的纰漏,如此种种,不由得让林纾发出"译书四十余种,此为第一"的赞叹,然而,这也正暴露了林纾对小说之特性不甚了了。当他经常以史传文

---

① 钱谷融.林琴南书话[C].吴俊标校.杭州:浙江人民出版社,1999:83.

学的视野比拟译作无法进行时,只好真诚地承认西洋文学更高一筹,但是由于小说与史传、文章本就是不同的文体,相互之间存在差异是必然的,其比较在现代人看来未免有些可笑。

　　林纾主观上认为,迭更司揭示社会问题公告当事的小说可以警醒执政者的改良进步,然而,迭更司作品本身却是资本主义社会问题的图形绘色,与晚清社会的现状已有较大差距,反而更透露出晚清的保守、腐败、无能,只有彻底的改革才可能起到疗救社会之目的。坚守改良主义理想的林纾企图通过翻译西洋小说宣传君主立宪、实业救国、改良群治,然而林译小说本身的内容及社会传播效果却与林纾的初衷背道而驰,反而成了埋葬晚清最后封建王朝的舆论先声,并直接开启了轰轰烈烈的"五四"新文化运动。

　　为了更好地理解分析林译迭更司小说《块肉余生述》,我想比较先后不同人翻译的 Charles Dickens' David Copperfield 的一些片断,来简析各自的翻译策略及文化因素。侗生在《小说丛话》中说:"余近见《块肉余生述》一书,原著固佳,译著亦妙。书中大卫求婚一节,译者能曲传原文神味,毫厘不失。余于新小说中,观叹止矣。"[①]林纾不懂外文,他并不知道迭更司的小说都不是古英语写作的,而是现代英语写作的当前现实反映,当然不乏虚构及迭更司特有的幽默风趣,然而,林纾用典雅文言,抱着史传传真的内在标准翻译的迭更司小说,事实上两者相差甚远。而因为不懂,林纾反而能泰然自若地真诚、热情地译述,倒将迭更司小说的神味毫厘不失地传达出来了,甚至比原作更好,这不能不说是个奇迹,也由此可以看到林纾运用文言的杰出能力及其翻译的热情与用心。钱钟书先生有名的评点林译的《林纾的翻译》,对林译小说的迷人之处做了很精辟独到的解释:"批评家和文学史家承认林纾颇能表达迭更司的风趣,但从这个例子看来,他不仅如此,而往往是捐助自己的'谐谑',为迭更司的幽默加油加酱⋯⋯他在翻译时,碰见他心目中认为是原作的弱笔或败笔,不免手痒难熬,抢过作者的笔代他去写。从翻译的角度判

————————

　　① 侗生. 小说丛话[J]. 小说月报,1911(2):3.

断,这当然也是'讹'。尽管添改得很好,终变换了本来面目,何况添改处不会一一都妥当。"正是这"讹",才让钱钟书先生精通中西文,走了大半生重看林译小说后发出这样的感叹:"重温了大部分的林译,发现许多都值得重读,尽管漏译误译随处都是。我试找同一作品的后出的——无疑也是比较'忠实'的——译本来读,譬如孟德斯鸠和迭更司的小说,就觉得宁可读原文。"①这里无意中道出了一种令人深思的翻译现象,不忠实的译本有时高出于忠实的译本。

事实上,不忠实的译本,林译小说并不是独特的现象,在世界文学翻译史上,很有名的例子还有庞德现象。庞德的《神州集》的主题表面上似乎各不相同:有被放逐的弓箭手、被遗弃的女人、分离的朋友、边疆戍卫以及离别时的请求,无一不加剧了全书的忧郁色彩,人们不难看出庞德在编译《神州集》时颇费心思。这本书中贯穿始终的抑郁情绪,正好与第一次世界大战时笼罩整个欧洲的气氛不谋而合,《神州集》里的诗歌正好喧泄了士兵及他们亲人心中的悲伤痛苦。如果从翻译的忠实角度讲,林纾、庞德都不是忠实的译者,然而文学史上谁也不能否认林译小说的风靡南北,也不得不承认《神州集》出版之后立即走红欧洲,以致几十年之后,当人们谈及第一次世界大战在诗歌中的体现时,《神州集》仍占据了重要位置。在迭更司小说在不同的时代不断有不同的译作推出时,林译小说在一部分人眼里依然魅力无穷。以 David Copperfield 为例,笔者试举不同时代的译本及译者序,看不同时代译本的风格与特色,这也不失为一件有趣味及有意义的事。林纾晚清翻译成《块肉余生述》的译本是 David Copperfield 在中国的最早译本,各个不同译本的第一章开头的译述如下。

林纾译本《块肉余生述》:

第一章

　　大卫考伯菲尔曰:余在此一部书中,是否为主人翁者,诸君但逐

---

① 钱钟书等.林纾的翻译[C].北京:商务印书馆,1981:25—26.

节下观,当自得之。余欲自述余之生事,不能不溯源而笔诸吾书。余诞时在礼拜五夜半十二句钟,闻人言,钟声丁丁时,正吾开口作呱呱之声。①

林汉达的精简本《大卫·科波菲尔》:

1.我是怎么生下来

人家说我是星期五晚上十二点钟生下来的。挂钟的"当当当"跟我的"哇哇哇"响到一块儿了。

脚注上对星期五解释:星期五——英国人迷信为忌讳的或不吉利的日子。②

董秋斯译的《大卫·科波菲尔》:

第一章　我生下来了

在我自己的传记中,作主脚的究竟是我自己呢,还是别的什么人呢,本书应当加以表明。我的传记应当从我的生活开端说起,我记得(据我听说,也相信),我生在一个星期五的夜间十二点钟。据说,钟开始敲,我也开始哭,两者同时。③

李彭恩译的《大卫·考波菲尔》:

第一章　降生人世

在记叙我生平的这部书里,我自己是主人公呢,还是另有他人扮演这个角色呢,不妨细细读来,书中自有交代。为了从我一出生来开始记叙我的一生,我提笔写道:我出生在(别人这样告诉我,我也这样相信)一个星期五的半夜十二点钟。据说,时钟开始铛铛敲响的时候,正是我呱呱落地的时候。④

---

①　[英]迭更司.块肉余生述[M].林纾,魏易译.北京:商务印书馆出版,1981:3.
②　[英]迭更司.大卫·科波菲尔[M].林汉达译.北京:中国青年出版社,1955:1.
③　[英]迭更司.大卫·科波菲尔[M].董秋斯译.北京:人民文学出版社,1978:3.
④　[英]迭更司.大卫·考波菲尔[M].李彭恩译.北京:北京燕山出版社,2003:1.

还有其他一些译本，兹不一一列举。以此四本译本的内容介绍、序及第一章开头试做比较分析，会发现一些有趣也有意义的现象。而原本 CharlesDickens' David Copperfield 是这样的：

Chapter 1　I Was born

Whether I shall turn out to be the hero of my own life, or whether that station will be held by anybody else, these pages must show. To begin my life with the beginning of my life, I record that I was born (as I have been informed and believe) on a Friday, at twelve o'clock at night. It was remarked that the clock began to strike, and I began to cry, simultaneously. ①

林译小说在文学翻译史上历来因其删节、遗漏、增补违背翻译的忠实标准受到不少批评，然而，与后出的译本相比，林译《块肉余生述》并非最不忠实的，相反，从内容的完整、原作的风格及意义的相近来说，林纾的翻译都算得上基本传达了，唯一特别的是，林纾的翻译语言是文言。而后出的三个白话译本，最不忠实的当然是林汉达的精简本，只保留了故事情节的翻译，其他都略而不述了。林汉达译本虽尽量追求精简，对于星期五在英国文化里的特殊性意义却不吝笔墨做了一条简单的注释："星期五——英国人迷信为忌讳的或不吉利的日子。"如果一定要用忠实作为评判翻译的标准，那么，董秋斯的翻译当然是最忠实传真的，他尽量做到与原文的高度一致，包括原文中括号内的解释与用词的语序，即便与汉语言习惯用法不相符，他还是在大的基础上保留了异域风味。如"两者同时"作为状语放在句尾就是遵照原作的顺序，而这与汉语言的习惯不相符，是异化的翻译。时间最近的李彭恩的翻译也是很忠实的译本，然而在行文上更多照顾了汉语言的习惯表达，采用了归化式翻译，与原作风格相比，显得有些绕舌。而在章节小标题的翻译上，正在打破中国传统小说章回体模式的林纾采取了不译，其他译者基本都

① Charles Dickens. David Copperfield[M]. New York: Oxford University, 1981. p. 1.

以自己的理解与语言特色翻译了小标题。林汉达将第一章简化为数字"1",显示其精简翻译的目的,而林纾的不译小标题,只保留不同章节的翻译选择不知是否是为了避免被误认为章回体的模式呢?还是如此平易直白的小标题不值得保留?这些都只能是揣测了。

而不同译者对 Charles Dickens' David Copperfield 的主观看法与认识也有很大不同。林纾从中国传统史传文章视野,看到了迭更司小说结构的细致与严密、叙平常琐事的趣味与醒目,所谓"难在俗中有雅,拙而能韵,令人抳之不尽。且前后关锁,起伏照应,涓滴不漏,言哀则读者哀,言喜则读者喜,至令译者啼笑间作"①的雅俗相融及幽默风趣。

林汉达译本的内容提要与译者的话表明,迭更斯的故事情节对译者更有吸引力,译者以"字里行间充满了叫人哭笑不得的讽刺。他逗笑的笔尖上带着眼泪,眼泪里带着笑"②来形容原作的独特风格,但是其译作自称"翻译的重点放在大卫·科波菲尔和跟他有直接联系的人物上,尽可能地让这些故事很紧凑地连接起来,在这些地方完全保存原文,其他在我个人看来可以省略的部分就省略",③也就是说,只保留了全书的主要情节和主要人物,其他原作刻画得栩栩如生的次要人物如爱弥丽、密考伯等都形象模糊了。在林纾之后的数十年,林汉达翻译的小说,其审美视野暗合了中国传统小说注重情节主线发展的传统文学观。林汉达认为,"迭更司是十九世纪英国独一无二的描写穷孩子生活的作者"④,这样的强调透露了译者敬重关注小人物和穷人命运的文学价值观。

刚刚开始改革开放时出版的董秋斯译本,既透露了当时对现实主义的推崇,也显示了浓厚的阶级分析观念,同时暗示了对中国传统伦理道德的不屑。其内容说明道:"这些人物的行动和冲突,展示出当时社会生活的广阔画面,从多方面揭露资产阶级社会的真相,

① [英]迭更司.块肉余生述[M].林纾,魏易译.北京:商务印书馆出版,1981.
② [英]迭更司.大卫·科波菲尔[M].林汉达译述.北京:中国青年出版社,1955:1.
③ [英]迭更司.大卫·科波菲尔[M].林汉达译述.北京:中国青年出版社,1955:2.
④ [英]迭更司.大卫·科波菲尔[M].林汉达译述.北京:中国青年出版社,1955:1.

如对儿童的摧残和剥削,造成婚姻和爱情悲剧的社会原因,等等。可惜作者往往用伦理道德观念来分析和处理社会问题,从而减弱了小说的现实主义光芒。"①

到了二十一世纪,李彭恩翻译的序中显明表达了对小说成功塑造不同人物形象的认同,赞扬"迭更司以天才的概括力表现了十九世纪英国社会的广阔画卷,展现了无数永远栩栩如生的人物形象,再加上风格独特的'迭更司式的'诙谐幽默,使这些作品在今天还具有强大的艺术感染力。"②这也表明译者潜在的成功小说标准已摆脱了对情节小说的依恋,到了追求人物性格小说的时代。不仅如此,李彭恩进一步表达了自己的小说观道:"小说中许多普通人,如大卫的姨婆贝西小姐、女仆辟果提、渔民海穆等,不论是言谈举止,还是习惯好恶都描绘得惟妙惟肖,这些有血有肉的人物形象共同组成了一个人物画廊。《大卫·考波菲尔》的艺术魅力,不仅在于丰富多彩的人物形象和他们起伏跌荡的人生命运,还在于它有迭更司式的和蔼可亲的诙谐幽默、多愁善感的情调和感人至深的深情流露。小说中的环境描写也非常有感染力,写得生动逼真,令人有身临其境之感。"③人物的复杂与多层次性,普通人物的丰富形象、环境描写的作用等,在译者的赞美与欣赏中早已进入现代文学的审美视野。

从以上分析可以看到,并非时间越晚出的译本就越忠实、越出色、越有价值,由于译者个体的差异、翻译策略的选择及时代风格的不同,译本的面貌都各自有其独特性。是忠实的译本更好,还是归化或异化的译本更优,笔者认为,这样简单的评判并没有多大意义,关键要看各自的译本在自己的时代是否能满足读者的需求。正如每个时代有每个时代的文学,每个时代也有每个时代的翻译,一千个读者有一千个哈姆雷特,一千个译者也有一千个译品,从这个意

---

① [英]迭更司.大卫·科波菲尔[M].董秋斯译.北京:人民文学出版社,1978.
② [英]迭更司.大卫·考波菲尔[M].李彭恩译.北京:北京燕山出版社,2003.
③ [英]迭更司.大卫·考波菲尔[M].李彭恩译.北京:北京燕山出版社,2003.

义上来说,每一种译本都有其特定的意义,这或许可以给翻译理论一个新的研究视点和空间。

限于篇幅及研究角度,这个问题只能点到即止。下面笔者回到林纾的译作《块肉余生述》,具体考察其翻译策略的选择。

林纾非常推崇迭更司的小说创作艺术,而 David Copperfield 作为迭更司最喜欢的作品,不仅具有迭更司特有的幽默风趣,而且整篇结构非常严密,丝丝入扣。林纾领悟道:

"此书伏脉至细,一语必寓微旨,一事必种远因。手写是间,而全局应有之人,逐处涌现,随地关合;虽偶尔一见,观者几复忘怀,而闲闲著笔间,已近拾即是,读之令人斗然记忆。循编逐节以索,又一一有是人之行踪,得是事之来源。综言之,如善奕之著子,偶然一下,不知后来咸得其用,此所以成为国手也。"①

一方面,作为第一代职业译者,林纾尽量忠实于原作,尤其是迭更司这样深得其欣赏与尊重的原作;另一方面,中国读者的潜在文化期待视野也时时在提醒林纾的翻译选择,这种文化期待视野同时也浸染于林纾的血液与骨肉,故常常不自觉地影响林纾的翻译策略,使其译作不可避免地带着中国传统文化的印迹。下面笔者试做具体分析。

林纾在其翻译中常采取各种各样的翻译策略,来满足自己用中国文化本位调和中西之间文化差异、有限度地保留域外文学艺术手法及在译作中有意无意渗透中国维新改良思想等。如:

Me leave you, my precious!" cried Peggotty "Not for the entire world and his wife. Why, what's put that in your silly little head?" For Peggotty had been used of old to talk to my mother sometimes, like a child. ②

---

① [英]迭更司. 块肉余生述[M]. 林纾,魏易译. 北京:商务印书馆出版,1981.

② Charles Dickens. David Copperfield[M]. New York:Oxford University,1981. p. 102.

　　壁各德曰:"吾宝,吾安能舍尔,以汝年少弗聪,胡逮及于此。"读吾书者需知壁各德之视吾母甚狎,故出话不检,初无主仆之分。①

　　从原文可以看出,林译斜体字部分正是林纾的增补之文,其意义在于用中国传统文化来调适中西文化的差异之处,以便于当时中国读者的理解。因为在中国传统文化中,主仆之间等级森严,仆人对主人只有服从之义,而壁各德以仆人的身份对待主人大卫之母如同幼稚孩童,这在中国传统文化中显得粗鲁,有失礼节,而壁各德又是小说中的正面人物,所以林纾增补"故出话不检,初无主仆之分",为壁各德解释开脱。

　　再如:

On which Mr Micawber delivered an eulogium on Mrs Micawber's character,and said she had ever been his guide,philosopher, and friend and that he would recommend me,when I came to a marrying time of life,to marry such another woman,if such another woman could be found.②

　　密考伯遂历称其妻嘉懿行,为世贤女,能相夫教子,共处患难,且谓余曰;"汝论娶者,所娶亦当如吾妻。惟不审闺秀中更有贤类吾妻否?"③

　　林译中的斜体文采取了删改的策略,从原文来看,原作中密考伯称颂其妻是"他的指导者,思想家,朋友",在林译里,以中国传统夫妻之道的"相夫教子,共处患难"改换,这一方面反映了林纾传统文化的顽固坚守,另一方面,西方文化中的夫妻平等观念对于从未出过国门,又不能直接看原文的林纾来说也是很难理解的新型夫妻

----

　　① [英]迭更司.块肉余生述[M].林纾,魏易译.北京:商务印书馆出版,1981:64.
　　② Charles Dickens. David Copperfield[M]. New York;Oxford University,1981. p. 243.
　　③ [英]迭更司.块肉余生述[M].林纾,魏易译.北京:商务印书馆出版,1981:152—153.

观。林纾虽时有提倡女子教育之论,然而,当留洋学习回国女子公开争取平等自由权利时,林纾却无法接受,甚至对于女性的一些新型服饰也大加讥讽。如他在《蛇女士传·序》中道:"专主女权,去裙而袴,且靴而见腓,举铃蹴鞠,腾掷叫嚣,烟不去口。"①如此种种,都是林纾所不乐见的女性形象,如果林纾活到现在,估计入眼所见都要痛骂不止了。林纾的删改正是林纾坚守传统文化的表现。

再如:

The evening, wind made such a disturbance just now among some tall old elm trees at the bottom of the garden, that neither my mother nor Miss Betsey could forbear glancing that way. As the elms bent to one another, like giants who were whispering secrets, and after a few seconds of such response, fell into a violent flurry, tossing their wild arms about, as if their late confidences were really too wicked for their peace if mind, some weather-beaten ragged old rooks' nests, burdening their higher branches, swung like wreck upon a stormy sea. ②

时晚风撼树,欹测作响,母、媪皆引首向窗外观。然老树之上,果遗巢无数。③

林译将原作中对环境的比喻描写基本删节殆尽,已经无法看出原作风味。在中国传统文学中,小说最重要的是讲故事,情节才是作者着意所在,而环境描写,尤其是静态景物描写,与情节进展没有关联,故传统小说中很少有环境描写,更没有大段的静态景物描写,林纾将此删除,是符合中国传统读者的期待视野和审美习惯的。为了有个更清晰的了解,我们不妨看看董秋斯的这段翻译:

①　钱谷融. 林琴南书话[C]. 吴俊标校. 杭州:浙江人民出版社,1999:91.
②　Charles Dickens. David Copperfield[M]. New York:Oxford University,1981. p. 5.
③　[英]迭更司. 块肉余生述[M]. 林纾,魏易译. 北京:商务印书馆出版,1981:5.

　　这时晚间的风在花园深处一些高高的老榆树中间引起一场骚动,使得我母亲和贝西小姐都忍不住向那方面看。榆树像正在低诉秘密的巨人一般相向低垂,经过了几秒钟这样的平静状态,就陷入一场狂乱中,四下里摇摆它们那狂暴的胳臂,仿佛它们方才的密语确实险恶到扰乱它们内心的和平,这时压在较高的枝子上的一些风雨摧残的旧鸦巢像狂风暴雨的海面上的破船一般摇摆。①

　　董秋斯的翻译基本准确再现了迭更司小说中环境的比喻描写,虽然这些环境描写对于推动情节发展没有什么关联,然而,在现代文学熏陶下成长的现代读者都已经能够欣赏这些充满比喻、生动形象及带有某种暗示与渲染的环境描写,而这对于浸染中国传统文化的林纾来说无法理解也不好翻译,因此,"耳受手追"的林纾采取了漠视的删节翻译策略。

　　再如:

I find he was right, however; for it has not only lasted to the present moment, but has done so in the teeth of a great parliamentary report made(not too willingly)eighteen years ago, when all these objections of mine were set forth in detail, and when the existing stowage for wills was described as equal to the accumulation of only two years and a half more. What they have done with them since; whether they have lost many, or whether they sell any, now and then, to the butter shops; I don't know. I am glad mine is not there, and I hoped it may not go there, yet awhile. ②

　　余尚忆十八年,政府下令力革其非,而此中人力抗而守其旧制,与朝廷忤。其尤怪者,积年以来陈案宜多,而据余所见,初无增减,则知旧案为人所没者多,积弊至不可言矣。幸余晚年目视维新之

---

① 〔英〕迭更司. 大卫 o 科波菲尔〔M〕. 董秋斯译. 北京:人民文学出版社,1978:8.
② Charles Dickens. David Copperfield〔M〕. New York:Oxford University, 1981. p. 442.

治,不尔余手所批之牍,至是已化为尘埃。①

林译具有很强的双关暗示性,甚至可以说,林纾借翻译之名巧妙地在译作中表达了自己的政见及思想。"朝廷"与"维新之治"等让当时的晚清读者不由联想到清政府的"维新变法",与原作意思相比,林译在很大程度上改换了原意。

我们不妨再看看董秋斯的这段翻译:

不过,我发现他说得对;因为那个机关不仅存在到现进,十八年前的国会大报告(作得并不十分情愿)也不能伤损它的毫末。所有我的责难都详详细细地列入报告中。据那个报告,现存的遗嘱仅等于两年半的数量。他们以往怎样处置这些遗嘱呢;他们是否遗失了很多,或时时拿一些卖给奶油店呢;我不知道。我很高兴我的遗嘱不在那里,我也希望我的遗嘱一时不会去那里。②

晚清读者如有幸能看原文也能看懂原文,自然会如我们现在一样惊讶,原来原文中大卫·考伯菲尔与司本路先生讨论遗嘱事务局的制度问题后,大卫的一番感慨却改换成了译者林纾对晚清时政的一番感叹与暗示。当然,从另一方面来说,当内忧外患之中的晚清读者了解了林纾的一番良苦用心后,应该也心有戚戚焉吧。林纾的爱国之心从明文宣告的序、跋及译后小语,到悄然暗中渗透的删改译作以及自己的各种创作,可谓无所不在,贯穿林纾一生。无论如何,林纾强烈深情的爱国之心之举是值得尊敬的。然而,这不能成为随意翻译的借口,却可以用文化翻译或译者主体本位翻译来诠释。

虽然不少人指责林译小说常有删节、删改、增补之处,以上例子也从林纾的翻译策略与选择上说明了林纾为何有这些删节、删改与增补等,但换一种翻译理论视野,林纾的翻译策略其实并无正确与错误之别,也没有价值高低之分,这只是译者选择了一种与传统翻

---

① [英]迭更司.块肉余生述[M].林纾,魏易译.北京:商务书馆出版,1981:5.

② [英]迭更司.大卫·科波菲尔[M].董秋斯译.北京:人民文学出版社,1978:559.

译忠实观相异的文化翻译策略,以便于更好地调适中西文化的迥然不同,从目标语读者出发,取悦于目标语读者的一种翻译选择。但是林译小说更主要的特征,尤其是对晚清民初的翻译界来说,林译小说称得上是忠实的翻译,许多人也赞赏林译小说基本能保存原作的神味与风貌。大多数情况下,林纾还是忠实地翻译了原作的内容、结构及艺术特色。如《块肉余生述》第五章有这样的加注:"外国文法往往抽后来之事预言,故令读者突兀警怪,此用笔之不同者也。余所译书,微将前后移易,以便观者。若此节则原书所有,万不能易,故仍其原文。"①这段译文先叙巴格司赶车送大卫到沙伦学堂念书时与大卫的交谈,并请大卫给壁各德写信转述自己的求婚意愿,接着即叙述大卫途经鸦墨斯时给壁各德写信的情况,然后又回过头来接叙巴格司与大卫的谈话。林纾在译完大卫给壁各德写信的情况后用括号加了上面这段评注。由于这种倒叙、插叙在中国传统文学中很稀罕,在这种中西文学艺术手法差异较大的地方,林纾对原作并没有随意地改动,而是以作注的方式让目标读者理解,达到调适中西文学艺术,或者说引进新的艺术手法,丰富了中国传统文学的艺术表现。当"五四"文学中娴熟地应用这些域外文学带来的新的艺术手法时,我们不能忘记晚清民初的翻译文学之功,此外,当然还有域外文化、文明、思想及人文价值观等对中国文学及民众的影响等。

就开创译介西洋文学风气,促使中国作家探首域外、吸取异域营养来说,林译小说在当时所发挥的影响是举世无双的。因此,任何作家,只要他从这种风气中受到过教益,纵使他未读或极少读林译小说,也不应该忘记林纾的首创之功,更何况,许多作家都耽读过林译小说。曾朴后来也从事过法国文学的翻译,他对林纾用文言文进行翻译大不以为然,但他曾经又确实是林译小说的热心读者。他在一九二八年写给胡适的一封信中曾这样回忆:

---

① [英]迭更司.块肉余生述[M].林纾,魏易译.北京:商务印书馆出版,1981:37.

于是,畏庐先生拿古文笔法来译欧美小说的古装新剧出幕了。我看见初出的几本英国司各脱的作品,都是数十万言的巨制,不到几个月,联翩的译成,非常的喜欢,以为从此吾道不孤,中国有系统的翻译事业定可在他身上实现了。每出一种,我总去买来看看。[①]

既然如此,曾朴小说中西洋技巧的尝试,不能不与林译小说的影响发生着一定的联系。总之,近代小说创作在艺术形式上的革新之处,可以说是"五四"小说进行现代转型的先河,而林译小说对此是有贡献的。林译小说不仅以促进近代小说创作革新的方式间接地加惠于"五四"新文学,而且对部分"五四"作家文学倾向的形成、文学道路的选择,也产生过直接的影响。"五四"时期从事创作的文学家,大抵是在近代开始接近文学,有的还是在近代开始走上文学道路的。从作家的生平传记材料来看,他们中有许多人,如鲁迅、周作人、郭沫若、谢冰心、沈从文、叶圣陶等,都曾有过一段耽读林译小说的经历,他们都曾从林译小说中吸取过不同程度的营养。

林纾对于迭更司小说的热情揄扬,对于迭氏小说翻译的认真忠实,正表明了林纾对迭更司批判现实主义创作方法的推崇,也反映了他意识到中国传统文学脱离下层平民,歌颂圣君贤相、义夫节妇、名士美人的缺陷,他开始重视小说深入到下层平民的生活中,去表现他们的悲欢离合,去揭示卑污龌龊的社会病根,这乃是一种典型的平民意识。这标志着现代小说意识的觉醒,或者说,这是我国传统小说创作方法在西方文学影响下,在近代特定的历史条件下开始革新的信号。

林纾翻译迭更司小说的策略与选择,无论从当时晚清民初读者的喜爱来说,还是时至今天钱钟书先生重温林译小说来说,都可以称得上是成功的。最后,我想用瑞典学院院士、诺贝尔文学奖评委之一的马悦然教授的评价来表达笔者对林纾的赞赏:"他译的迭更司小说,在某种意义上甚至比原著还要好,能够存其精神,去其

---

① 陈锦谷.林纾研究资料选编[C].福州:福建省文史研究馆编,200:29.

冗杂。"①

其他题材的林译小说也有很多,如探险小说有《鲁滨逊飘流记》、《斐洲烟水愁城录》、《鹦巢记》、《雾中人》、《钟乳骷髅》等;侦探小说如《歇洛克奇案开场》、《神枢鬼藏录》、《贝克侦探谈》、《藕孔避兵录》等;此外其他小说如《蛮荒志异》、《三千年艳尸记》、《铁匣头颅》、《十字军英雄记》、《玉楼花劫》等。林译小说题材众多,从不同方面对晚清民初文学界提供了多方面的借鉴,又常常因为林纾的误读或有意与改良群治相联系的序、跋及译后小语,在民众中产生了较大的社会影响。

林译小说语言简洁雅丽,经过删改的林译小说通常注重故事情节的紧凑、曲折动人,契合晚清民初读者的喜好及期待视野。种种因素使林译小说在晚清民初风靡南北,成为最受好评的作家之一,虽然"五四"新文化运动之后,林纾及林译小说遭到许多指责,甚至于痛骂,然而,与其说这是学术上的评判,不如说是政治分歧的斗争策略。

---

① 马悦然.中国文学作品应有传神译本[J].文汇报,1986(11):4.

第四章 林译小说的地位

第一节 林译小说的矛盾评价及地位

林纾是近代文学翻译史上的第一人，这个说法不管是欣赏他的还是厌烦他的，应该都没有异议。林纾第一部译作是发表于光绪二十五年己亥（一八九九）的《巴黎茶花女遗事》，那时正值梁启超呼吁译印域外小说。之前中国翻译的域外小说只有零星几种，还多是外国传教士之类人翻译的，从时间上来说，林纾算得上是最早的文学翻译作者之一；从数量上来说，林纾翻译小说成书的共有一百五十六种，其中有一百三十二种是已经出版的，有十种则散见于第六卷至第十一卷的《小说月报》而未有单刻本，这样的数量在晚清民国，甚至到现在，能翻译这么多国家这么多作品的译者也是凤毛麟角，林纾算得上是翻译小说最多的译者之一；而从质量上而言，林译小说风靡晚清民初，许多读者都热衷于阅读林译小说，"五四"文化的倡导者和实践者大多都曾有过耽读林译小说的时期。迭更司的《块肉余生述》、《贼史》、《孝女耐儿传》、《冰雪因缘》、《滑稽外史》，司各德的《撒克逊劫后英雄略》、《十字军英雄记》，哈葛德的《迦茵小传》、《橡湖仙影》，欧文的《拊掌录》、《大食故宫余载》，大仲马的《玉楼花劫》，小仲马的《巴黎茶花女遗事》，森彼得的《离恨天》，斯土活的《黑奴吁天录》，德富健次郎的《不如归》等名著名译都出自林纾之手，因此，无论从林译小说的受欢迎程度还是认真评估林译小说的质量，林纾的译作都在最优秀的作品之列。

在中国文学翻译史上，对林纾的评价却出现了两种相互矛盾的声音。

郑振铎先生说:"我们统计林先生的翻译,其可以称得较完美者已有四十余种。在中国,恐怕译了四十余种的世界名著的人,除了林先生外,到现在还不曾有过一个人呀。所以我们对于林先生这种劳苦的工作是应该十二分的感谢的。"①剔除有瑕疵的,林译小说被认为完美的都有四十多种,而这在林纾逝世时还没有一个人的翻译可与此相媲美。

与林纾在新文化运动中为文、白之争弄得有些势不两立的周作人,在林纾不幸离世时就立刻谅解了这位大师,并在《语丝》上撰文《林琴南与罗振玉》,抛弃成见评价林纾道:

他介绍外国文学,虽然用了班、马的古文,其努力与成绩决不在任何人之下。一九〇一年所译《黑奴吁天录》、例言之六云,"是书开场、伏脉、接笋、结穴,处处均得古文家义法",虽似说得可笑,但他的意思想使学者因此"勿遽贬西书,谓其文境不如中国也",却是很可感的居心。老实说,我们几乎都因了林译才知道外国有小说,引起一点对于外国文学的兴味,我个人还曾经很模仿过他的译文。他所译的百余种小说中当然玉石混淆,有许多是无价值的作品,但世界名著实在不少:达孚的《鲁滨逊漂流记》,司各得的《劫后英雄略》,迭更司的《块肉余生述》等,小仲马的《茶花女》,圣·彼得的《离恨天》,都是英、法的名作;此外欧文的《拊掌录》,斯威夫德的《海外轩渠录》,以有西万提司的《魔侠传》,虽然译得不好,也是古今有名的原本,由林先生的介绍才入中国。"文学革命"以后,人人都有了骂林先生的权利,但有没有人象他那样的尽力于介绍外国文学,译过几本世界的名著?中国现在连人力车夫都说英文,专门的英语家也是车载斗量,在社会上出尽风头,——但是英国文学的杰作呢?除了林先生的几本古文译本以外可有些什么!就是对于德配天地的莎士比亚,也何尝动手,只有田寿昌先生的一二种新译以及林先生的

①　钱钟书等.林纾的翻译[C].北京:商务印书馆,1981:14.

一本古怪的《亨利第四》。我们回想头脑陈旧，文笔古怪，又是不懂原文的林先生，在过去二十几年中竟译出了好好丑丑这百余种小说，回头一看我们趾高气扬而懒惰的青年，真正惭愧煞人！林先生不懂什么文学和主义，只是他这种忠于他的工作的精神，终是我们的师，这个我不惜承认，虽然有时也有爱真理过于爱吾师的时候。①

寒光先生在认真分析汲取别人的评价之后总结道："中国人轻视小说及小说家的习俗和陋见，由林氏而革除；小说的价值和小说家的身份，由林氏而提高"；"他的翻译是有目的的，有作为的，就是他自己所说的：'强支此不死期内，多译有益之书以代弹词为劝喻之助'"；"所译书都富有他自己一种特殊的风味，所以'林译小说'便在中国成为一个特别名称了"；"中国的旧文学当以林氏为终点，新文学当以林氏为起点。中国文学界由他才开放文学的世界眼光；所以他于新文化的功绩就象哥伦布的发现新大陆，荒谬的所在应该原谅，功绩却是永远不可埋没的"。② 这些都是林纾离世十多年后寒光先生远处海外时所写下的，有了一定的距离，评价更为客观、理性、信实。林译小说渐渐成为文学史上的专有名词，也始于此。

真正有助于中国人打破小说乃小道的观念并非梁启超等政治功利性极强的空洞口号，而是实实在在吸引无数读者、风靡大江南北的林译小说的文学魅力。林译小说结束了文言小说的时代，但林译小说同时是新的白话小说基础的奠定者和开启者。因此，林译小说对中国文学翻译的丰功伟绩值得后人永远铭记，任何人都没有办法抹杀。

凌昌言在司各特逝世百年祭时，想到第一个引进司各特作品的译者林纾云：

我们的林琴南先生便用耳朵替代眼睛来发现了《撒克逊劫后英雄略》里的"《史记》笔法"；并且由于他的介绍，司各特便和嚣俄、仲

---

① 周作人.林琴南与罗振玉[J].语丝，1924(12)：1.

② 陈锦谷.林纾研究资料选编[C].福州：福建省文史研究馆编，2008：30—31.

马成为三个仅有的中国所熟悉的西洋作家。中国的读者对于这位"惠佛莱说部"的作者的认识和估价,竟超过莎士比亚而上之。我们可以看到挨梵诃和吕珮珈的情史而眉飞色舞,而对于更伟大的莎士比亚的作品,却只能自安于《吟边燕语》的转述。

因此我们可以说,司各特是我认识西洋文学的第一步;而他的介绍进来,其对于近世文化的意义,是决不下于《天演论》和《原富》的。

司各特使我们认识了在我们自己这个文物之邦之外也是有优秀的文学的存在。

司各特给予我们新的刺激,直接或间接地催促我们走向文学革命的路上去;司各特是直接或间接地奠定了我国欧化文学的基础了。①

王无为《中国小说大纲》序文:

"逊清末叶,林纾以瑰瑰之姿,用文言译《茶花女遗事》一书,是为西方小说化输入吾国之始,亦启长篇小说用文言之端;于是小说界之趋势,为之一变。"②

沈禹钟在《申报》上发表《甲寅杂志说林之反响》说:

林琴南先生为近代文章大师。其文坚实精醇,戞戞独造,士林莫不宗仰!生平所译西洋小说,往往运化古文之笔以出之,有无微不达之妙!声价之重,无待赘述。余酷嗜林氏文,十年以来未尝释手;而于译本小说,亦涉猎殆遍。良以其妙绪环生,抯之不尽,有非偶然者也。余尝谓人之读书,无异尚友,书必精义充实而后能使人爱读;友必才德兼备而后使人乐与。——若林氏文,光气烂然,凡稍具文学眼光之人,无不欣赏而折服之,固不独余一人之嗜痂已也。③

---

① 陈锦谷.林纾研究资料选编[C].福州:福建省文史研究馆编,2008;23.
② 陈锦谷.林纾研究资料选编[C].福州:福建省文史研究馆编,2008;26.
③ 陈锦谷.林纾研究资料选编[C].福州:福建省文史研究馆编,2008;27.

　　林纾简洁雅丽的古文，以华文之典料，叙异域之故事，委实细致入微，确实折服了不少浸染于中国传统文化中人。

　　新文化运动健将之一的胡适也不得不承认：

　　林纾译小仲马的《茶花女》、用古文叙事写情，也可以算是一种尝试。自有古文以来，从不曾有这样长篇的叙事写情的文章。《茶花女》的成绩，遂替古文开辟一个新殖民地。平心而论，林纾用古文做翻译小说的试验，总算是很有成绩的了。古文不曾做过长篇的小说，林纾居然用古文译了一百多种长篇小说，还使许多学他的人也用古文译了许多长篇小说；古文里很少滑稽的风味，林纾居然用古文译了欧文与迭更司的作品；古文不长于写情，林纾居然用古文译了《茶花女》与《迦茵小传》等书。古文的应用，自司马迁以来，从没有这样大的成绩。①

　　林纾以一己之力，居然做到了延长一种语言的生命力，其魅力可谓令人震憾。林纾因此被认为是结束一个时代的人物，也是开启一个时代的人物，是古文的殿军，是白话文的先驱。

　　钱钟书先生如此讲叙林译小说对自己的吸引：

　　偶尔翻开一本林译小说，出于意外，它居然还没有丧失吸引力。我不但把它看完，并且接二连三，重温了大部分的林译，发现许多都值得重读，尽管漏译误译随处都是。我试找同一作品的后出的——无疑也是比较"忠实"的——译本来读，譬如孟德斯鸠和迭更司的小说，就觉得宁可读原文。这是一个颇耐玩味的事实。②

　　钱钟书先生小时候因林译小说产生了对西洋文学的兴趣，并进而选择研读外国文学。然而出人意料的是，林译小说对中西文化都非常精通的钱钟书依然具有不可思议的吸引力，这确实是个颇令人玩味的事实。

---

　　①　陈锦谷.林纾研究资料选编[C].福州:福建省文史研究馆编,2008:30.
　　②　钱钟书等.林纾的翻译[C].北京:商务印书馆,1981:23—24.

当代林薇先生这样描述道：

> 林纾是我国翻译文学的奠基人，他打开了通往世界的文学窗口，"林译小说"在中国具有启蒙作用，传播了新的时代思潮，对于以后的"五四"新文化运动有着深刻的影响。林纾又是我国文学史上最后的古文名家，作品和理论都斐然可观；诗、词也均有较深造诣；他还写了大量的小说、传奇、笔记等，在创作上具有一定特色；同时他还是一代丹青妙手。以人品论，他为人正直，光明磊落，是一个极清介的学者。①

林薇先生对林纾的译作、古文及人品都做了充分的肯定，需要撇清的是，林薇先生并非林纾的后人，二林在祖宗血脉上毫无瓜葛。

张俊才先生在其写作的《林纾评传·结语》中，对林纾做了一种整体性的价值评判："在他前期的著译作品及序跋中，鲜明地反映出近代进步文学所共有的'慷慨悲歌将奋起'的爱国主义主题，闪现着我们民族在悲剧年代里不甘陆沉的国魂。他的横绝一世的翻译事业促使近代文坛形成了一种可贵的开放气氛。他不仅为中国的文学翻译工作奠了基，而且以自己的经验和教训促使这项工作向更高的层次提高。一批又一批文学家之所以探首域外，正是由此而受到启发；西方的文学观念、形式、创作技巧也正因此而输入中国；'五四'新文学也正胎息于此。誉林纾为新文学的不祧之祖是不为过分的。"②

但是，还有另外的声音。

寅半生看了林译的《迦茵小传》后，大动肝火，云：

> 今蟠溪子所谓《迦茵小传》者，传其品也，故于一切有累于品者皆删而不书。而林氏之所谓《迦茵小传》者，传其淫也，传其贱也，传其无耻也，迦茵有知，又曷贵有此传哉！甚矣，译书之难也，于小说且然，于小说且然。蟠溪子自叙有云："念今日需译之急，而乃虚牝

---

① 林薇选注. 林纾选集·小说卷(上)[M]. 成都·四川人民出版社出版,198:335.

② 张俊才. 林纾评传[M]. 天津·南开大学出版社,1992.

光阴,消磨精力于小说家言,不几令有识者齿冷乎?"自视何等歉然,
而林氏则自诩译本之富,俨然以小说家自命,而所译诸书,半涉于牛
鬼蛇神,于社会毫无裨益,而书中往往有"读吾书者"云云,其口吻抑
何矜张乃尔!①

　　貌似尊敬,实质将林译小说贬得一文不值的可以说是刘半农以
记者之名发表的《复王敬轩书》。

　　林先生所译的小说,若以看"闲书"的眼光去看他,亦尚在不必
攻击之列;因为他所译的"哈氏丛书"之类,比到《眉语莺花杂志》,总
还"差胜一筹",我们何必苦苦的"啮他背皮"。若要用文学的眼光去
评论他,那就要说句老实话:便是林先生的著作,由"无虑百种"进而
为"无虑千种",还是半点儿文学的意味也没有!原因有三层,即林
纾所译的书"原稿选择不精"、"谬误太多",此外"能以唐代小说之神
韵,迻译外洋小说"乃"林先生最大的病根",理由是"译书与著书不
同,著书以本身为主体,译书应以原本为主体;所以译书的文笔,只
能把本国文字去凑就外国文,决不能把外国文字的意义神韵硬改了
来凑就本国文"。②

　　这封书信的由来笔者后文还将论述,但林纾自此开始逐渐从时
代的启蒙者一变而为时代的阻碍者,其名声、地位也走上了一落千
丈的不归路,虽然其中有林纾的一些不智行为,但这封信在《新青
年》上的公开发表无疑成了林纾的一个转折点。在这样的描述中,
林译小说连文学的边也沾不上,只能算作闲书之列,而且这样的闲
书还是充满了错漏及理论的谬误。《吟边燕语》的戏剧译作小说,
《香钩情眼》的译名东方化,无不成了尽情嘲讽的把柄。

　　梁启超在一九二〇年写《清代学术概论》,提及林纾的只有寥寥
数句:

---

　　①　陈平原,夏晓虹.二十世纪中国小说理论资料[C].北京:北京大学出版社,1997:
249—250.

　　②　记者.复王敬轩书[J].新青年,1918(3):15.

有林纾者,译小说百数十种,风行於时,然所译本率皆欧洲第二三流作者:纾治桐城派古文,每译一书,辄"因文见道",於新思想无与焉。①

林纾晚年因为反对新文化、新文学,在"五四"运动前后已成了反面典型,不骂他好像就显不出自己先进,梁启超在这势头下有意贬抑林纾,是可以理解的。林纾的古文崇尚唐宋,与桐城古文有许多相通之处,又与桐城人走得较近,可是他从来没承认自己是桐城派,也不高兴人家把他列为桐城派。在桐城派被视为"谬种"的时候,梁启超给林纾派一顶桐城派的帽子,颇有幸灾乐祸之意。

《中国现代文学》编写组曾以《对以林纾为代表的封建复古派的斗争》作为标题批判林纾,说他"立即纠集自己的力量,借着北洋军阀的威势,向《新青年》进行了凶恶反扑"。在这里,林纾不再是个清介正直的学者,而是成了一个政治舞台上穷凶极恶的扼杀者,是依附政治强权的反动文人。倘若林纾地下有知,以他燥烈的性格,一定会跳起来大骂,因为这实在有悖于他一贯的为人作派。由于林译小说的影响是无法完全否定的,不过这影响也成了是"由于当时翻译界的幼稚,所以虽然他的翻译并不大忠实于原著,也发生了相当大的影响,在旧文学界有一定的威望"。既然林纾在新文学界不值一提,只限于过去,且错误百出,启蒙者林纾自然失去了依据,也成了去神圣化后的普通之人,只不过是时势造人罢了。而因为"林纾在政治思想方面却属清朝的遗老一流,在当时是十分反动的。林纾对新文化运动和文学革命一开始就抱敌视的态度,而且企图借他在旧文学界中所享有的地位和威望,把这个运动打下去"②。新文化运动成了新的历史"造就"的神圣者,持不同意见者依照非正即反的逻辑自然只配做历史的小丑,应予以痛击。

以上这些基本是持全盘否定林译小说观点的,追究其起源,或

① 梁启超.清代学术概论[M].天津:天津古籍出版社,2003:162.

② 陈锦谷.林纾研究资料选编[C].福州:福建省文史研究馆编,2008:876.

者不值一驳,然而赞扬林译小说的也有不同声音,细加区分,我们可以从中发现一些有趣的现象,颇值得探讨。

周作人曾以开明的笔名撰文说:

> 林琴南的作品我总以为没有价值,无论它如何的风行一时,在现今尊重国粹的青年心目中有如何要紧的位置。译本里有原作的精魂一部分存在,所以披带了古衣冠也还有点神气,他的著作却没有性格,都是门房传话似的表现古人的思想文章……我看世人对于林琴南称扬的太过分了,忍不住要再说几句,附在半农玄同的文章后面。林琴南的确要比我们大几十岁,但年老不能勒索我们的尊敬,倘若别无可以尊敬的地方,所以我不能因为他是先辈而特别客气。①

周作人几乎完全对林琴南的贡献视而不见,林琴南在这样的叙述话语中成了一个唯独年纪大些的一无是处的老人,这跟之前周作人的评价可以说截然相反,判若两人。

寒光先生非常肯定林译小说的巨大贡献,可也不能无视新文化运动时期对林纾如潮的批评。他认为,当欧洲大战初停止时,中国的知识阶级有了一种新的觉悟,对于中国传统的道德及文学都下了总攻击,林琴南那时在北京,尽力为旧的礼教及文学辩护,十分不满意于这个新的运动,于是许多的学者都以他旧的传统的一方面为代表,无论在他的道德见解方面,还是他的古文方面,以及他的翻译方面,都指出他的许多错误,想在根本上推倒他的守旧的、道德的以及文学的见解。寒光先生同情林纾直到现在了还蒙着一个个白的大冤枉,觉是很有检讨一番的必要。从胡适《五十年来中国之文学》起到陈炳堃《最近三十年中国文学史》为止,都硬派林氏为反新文化运动的代表。

欧战以后,“五四”运动以前,那时候中国的新知识阶级得到了

---

① 开明.再说林琴南[J].语丝,1925(3):30.

一种新觉悟,极力奋起,想追上时代而不甘落伍,所以尽量来迎受世界的新潮流,对于以前传统习惯的旧礼教,尤极肆力抨击,其余如贵族式的锦绣文章、代圣贤立言的卫道文字和粉饰雕琢及无病呻吟的死文学,都想扫荡无遗,甚至连古人一切遗留下来的成绩品,都要重新估量其真价值。这风气一开,社会上和文坛上的情状一时为之变色。林纾以其一贯的游侠精神与固执态度站出来反对这种全盘西化、践踏中国传统文化的潮流,这在激进的新文化运动倡导者眼里,无疑等于是公然站在其对立面,何况其中还有一个小小的阴谋,遭到痛批是题中之义。寒光先生感叹道,"可怜那时的林氏,不但给无知的人们骂为什么顽固派、国故党,甚至连林氏辛辛苦苦介绍的外国文学也罗织了种种的误谬来大肆攻击!"①

钱钟书先生对林译小说由爱好到抛弃的缘由,就是"五四"新文化运动对林纾铺天盖地的批评。"我开始能读原文,总先找林纾译过的小说来读。后来,我的阅读能力增进了,我也听到舆论指摘林译的误漏百出,就不再而也不屑再看它。它只成为我生命里累积的前尘旧蜕的一部分了。"②

从中可以看到,当时舆论的指向也会很大地影响到读者的选择,即使是钱钟书这样的读者。

张俊才虽然认为林纾对"五四"新文学的兴起做出过贡献,但也不得不说:"现代文学史上第一个反面作家林纾,反对'五四''新文化运动'的铁案是永远翻不了的。"并且还下结论道:"林纾晚年反对'五四'新文化运动,错误是严重的,其性质足可以用'反动'二字来概括。"语气措词都颇为严厉。又说林纾是"传统的赘疣、改良派的思想、立宪派的立场,紧紧地桎梏着他的精神和手脚,他不可能理解革命,脱胎换骨。因此,他只能变成一个愤世嫉俗的遗老。这个悲剧是林纾无法改变的",痛惜之情溢于言表。张俊才先生把林纾的

---

① 陈锦谷.林纾研究资料选编[C].福州:福建省文史研究馆编,2008:15.
② 钱钟书等.林纾的翻译[C].北京:商务印书馆,1981:23.

过失归纳为"他对我们民族的文学遗产缺乏批判精神……当着'五四'新文化运动兴起之后,他螳臂挡车,顽固而可笑地'抔却残年,极力卫道',扮演着极不光彩的'封建余孽'的角色"①。

林薇先生非常肯定林纾先生的人品及翻译小说,但面对"五四",她对林纾的评价也不免矛盾起来,"林纾是我国翻译文学的奠基人,他打开了通往世界的文学窗口,'林译小说'在中国具有启蒙作用,传播了新的时代思潮,对于以后的'五四'新文化运动有着深刻的影响……以人品论,他为人正直,光明磊落,是一个极清介的学者。他晚年思想落伍,在'五四'文学革命中成为守旧势力的代表人物"②。

蒋英豪先生用诗化的语言描述了林纾悲剧性的结局,"林纾以他一百八十九种的翻译小说,为新旧文学的过渡筑成了前所未有的崇高祭台,每一本小说就是一根燔祭的柴。当他惊觉自己和自己所背负的道统就是燔祭的牺牲的时候,他竟想把自己点燃起来的祭火熄灭。然而烈火熊熊,势不可止,他消灭了自己,却完成了燔祭。后世观看这场燔祭的录像的人,如果讲究古文家的'义法',都应该知道,他自始至终都是挥舞戈矛的主角,只是从前的戈矛指向后来的他,后来的戈矛指向从前的他"③。这种充满矛盾悖论与意味深长的隽语,让人久久沉思。

当我们细细研究这些评价之后,有一些线索也在悄悄地凸显出来。赞扬的大都围绕林译小说,尤其是前期林译小说;后期林译小说较少提到,但后期提到最多的是林纾与"五四"新文化运动,林纾由褒入贬的转折也源于"五四"新文化运动兴起,并进而全面否定林译小说及林纾其人。那么,要准确梳理林译小说的评价问题,必然要理清林纾与"五四"新文化运动的关系。

①　张俊才.林纾评传[M].天津:南开大学出版社,1992:177.
②　林薇选注.林纾选集·小说卷(上)[M].成都:四川人民出版社出版,1985:335.
③　陈锦谷.林纾研究资料选编[C].福州:福建省文史研究馆编,2008:970.

第二节　林纾与"五四"新文化运动

中国新文学运动有两篇奠基论文,一篇是胡适刊于一九一七年一月一日《新青年》二卷五号的《文学改良刍议》,其进攻目标是文学的语言、形式;另一篇是陈独秀刊一九一七年二月一日《新青年》二卷六号的《文学革命论》,其进攻目标是文学的精神、内容。这两篇文章吹响了新文化运动的号角,两者互相配合,对传统文学发挥理论攻击作用,是新文学运动兴起的前奏。《文学改良刍议》的主要内容,差不多可以在黄遵宪的言论中找得到。《文学革命论》的主要内容,事实上已经由林纾借着翻译小说奠定了基础。黄遵宪以中外语文现状的对比,看到了当时中国语文不能适应时代的需要,指出了中国语文的发展方向应是像外国语文那样的言文合一。林纾因林译小说的大量实践,无意进行着中外文学的比对,看到了传统中国文学的不足,指出了中国文学的方向应是借鉴取法西洋,向世界文学发展。陈独秀在《文学革命论》中大书特写的"三大主义",抨击了贵族文学、古典文学和山林文学,进一步指出这些文学"盖与吾阿谀夸张虚伪迂阔之国民性互为因果"①。林纾在他的译书过程中对此早有体会,他在一九〇八年写的《不如归序》中,对比了中外史传记叙之文,说:

> 吾国史家好放言,既胜敌矣,则必极言敌之丑蔽畏葸,而吾军之杀敌致果,凛若天人,用以为快。所云'下马草露布'者,吾又安知其露布中作何语耶?若文明之国则不然,以观战者多,防为所讥,措语不能不出於纪实。②

由上可知,陈独秀所宣扬的对文学改革的方面,林译小说已在实践层面上做了不懈的努力,打下了坚实的基础,从这个意义上说,

---

① 　北京大学等编.文学运动史料选(第一卷)[C].上海:上海教育出版社,1979:22.

② 　钱谷融.林琴南书话[C].吴俊标校.杭州:浙江人民出版社,1999:94.

林纾是陈独秀的盟友，而非敌人。如果这句话说给陈独秀与林纾听，估计两位先生都要生气的。首先，林译小说虽然是沟通中西文学的桥梁，林纾也一直在其译序、跋及译后小语等里面阐释对比中西文学，然而，林纾所持的文化本体从来都是中国传统文化，林译小说不过是林纾所持中国传统文化的注脚和例证，中西文化有相通之处，西洋文学也有某些可资借鉴的地方，如此而已。其次，陈独秀所宣扬的《文学革命论》，是持西洋文化为本体的，其革命方向正是要革掉中国的传统文化，引进建构以西洋文明为本体的新文化，从本质上来讲，两者是南辕北辙的，虽然在某些具体问题的论述上似乎有很多的相似点。最后，当改革愈趋激进与深入时，两者的本质逐渐显现出来，矛盾不可避免，而由于新文化倡导者的有意选择，由于林纾本人任侠及固执爆烈的个性，这个走在改良传统中间的翻译家及古文家，最后直接走到了与"五四"新文化运动交战的前台，成了不可饶恕的"封建余孽"及"复古派代表"。这种逆转颇具有戏剧性，也具有某种程度的悲剧性，更值得后人用理性的方式去重新梳理这段历史，而不是简单地接受当时历史现成的评判。

林纾以古文名家，但他一生与桐城派保持着若即若离的关系。他的古文造诣纯由自学，沉潜于左、马、班、韩数十年。他虽然遵循桐城义法，也心仪桐城前辈归有光、方苞之文，但从不以桐城派自命。林纾虽曾中举，却始终坚持"书生"身份，从一八九九年起更绝情仕宦。他关心政事，是因为"国家兴亡，匹夫有责"的责任感。他因老乡关系结识了一些改良派行动家如林旭，他差不多毫无保留地认同改良派的政治理想，在实际行动和言论上也加以宣扬鼓吹，但他从未参加改良派的政治团体。他的性格近于任侠，为了理想，乐助人之成，却不愿受政团的约束。他最珍惜自己"古文家"的身份，并以此为荣，远过王侯。古文家这特殊身份使他的翻译事业带有特殊的色彩，而以游侠自命的古文家，是驱使他晚年独力抗拒新文化、新文学的主要因素。一九〇一年，他以文名就聘北京金台书院讲席，又任五城中学堂国文总教习。在北京结识桐城派的吴汝纶，吴对他的古文颇为称许,说"是抑遏掩蔽,能伏其光气者"①。一九〇六年,林纾与吴汝纶的弟子马其昶结交,马氏对他古文的成就更为推许。同年,他受聘京师大学堂为预科及师范馆经学教员。他在一九〇八年为商务印书馆编《中学国文读本·国朝文》卷,其中率多桐城派的文章。据钱基博说,林纾论文本不专主唐宋,并不贬抑魏晋文,后来与桐城中人来往多了,才偏重唐宋;入民国之后,因在北京大学中与主魏晋文的章氏弟子一派不合,与桐城派中人在一九一三年相继离开北京大学,因此对魏晋文派深有成见。② 一九一四年,《韩柳文研究法》出版,马其昶为他写序,同年又应邀为康有为主持的孔教会讲古文,力倡唐宋八家。一九一七年发起古文讲习会,亲自主讲。一九一八年出版《古文辞类纂选本》。由於他在言行两方面都与桐城派中人亲近,时人也就视他为桐城派。一九二一年,林纾在上海与康有为见面,康有为问他何以要学桐城,林纾颇为不悦,并一再否认自己是桐城弟子。

　　林纾不肯承认是桐城派有其苦衷。说到桐城古文,都会着眼于三个方面。其一是义法,即方苞所说的"言有物"和"言有序",也就是表达技巧、描写和叙述的问题。其二是语言,方苞亲自为桐城古文定下了许多清规戒律,说:"南宋、元、明以来,古文义法不讲久矣。吴、越间遗老尤放恣,或杂小说,或杂翰林旧体,无一雅洁者。古文中不可入语录中语,魏晋六朝人藻丽俳语,汉赋中板重字法,诗歌中隽语,南北史俶巧语。"③其三是载道,桐城派古文家重视孔孟道统、程朱理学,以弘扬道统作为文章的理想。因为要载道,许多与载道无关的题材,如男女之感情、悲怆的情调,都很少写及。在义法方面,林纾固然与桐城派毫无芥蒂,这是他在译序中经常论及的,也是他与桐城派最相契的。在他漫长的翻译事业中,他常运用桐城古文家义法,介绍、分析西方小说,并将西方小说和中国的叙事文学相比较。在语言方面,林纾根本无法遵守种种清规戒律,事实上在当时

①　林纾.林琴南文集·畏庐续集[M].北京:北京市中国书店,1985:25.
②　钱基博.现代中国文学史[M].香港:龙门书店,1965:171.
③　魏际昌.桐城古文学派小史[M].石家庄:河北教育出版社,1988:34.

西方文化冲击的环境下，以他的维新思想，特别是在翻译外国小说的时候，要尽可能达意传神西洋文学，想守这些清规戒律也是不可能的。在载道方面，林纾早年从岳丈刘有菜受程朱理学，本与桐城派气味相投，但其为文"出之以血性"、"强半爱国思亲作"、"无大题目"①，又与桐城文派大相迳庭。不做桐城派无妨于他做古文家，避开了语言的清规戒律与题材的划地为牢，他的写作空间陡然开阔，适应了他自己与社会的种种需要。有一点需要指出的是，林纾写作的古文与林译小说及创作小说所用的语言，两者之间有较大差别，只是大家习惯上都称作古文，对此，笔者下文会详细论及，此不赘述。桐城文派自鸦片战争后，在西方文化冲击的新环境里，已出现了严重的适应危机，林纾始终坚持古文家的身份，但他已为古文重新定位，打破了语言的禁忌，扩展了题材，以古文义法为手段去沟通中西文学，适应时代的需要，使古文延长了生命，并最后一次发出夺目的光彩。尤其难能的是，他使古文适应了市场需求，使古文成了有利可图的商品。林译小说畅销数十年，林纾因之收入颇丰，这是文学史上众所周知的事实，这显然是桐城古文家身份所做不到的，也或者说是不屑于做的。

　　在介绍西方文学的时候，林纾的古文家身份和古文造诣发挥了最积极的作用，把阻碍吸收、接受西方文学的事物一扫而空。古文家"因文见道"的习性、对"义法"的讲求、简洁传神的古文语言，使林译小说乐于为中国读者接受。胡适曾在《五十年来中国之文学》论严复道："严复用古文译书，正如前清官僚戴着红顶子演说，很能抬高译书的身价，故能使当日的古文大家认为'骎骎与晚周诸子相上下'。"②这话也同样可用来说明林译小说使用古文翻译能提高小说地位，吸引多层次的读者。另外很重要也很起作用的是为翻译作品写序跋。林纾在辛亥革命以前翻译的小说，差不多都附有序、跋、译余剩语一类的说明，这些说明一般都在千字上下，像《爱国二童子传

---

① 林纾.林琴南文集·序[M].北京:北京市中国书店,1985.
② 钱钟书等.林纾的翻译[C].北京:商务印书馆,1981:47.

达旨》那样长近三千言的并不多见,主要是借鉴外国小说中所见之国民性进行自省,这是出于宣扬维新改良群治的需要,是"因文见道"。另外,还有从"义法"出发,分析外国小说,与中国史传文学相对比,努力沟通中西文化。

晚清不可能是"五四",而"五四"成就的新文化,则是晚清二十年来的文化思想启蒙与革新的产物。历史总是惊人的相似。晚清林译小说借梁启超《译印域外小说》的倡导,使一直不登大雅之堂的小道小说从中国文学边缘一跃而为主流,傲视其他诸体,成为文化界的宠儿,可见政治风潮对文化的影响力。"五四"新文化运动兴起,大力抨击中国传统文化,试图建构全新的以西洋文明为主体的新文化,而以古文翻译的西洋小说也因要为白话让路而成为抨击抛弃的对象。林纾以维新派启蒙者的身份试图调和传统文化与西洋文化,走中庸之道,也无力与这种强大的社会潮流相抗衡,反而被打倒为人人唾弃的顽固复古派、"封建余孽"。其中的意味令人深思。

林纾怎么也没想到,他原本为沟通中西、消除偏见的文学翻译,竟然成为"五四"一代选择西方文化价值的导引。二十世纪三十年代初,钱钟书与林纾的老友、著名经学家陈衍见面,陈听钱说是因为读了林译小说而萌发学习外国文学兴趣的,大为不解,说:"这事做颠倒了……你读了他的翻译,应该进而学他的古文,怎么反而向往外国了?琴南岂不是'为渊驱鱼'么?"①从某种意义上说,林纾的翻译不光是"为渊驱鱼",简直就是"自掘坟墓"。"五四"新文化运动的发展直接将林纾推到了一个最尴尬的位置,而林纾也以其悲壮成全了"五四"新文化运动。然而,作为研究学者,我们不应简单记下历史的结论,更应梳理历史进程的每一个细节,探讨历史之所以如此前进的缘由。

林纾当初从事翻译只是为了"沟通",以使中国士人不要鄙薄西方文学,哪料得到"五四"那一代人读了林译小说,不仅是变得"看得起",甚至是崇拜西方文学,然后竟然要求废除文言,追求中国文学

---

① 钱钟书.七级集[M].上海:上海古籍出版社,1985:102.

的西化及世界化。

　　一九一七年一月，胡适字斟句酌的《文学改良刍议》与陈独秀疾言厉色的《文学革命论》相继在《新青年》第二卷的五、六号上发表，一九一七年二月八日，针对胡、陈对古文的绝对态度，林纾在《民国日报》发表《论古文之不宜废》，提出异议："知腊丁之不可废，则马班韩柳亦有其不宜废者。吾识其理，乃不能道其所以然，此则嗜古者之痼也。"①林纾与新文化的分歧，并非是是否使用白话，而是是否使用白话就一定要废除古文。林纾辩驳的依据是，西方在现代化的过程中并不抛弃传统，白话与古文也不妨共存。林纾其实仍然是以晚清启蒙文学者的身份和语气告诫"五四"新青年，不能走极端。林纾对于以"新""旧"判定文学价值，历来持怀疑态度。重新回顾当时的历史，论辩只短暂地存在于胡适《文学改良刍议》和陈独秀《文学革命论》相继发表后，非常平和，是真正意义上的理性对话，只不过林纾理论太差，还未交锋，就老实地自认"吾识其理，乃不能道其所以然"，所以并没有引起太大关注与反响，浸润传统文化的真正复古派与封建遗老们对这新生的力量采取置之不理的默杀方式。鲁迅在《呐喊·自序》中记载了一件后来被文学史家十分看重的轶事：钱玄同来 S 会馆找埋头抄古碑的鲁迅出来做文章，鲁迅写到，"我懂得他的意思了，他们正办《新青年》，然而那时仿佛不特没有人来赞同，并且也还没有人来反对，我想，他们许是感到寂寞了"。鲁迅这里所叙述的正是当时的情境。诞生于革命时代的《新青年》团体向以孔子为表征的中国传统文化发动了猛烈的攻击，却得不到任何社会反响，这种置之不理的默杀方式使肆意谩骂也无济于事，这让"五四"运动的发起者们感到失望，"感到寂寞了"。

　　革命的本质是激战，没有对手和敌人，自然无法激战，出于革命的策略，钱玄同们决定制造出对手和敌人，否则，革命不但会失去内在动力，还会有失去存在的"合理性"的危险。于是一班充满革命激情、渴望"战斗"的青年便在"寂寞"中开始寻找对手。经过反复权

---

　　①　林纾. 论古文之不宜废[J]. 新青年，1917(5)：1.

衡，林纾被选择了。为了造势，钱玄同、刘半农二人遂在《新青年》第四卷第三号上，策划了那出著名的双簧戏。钱玄同化名"王敬轩"撰写《文学革命之反动》，与刘半农以《新青年》记者身份反驳的《复王敬轩书》一起在《新青年》上发表了，一唱一答间设置陷阱让林纾上套，而继钱刘的双簧之后，《新青年》第四卷第六号上又登陈独秀《答崇拜王敬轩者》，并附一封署名"崇拜王敬轩先生者"的来信，继续炒作此事件。

说来林纾一直以一个维新派、启蒙者的形象活跃于文坛，虽然由于对辛亥革命后的动荡政局失去希望，失去理想的寄托，也由于生理年龄的衰老，林纾逐渐讨厌一切变革，并在行为上转向遗老的队伍，其翻译事业也失去热情，仅凭熟练惯性在继续，但林纾依然关注时事，依然热爱国家，他创作一系列时事小说希冀有助当权者借鉴就是表现。不论从"五四"新文化运动要批判的复古派、古文家还是封建遗老来说，林纾都称不上代表人物，然而，历史戏剧性地选择林纾做了封建复古派的"代言人"。

自鸦片战争以后，国人先则承认科技不如人，继则承认社会制度不如人，而文学一事，由于从未接触外国文学，觉得中国五千年文化还算是值得骄傲，故维持夜郎自大心态，以为中国文学还可胜于西洋文学。林纾以古文名家身份翻译西方小说，以古文技法的标准去衡量西方小说，不但发现西洋小说的文学价值可以比肩左、马、班、韩，还指出西洋小说的有些地方非中国古代文学大师所能及。作为晚清文坛上开风气的新派人物，他的白话诗写作、对西方文学的推崇和译介、抬升小说地位的努力等，都是"五四"文学革命的先声，即使林纾在对待传统文化上的观点与"五四"有重大分歧，但也不至于成为文学革命首当其冲的死对头。

钱玄同、刘半农所虚拟出的"王敬轩"，在竭力维护古文地位时，左右不离对林纾的颂扬，硬将林纾"捧"上了旧派核心的位置。刘半农假戏真做的《复王敬轩书》，有差不多一半的篇幅是针对"王敬轩"的观点讽刺林纾的。指责林译的"硬伤"，无论是批评者还是被批评者，都不会感到意外。林纾深知自己的短处，预先反复做过"不审西文"的申明。能对林纾造成最大伤害的,是挖苦他的古文不到家。钱刘深谙林纾这种传统士人的心理认同,拿出了杀手锏。而他们为贬低林纾的古文,抬出的是周作人及其《域外小说集》的古文:"如先生以为周作人先生的译笔不好,则周先生 既未自称其译笔之'必好',本志同人亦断断不敢如先生之捧林先生,把他说得如何如何好法;然使先生以不作林先生'渊懿之古文',为周先生病,则记者等无论如何不敢领教。"不管是否为正宗桐城派,林纾在晚清尚有文名,并得到桐城派大师的激赏,世人皆知。林纾与桐城派人在京师大学堂曾与章太炎不和,两人互有讥讽。章太炎以经学治小学,研究的是比韩柳更老因而更正统的"古文"。一九〇八年至一九〇九年,周氏兄弟在东京,曾到《民报》社跟随章太炎听课一年多,获得"不少的益处",也因此而影响到文字的古雅追求。周作人自己就说过,他早期的翻译是在模仿林纾的译笔,但"听章太炎先生的讲论,又发生多少变化,一九〇九年出版的《域外小说集》,正是那一时期的结果。"[1]《域外小说集》的书名,是用篆字题写的,作"或外小说人",可见其慕古求雅追求。当时在日本东京一起听章太炎课的,还有一位章太炎的正宗弟子,就是钱玄同。钱氏仗着章门弟子的身份和可以骄人的小学功底蔑视林纾,潜在的标准显然是非常"古旧"和传统的。比如先秦古文、唐人小说的语言,只算是广义古文中的俗语而已。林纾的传统道统观念甚强,对此也很清楚,这也是他不愿别人称赞他的翻译的原因。但林纾为说服同侪而将小说与史汉相提并论的努力,却使自己被钱玄同们逼到"以子之矛陷子之盾"的尴尬境地中。钱玄同们仗着"高古"而将林纾比下去,但"高古"与小说这一世俗的文体本是不很相宜的,周氏兄弟后来也承认,《域外小说集》语言过于"生硬"和"诘屈聱牙"[2],这是导致《域外小说集》传播失败的原因之一。钱玄同等对林纾的挑战,是基于古文够不够格、林纾旧派资格够不够的问题,其深层的心理则是传统中国士人的门户和等级偏

---

①　周作人.点滴・序[M].北京:北京大学出版社,1920.

②　周作人.域外小说集・序[M].上海:群益书社,1921.

见。历史的进程常常是这样地充满讽刺意味,新文学以最"旧"的资格作为武器,虚构了一个新文化不共戴天的反对派。

一九一九年初,林纾两篇小说《荆生》、《妖梦》由林纾的学生张厚载拿到上海《新申报》发表,这是导致林纾命运转折的事件。这两篇小说,丑诋陈独秀、钱玄同、胡适,乃至蔡元培,情节相当荒唐,将北大喻为地狱之下群鬼主持的"白话学堂"(《妖梦》),引起北大舆论大哗,群情激愤。张厚载距毕业仅有数月,被北大以"在沪通讯,损坏校誉"之名开除了学籍。林纾写这样的小说泄愤,既愧于连累学生,也觉得辱骂和恐吓不是君子之道,于是写信给各报馆,公开承认自己骂人的错误,可见其真诚的一面。陈署名只眼的陈独秀对林纾的道歉曾给予积极回应:"林琴南写信给各报馆,承认他自己骂人的错处,像这样勇于改过,倒很可佩服。"①林纾寄出《妖梦》后,收到蔡元培的来信,颇后悔借小说攻击蔡,试图收回《妖梦》未成,只好借回函之机正面阐述自己对新文化运动的反对意见,这就是有名的《答大学堂校长蔡鹤卿太史书》,他在其中公开表达了自己的观点,文中嘲笑白话是"引车卖浆之徒所操之语"②,是对新文学首先将文言、古文称为"死文字"、"死文学",还有"妖孽"、"谬种"之类带侮蔑性语言的反击。

林纾写小说泄愤,显得非常荒唐,然而这正是他"即以其人之道还治其人之身"回敬新文化的方式。有意思的是,几乎同时,林纾在北京《公言报》上特辟"劝世白话新乐府"专栏,按语云:"林琴南在《平报》作白话讽谕新乐府百余篇,近五年已洗手不作矣……今世人既行白话,琴南亦以白话为之,趋风气也。"③由此,林纾在所谓拼死抵抗白话运动的同时又亲自撰写白话道情,从逻辑上来讲绝对讲不通,由此可见,林纾与"五四"新文化运动的古文、白话之争根本就不存在,《新青年》报诸人宣扬的你死我活的斗争,两者只是有一些观

---

① 陈独秀.随感录·林琴南很可佩服[J].每周评论,1919(4):13.

② 林纾.林琴南文集·畏庐三集[M].北京:北京市中国书店,1985:27.

③ 薛绥之,张俊才.林纾研究资料[C].福州:福建人民出版社,1983:49.

点的分歧而已。《新青年》的公开宣称道出了一些原委:"本志自发刊以来,对于反对之言论,非不欢迎……其不屑与辩者,则为世界学者业已公同辩明之常识,妄人尚复闭眼胡说,则惟有痛骂之一法。讨论学理之自由,乃神圣之自由;倘对于毫无学理毫无常识之妄言,而滥用此神圣自由,致是非不明,真理隐晦,是曰'学愿';'学愿'者,真理之贼也。"①林纾遭到《新青年》诸人的痛骂,显然潜在的标准就是林纾乃"妄人尚复闭眼胡说"之列,对于一个在晚清民初享有盛名的维新派启蒙者,林纾任侠燥烈的个性被激发,是可忍孰不可忍,于是发挥自己撰写小说的特长痛骂后生小辈,也是情有可原的。

事实上,以"研究学理"为宗旨的《新青年》没刊发一篇有力的反对言论,而所刊登的几篇貌似激烈、漏洞百出的"反对言论",均由《新青年》编辑自己秘密操刀,并栽赃于子虚乌有的"反对派",整个过程都在自己的掌控之中,如王敬轩类。

当然,"五四"新文化运动本身就不是一个单纯的学术问题,白话代文言的革命也本就不是一个学术问题,而是一个文化领导权问题。正因为是权力而非学术问题,采取的方式自然是非学术的,以在尽量短的时间里将文化领导权从传统认为文言的使用者即是精英的手中夺过来,交给说白话的大众。

然而对此,林纾完全没有这种政治敏感度,他只是预料到《荆生》、《妖梦》、《答大学堂校长蔡鹤卿太史书》的相继发表定会遭到新文化阵营激烈的围剿,受一场毒骂,但他还是低估了这场政治文化风波给自己造成的巨大影响。林纾立即遭到新文化阵营的同声声讨,北京大学校刊把林纾的信和蔡元培的回信同时刊登出来;李大钊、陈独秀主编的《每周评论》第十二、十三号上转载《荆生》并逐段评点、批驳,随后集中刊登各地的批判文章,全国呈现一片批林声。如李大钊的《新旧思潮之激战》,陈独秀的《林纾的留声机器》、《婢学夫人》,鲁迅也发表了《现在的屠杀者》等杂文。众口铄金,清介正直爱国的林纾在这场激战中有意无意地被塑造成了顽固守旧的典型,

---

① 《新青年》编辑.致钱玄同信[J].新青年,1917(2):1.

是旧时代旧文化当之无愧的祭品,甚至林纾还被以暗指虚构的方式成了勾结军阀及军阀政府的无耻文人,依据就是小说《荆生》中的主人公荆生,据说很可能为当时与林纾交往密切的当权者徐树铮。在这声势浩大的围剿中,林纾虽百口莫辩,却依然固执地坚持自己的文化立场,再次撰文《论古文白话之相消长》,声称"拼我残年,极力卫道",显示了林纾清介自守、固执己见、不为时势左右的个性,即便在现在看来,这种殉道精神依然值得我们尊敬,虽然这"道"并非我们所能苟同。

晚年的胡适在回顾"五四"文学革命中这场论战时说:"我必须指出,那时的反对派实在太差了。在一九一八和一九一九年间,这一反对派的主要领导人便是那位著名的翻译大师林纾……对这样一个不堪一击的反对派,我们的声势便益发强大了。"[①]这里无意暴露了这样的信息,林纾不仅未阻碍"五四"新文化运动,反而促进其更蓬勃地发展起来了。联系到林纾是在"五四"新文化运动的倡导者的策划下出场的,林纾与其说是封建复古文化的顽固代表,不如说是参与配合"五四"新文化运动发展的一个成功反面角色。正如林纾没意料到林译小说启迪了"五四"新文化运动的产生一样,这种戏剧性的反面角色的作用也绝对是林纾没有想到的。

但是,从本质的层面上来讲,论战的爆发又是必然的,只不过主角的出场可能并非林纾。历史无法更改,只是历史的结论随着时代的发展可以有不同的阐述方式。表面上,这场论战是由钱玄同、刘半农以恶作剧式的"双簧信"的故意炒作而引发,实质上,它是自鸦片战争以来,在不断加深的民族危机和文化危机的大背景下,中国举步维艰的维新变革,渴望现代化、世界化或社会-文化转型之路中"古"、"今"、"中"、"西"诸多矛盾互相交织、日趋尖锐以至不可调和的必然结局。这场激烈的论战实际上没有赢家。从根本上说,这场论战及其长期的社会影响,是近代中国文化悲剧的象征,"人格近乎完美"而"思想守旧"的林纾则被迫充当了这一幕极具象征意义的

---

① 唐德刚译述注. 胡适口述自传[M]. 华东师范大学出版社,199:165.

悲剧的第一主角。在中国文化现代转型的历程中,它有着鲜明的文化象征意义和历史变迁的里程碑意义。在"五四"新文化运动的高潮中,林纾与"五四"新文化阵营之间的辩论争斗与其说是思想交锋,不如说是一场闹剧表演,虽然最后历史过滤掉了诸多细节,沉淀下了结论,并使之成为中国现代文学史每每提到的影响深远的历史事件。

鸦片战争后,中国进入急剧的社会与文化全面转型的历史时期。在此后的半个多世纪中,坚持民族文化本位、自主吸纳西方文化的各种文化保守思潮影响着中国近代社会的发展方向。然而,随着民族与文化双重危机的日益严重,以"五四"新文化运动为标志的文化激进思潮迅速崛起并主宰了二十世纪初中国社会的文化思想。民国以来,政治腐败、军阀党派纷争的现实不但使激进的革命党人失望,也让持维新改良、渴望规范秩序的传统士人痛心疾首。民国建立以来的三次"革命":护法、护国及段祺瑞的"再造共和",让政治革命成了各派之间争权夺利的招牌,也让革命失去了民心。爱国之念不息的林纾也已经厌倦时事,对于政治、文化上的种种把戏作冷眼观。陈独秀创办《新青年》,正是有感于传统文化强烈的腐蚀力,决心摧毁这滋生各种腐朽礼教道统的传统文化,将晚清以来的政治革命、社会革命引向更深层次的文化革命领域,其潜在的理念是以前的革命都不够彻底,故而现实令人不满,因此首倡《文学革命论》。"五四"的文化价值诉求是建立在现代"欧洲文化"基础上的文化信仰,而"欧洲文化"根据蔡元培的解释就是现代科学和文学艺术,以科学代替伦理,以美育代替宗教,由此建立起一个完全与传统决裂的新社会。这种新社会的理想在蔡元培与的小说《新年梦》里有了初步的表达。

文化激进者们以西方文化价值体系为标准,以文化暴力运作模式全面批判和否定中国传统文化,把传统文化"妖魔化",这种激进之风最终导致持民族文化本位立场的林纾"逆历史潮流而动","冒天下之大不韪",与"五四"新文化人展开了大动感情的思想论战。同样遭到点名的严复则保持沉默,甚至还嘲笑林琴南自讨没趣,他在《与熊纯如书》的私人信件中聊以自慰地说："革命时代,学说万千;然而施之人间,优者自存,劣者自败,虽千陈独秀、万胡适、钱玄同,岂能劫持其柄,则亦如春鸟秋虫,听其自鸣自止可耳。林琴南辈与之较论,亦可笑也。"[①]林纾最后只得到一个叫"王敬轩"的人的声援,而此人却是钱玄同的化名,动机则是让林纾再次出丑。

洋务运动坚持在中国传统文化价值系统——儒家思想为主体的前提下逐步吸收西方物质文化和制度文化。戊戌变法运动使中国文化的变迁推进到制度层面,康、梁提出"中西文明会通论",并力图把原始儒学的伦理精神与西方民主、平等、自由等价值观念相融合,以建设现代中国民族新文化的价值体系。二十世纪初,"西化"思潮兴起,邓实、黄节等"国粹"派人士殚精竭虑改造儒学,试图由为君主专制政治服务的"君学"改造为融传统精华为一体的现代"国学"。他们认为,民族文化精神的消亡才是真正"亡国灭种"的标志,因而他们提出"保存国粹"、"陶铸国魂",使之成为现代中国民族文化的精神枢纽。在这半个多世纪中,文化保守主义有效地影响着中国近代历史的走向,它们的共同特点,就是坚持以中国传统文化为本位,自主吸纳西方文化中的有益因素,稳步渐进实现民族文化的整体性转化。然而,西洋文化在对中国文化影响的逐渐累积下积聚了更大的能量,对中国传统文化形成冲撞与挤压,大大超过总体上相对僵化的中国传统社会和文化的承受能力。晚清文化保守思潮虽不断地进行内部调整与扬弃,以使自身更加开放,更具自主性和吸纳、转化能力,但其自身转换的速度远远赶不上外部压力的日益增强,遂造成中国社会内部紧张与冲突的不断加剧,文化的变迁呈现出一种非常态的加速度,经历了由渐进到激进终致非理性的激荡与混乱,其变迁过程并非完全循序渐进。

随着清王朝的垮台,民国后政局的动荡,维新派、革命派都在不断寻找救国良方,最后,摒弃传统、走"全盘西化"之路的文化激进思潮逐渐取得社会的文化话语霸权,以"五四"新文化运动为标志的文

---

① 严复. 严复集(第三册)[M].北京:中华书局,1986:699.

化激进浪潮驱使二十世纪的中国社会发展变迁之快，令人目不暇接，由此而大量的"落伍"现象同样令人目不暇接。且不说康、梁之徒的"落伍"，清末深得士人共鸣的"国粹"思潮不几年便遭到鲁迅等人痛快淋漓、不厌其烦的嘲骂与痛斥，"国粹"一词很快就成了人们无比厌恶的历史垃圾。即使在"五四"新文化运动的先驱队伍中，"落伍者"同样层出不穷，令人啼笑皆非。有学者从政治角度对此做过学理描述：

> 近代中国总是处于新旧交替的变局之中，制度更新之快令人目不暇接：从清王朝政治到北洋军阀政治，再到国民党的党国政治，共产党的无产阶级专政，最后毛泽东发动"文化大革命"，重新铸造国家机器，其间隔时间在十七至二十五年之间，平均二十年左右就有一次"翻天覆地"的结构性巨变。由于秩序更替过于频繁，界定激进与保守的坐标，也因此令人捉摸不定，往往今天还称得上激进派，明天就被斥为保守派。[1]

如严复、梁启超均曾掀起时代求变的狂潮，后来却被深受他们影响的新青年们视为是保守、落后的"卫道"之士，这或许为两人始料所不及。而陈独秀、胡适、钱玄同后来也一样被认为不够激进，有保守之嫌。林纾还徘徊于维新与革命之间，经历"五四"新文化运动后基本已成了"封建余孽"的代名词，并被后来许多评说者人云亦云地钉在了历史的耻辱柱上。

严复与梁启超的交往也让我们开始反省中国知识分子之间的合作关系。严梁均为现代中国引介自由主义的先驱人物，但在彼此交往时却缺乏自由主义所特别强调的容忍精神，因而无法摒弃成见，相互合作。严复不断地批评梁启超，又不理会梁启超思想在一九〇三年之后的重大变迁，梁则默默地接受前辈的批评。两人对于学术、政治的关键议题，无法进行合理的对话，仅于诗文酬和之中维

---

① 李世涛.知识分子立场——激进与保守之间的动荡[C].北京:时代文艺出版社，2000:40.

系一般的友谊。总之,严梁的交往关系与西方市民社会中的"公民精神"不相配合。Sunil Khilnani 在一篇讨论市民社会的文章中指出:市民社会需要一种特殊形态的自我观念,此一自我受到"文明的自我利益"(civilized self-interest)之引导,因而能对他人想法具开放的心胸,而且了解到自身的利益不是既定不移的。① 每个个体的立场不一定是道德或正义的化身。因此,人与人之间的交往,不需要完全同意对方所有的想法,而只追求彼此间的共识与信任。作为中国自由主义者的先驱人物,严复与梁启超显然都不够了解西方市民社会中的"公民精神",更谈不上借鉴此理论相互合作。严梁交往的这一段历史经验,透露出中国知识分子面临的一个难题,以及自由主义在中国发展的严重障碍。

同样,"五四"新文化运动所大力倡导的科学与民主,是以非科学与非民主的方式展开的,甚至谈不上理性与逻辑。

文化价值观的选择,是文化冲突的根本。如果真正从文化的意义上考察"五四"与林纾,则林纾与"五四"新文化阵营的思想冲突的焦点,主要是北大"覆孔孟,铲伦常"的伦理道德问题与文学革命"尽废古书,行用土语为文字"的语言问题,两者分别为民族文化的核心价值系统和民族文化的载体。

钱玄同等人提出废除汉字,目标便是针对汉字所负载的传统价值观:"欲使中国不亡,欲使中国民族为二十世纪文明之民族,必以废孔学、灭道教为根本之解决,而废记载孔门学说及道教妖言之汉字,尤为根本解决之根本解决。"②"汉文"作为一种民族特定的文化符号,成了导致民族衰亡的罪魁,中国传统文化,尤其是礼教道德文化的象征孔子,更是遭到了无情严厉的痛斥,钱玄同激进的言论行为,表明其完全走向了民族虚无主义。

古文远离群众生活的口语,不能适应民主和科学思想的广泛传

---

① Sunil Khilnani. The Development Of Civil Society[J]. Sudipta Kaviraj and Sunil Khilnanieds. Civil Society: History and Possibilities, Cambridge: Cambridge University Press,2001. p. 28.

② 钱玄同.致陈独秀[J].新青年,1919(4):15.

播。用白话文代替古文,对广大青年确实是一种精神上的解放。蔡元培说:"白话与文言的竞争,我想将来白话派一定占优胜的。——从前的人,除了国文,可算是没有别的功课,从六岁起,到二十岁,读的写的都是古人的话,所以学得很像。现在应学的科学很多了,要不是把学国文的时间腾出来,怎么来得及呢?"①这样的文化语境,把中国的知识者熏染得"很像"古人,无意识的潜层次上也就形成了"嗜古如命"的文化心理结构,因此,古文的外在形式无疑契合了他们这一结构的需要。林纾虽一直以古文家自居,也属嗜古者之列,但对白话文的作用也并非毫无了解,《闽中新乐府》中的诗平易、浅显,近于白话;早在十九世纪末年,他就为杭州《白话日报》写了"颇风行一时"的《白话道情》;他对新文学倡导者奉为白话文正宗的《红楼梦》、《水浒传》等作品也曾给予高度评价。然而,由于对现实强烈不满,林纾思想转向了褪化,怀疑任何变革,而历史有意的选择又让他无意间成了反对白话文的封建文人的代表。而肆意贬低、否定传统文学的绝对化态度,甚至主张"全盘西化"等做法,对他亦有不小的刺激作用。文白之争的背后,实际上是选择何种文化体系为中国未来根基的争论。在历史选择的十字路口,双方都有理由为自己的选择辩护,而历史最终选择哪一种方向,却并非林纾所能把握。

像林纾这样受过中国文化深深浸润的传统知识分子,在自己所依据的文化价值系统遭受抨击、面临瓦解的时候,挺身而出捍卫自己的精神支柱,就其个人或者文化惯性而言,是可以理解的。更何况,他以文言翻译的域外小说在当时又获得了巨大的成功,文言的功用,在他那里可以说是被发挥到了极致,以古文而名高一时的成就,更使他认同了自己的价值以及古文作为民族文化标志的意义,他自己也相当陶醉于这样的成就中。他的译著,在客观上对中国文化的建设也起到了积极的作用,他一生所用心的事情,遭到了质疑和瓦解,在指着鼻子来挑战的后生小辈面前,林纾的任侠之气被激发也是非常自然的。

---

①　薛绥之,张俊才.林纾研究资料[C].福州:福建人民出版社,1983:508.

　　当然,在二十一世纪之初的今天看来,"五四"新文化运动仍然是一场具有深远历史意义的伟大的思想文化运动,它所倡导的"科学"与"民主"、大胆的怀疑精神和个性解放,所表现出的献身真理、反抗权威的革命精神和那种崇高而强烈的爱国主义精神,今天仍然是我们宝贵的精神财富。对"五四"有着冷峻而深刻反思的海外学者林毓生教授也认为:"什么是'五四'精神?那是一种中国知识分子特有的人世使命感。这种使命感是直接上承儒家思想所呈现'先天下之忧而忧,后天下之乐而乐',与'家事,国事,天下事,事事关心'的精神的……这种人世的使命感发展到最高境界便是孔子的'知其不可为而为'的悲剧精神……这种人世的使命感是令人骄傲的'五四'精神,我们今天纪念'五四',要承继这种'五四'精神,发扬这种'五四'精神。"①然而,今天我们还需要冷静反思,不能简单照搬当时胜利方的现成结论,并要逐步认识到"五四精神"后面的非学理性。正是这非学理的一面,强行甚至虚构把文化保守思潮的代表人物"妖魔化",把林纾这样的人物钉在了历史的耻辱柱上。

　　"五四"新文化运动及继起的文化革命运动的话语系统成为以后几代人深信不疑的文化箴言,成为二十世纪中国社会的精神灯塔和几乎全部的思想文化资源。林纾的"落伍"成了文学史上不容置疑的结论,然而,林纾翻译的小说,对中国文学的典范转变曾起到开创性作用,林纾以传统文化为本位对西方文学的误读,形成了中国文学现代性发生的价值转换空间:以古文翻译的林译小说打破了中国文学长期的雅俗阻隔,使西洋文化与传统文化得以调和,而这个空间所容纳的西方价值,成为孕育反叛传统的现代精神的温床,相当大地影响了"五四"一代的文化选择。直到辛亥革命后,林纾在京师大学堂任教时还常常因讲西方小说而引来"保守派"的非议,但转瞬间,他竟由一个新文学家沦为"五四"的头号敌人,这类似现代荒诞剧或黑色幽默的非逻辑性提醒我们:在重新梳理这段历史时,除

---

　　① 林毓生.中国传统的创造性转化[M].上海:上海三联书店,1998:页147,148-157.

了要继承"五四精神"的精髓,同时也需要理性的甄别与批判。

第三节　林译小说语言与"五四"文白之争

林译小说语言在文学史上都笼统地称之为古文,说林纾以古文译书获得巨大成功,风靡全国。胡适在《五十年来中国之文学》就曾夸赞林译小说语言的成功:"平心而论,林纾用古文做翻译小说的试验,总算是很有成绩的了。古文不曾做过长篇的小说,林纾居然用古文译了一百多种长篇小说,还使许多学他的人也用古文译了许多长篇小说;古文里很少滑稽的风味,林纾居然用古文译了欧文与迭更司的作品;古文不长于写情,林纾居然用古文译了《茶花女》与《迦茵小传》等书。古文的应用,自司马迁以来,从没有这样大的成绩。"①鲁迅谈到《域外小说集》的译作缘起时说起林译小说:"……我与周作人还在日本东京。当时中国流行林琴南用古文翻译的外国小说,文章确实很好。"②林纾以古文译小说契合了当时晚清民初刚刚从"四书""五经"中张眼看世界的中国读者,符合其期待的视野,产生了强烈的共鸣感,而古文的典雅也有效地提升了小说的地位,小说从小道俗文学获得了雅文学主流文学的晋升资质,故能吸引各层次读者,获得巨大成功,风靡大江南北,甚至流传海外。

然而也有人不满林译小说的语言,认为过于深奥,很难吸引古文根柢不深的读者,如苦海余生《论小说》中就说道:"琴南说部译者为多,然非尽人可读也……曷为而言琴南之小说非尽人可读也? 琴南之小说不止凌轹唐、宋,俯视元、明,抑且上追汉、魏。后生小子,甫能识丁,令其阅高古之文字,有不昏昏欲睡者乎? 故曰琴南之小说非尽人可读。"③到"五四"新文化运动兴起,古文已成为革命的主

---

① 陈锦谷.林纾研究资料选编[C].福州:福建省文史研究馆编,2008:30.

② 陈锦谷.林纾研究资料选编[C].福州:福建省文史研究馆编,2008:211.

③ 陈锦谷.林纾研究资料选编[C].福州:福建省文史研究馆编,2008:26.

要对象之一,"文白"之争成为"五四"新文化运动最热烈的话题,林译小说及林纾本人也都因古文而在被打倒之列。从此之后,林译小说渐渐退出民众的视野,林纾本人也成了封建复古派的代表,晚景黯淡,前文多有论述,兹不重复。

在白话文盛行、林译小说已成历史背影时,寒光先生理性地分析了林纾翻译小说语言的选择问题,他说:

现在为白话文日趋发展的时代,到最近几年中国人的思想才起始觉悟古文不足以为小说,的确要用白话来描写才得美妙,于是逐渐推重白话小说。林氏译小说的时候,恰当中国人贱视小说习性还未铲除的时期,一班士大夫们方且以帖括和时文为经世的文章,至于小说这一物,不过视为茶余酒后一种排遣的谈助品。加以那时咬文嚼字的风气很盛,白话体的旧小说虽尽有描写风俗人情的妙文,流利忠实的文笔,无奈他们总认为下级社会的流品,而贱视为土腔白话的下流读物。林氏以古文名家而倾动公卿的资格,运用他的史、汉妙笔来做翻译文章,所以才大受欢迎,所以才引起上中级社会读外洋小说的兴趣,并且因此而抬高小说的价值和小说家的身价。很显明的,倘使那时不是林氏而是别人用白话文来译《茶花女》等书,无论如何决不会收到如此的好结果,这道理不待识者当会明白的。胡适之的论严复倒是个好例,现在我们可以拿来做证。他说:"严复用古文译书,正如前清官僚戴着红顶子演说,很能抬高译书的身价,故能使当日的古文大家认为'骎骎与晚周诸子相上下'。"我们试放眼看看自汉、唐以来的名家小说,那一篇不是以"左、马式"的文笔来做描写的工具? 这道理因那时的小说尚未为社会人士所认识,作者惟恐贻笑大雅,所以虽是一篇不关紧要的小品文,他们也是惴惴焉惧其文笔之不入于"古"——这当然是那时代的风例而无足多怪的。①

寒光先生叙述细致,持论公允,娓娓道出了林译小说语言选择

---

① 陈锦谷.林纾研究资料选编[C].福州:福建省文史研究馆编,2008:21—22.

的合理性与成功之处。自十九世纪中叶开始,半殖民地半封建的中国饱受外国列强欺凌,腐败无能的清政府失民心、丧国志,屡战屡败的中国面临迫在眉睫的瓜分之势。一些有志之士将救国的希望落在了"西学东渐"的维新改革上,梁启超首先倡导译印域外小说,翻译便成为接受西方先进开明思想以图救国保种的重要工具。然而,实行科举选士的清政府持政当权的无不是熟读"四书""五经"的传统士人,浸染古文,盛行"咬文嚼字"的古人之风,贸然改变语言,行用浅显的白话,虽有助于扩大传播的范围,但却很可能遭到守旧派士大夫们的反对与鄙视,因此,翻译语言的选择就显得很重要,故只有用优秀古雅的文笔包装新学译著才易于接受。王佐良曾评严复的"雅"为招徕术,与胡适的"红顶子演说"有异曲同工之义,即以古雅文体为糖衣促成接受西方思想之苦药的良苦用心。事实上,晚清白话文运动已悄然兴起,但"言文合一"的要求旨在教化群众,用白话文翻译外国小说为的是能够以最浅显的语言来为"愚民"启蒙。而与此同时,文言文依然是传统士大夫的专用语言,是为守旧派拥护和信仰的。故为扫清西学、西方革新思想传播的障碍,赢得上层阶级封建士大夫的理解和支持,必然要选择与之相适应的翻译语言。

　　然而,林译小说的语言真的是纯粹的古文吗? 如果"五四"新文化诸人肯花点功夫研究下林译小说或者愿意理性地实话实说,那么,或者会得出林译小说语言并不能完全以古文来规范的结论。

　　林译小说自诞生之日起,其语言之美就博得许多称赞。当年《巴黎茶花女遗事》刚一问世就引起国人轰动,丘炜菱说:"中国近有译者,署名冷红生笔,以华文之典料,写欧人之性情,曲曲以赴,煞费匠心,好语穿珠,哀感顽艳,读者但见马克之花魂,亚猛之泪渍,小仲马之文心,冷红生之笔意,一时都活,为之欲叹观止。"[①]胡适、梁启超等也对林纾语言的造诣赞赏有加,钱基博先生多次称赞

_____

①　陈平原,夏晓虹.二十世纪中国小说理论资料(第一卷)[C].北京:北京大学出版社,1997:45.

林纾高超的语言技巧:"纾之文,工为叙事抒情,杂以恢谐,婉媚动人,实前古未有";又说"畏庐之文初集出,一时购读者六千人,盖并世作者所罕觐焉! 当清之季,士大夫言文章者,必以纾为师法,遂以高名入北京大学主文科"。① 林纾语言能绘影绘色,并饱醮深情,媚雅风趣,其别创的语言风格深得读者喜爱,以致古文而有版税收入,可谓罕见。

林纾一生以古文家自傲,然而,对于世人皆言的以古文翻译的域外小说,态度却颇暧昧,甚至斥为游戏之作。钱钟书先生叙述了一件有趣的事,他在跟林纾好朋友陈衍先生谈话时,说起学外国文学是由于读了林译小说而引发兴趣,陈先生说:"这事做颠倒了。琴南如果知道,未必高兴。你读了他的翻译,应该进而学他的古文,怎么反而向往外国了? 琴南岂不是'为渊驱鱼'么?"他顿一顿,又说:"琴南最恼人家恭维他的翻译和画。我送他一副寿联,称赞他的画,碰了他一个钉子。康长素送他一首诗,捧他的翻译,也惹他发脾气。"②林纾对古文家身份的珍惜及对古文的慎重,与对翻译家身份的漠然甚至于反感及对古文翻译小说态度的随意形成较大的反差,其间的缘故颇耐人寻味。

林纾浸淫古文时日甚久,自少嗜书,终老不倦,有一个长期的读书写作积累过程,前面已有论述。光绪二十一年乙末(一八九五),林纾应兴化府知府张僖之聘,赴兴化校阅试卷,居住在兴化城西的"梅花诗境"花园中。校卷之余,林纾常与张僖谈论中国古文,因此有了《畏庐文集》及《畏庐文集》序。张僖说:"畏庐,忠孝人也,为文出之血性。光绪甲申之变,有诗百余首,类少陵天宝乱离之作。逾年则尽焚之。独其所为文,颇秘惜。然时时以为不足藏,摧落如秋叶……稍检其行箧,则所携者,诗礼二疏、春秋、左氏传、史记、汉书、韩柳文集及广雅疏证而已。畏庐无书不读,谓古今文章归宿者止此……然窃观畏庐,每取箧中书,沈酤求索,如味醇酒,则知畏庐之

---

① 陈锦谷.林纾研究资料选编[C].福州:福建省文史研究馆编,2008:746—747.
② 钱钟书等.林纾的翻译[C].北京:商务印书馆,1981:47.

枕藉于是深矣。时文稿已有数十篇,是汲汲焉索其疵谬,时时若就焚者。余夺付吏人,令装书成帙。"①由此可知,林纾此时已博览古籍,开始由博返约,"沉酣求索"于"诗礼二疏、春秋、左氏传、史记、汉书、韩柳文集及广雅疏证",并时有创作,只是异常慎重,稍有不满即反复修改甚至焚毁。《畏庐文集》得以面世流传还得感谢张僖的"夺付吏人,令装书成帙"。

　　终林纾一生,其卷帙浩繁,多达近二百部的翻译小说与仅一本的《林琴南文集》相比,从数量上来说,两者悬殊不啻天地,由此也可想见林纾翻译速度之快,或者反过来说,林纾创作古文作品是多么的谨慎。然而有意思的是,林纾却不乐意被称作翻译家,而珍惜古文家身份堪比王侯。如果林译小说也都是古文获得的成就,为何有这样令人诧异的态度呢?林纾的《畏庐论文·十六忌》之一四《忌糅杂》:"糅杂者,杂佛氏之言也。仆前十年读《指月录》及《五灯会元》,至今不解其义。以南宗聪明,匪浅识者所能到。一日偶翻《楞严》读之,十日而尽,中心甚悦。适译《洪罕女郎传》,遂以《楞严》之旨,掇拾为序言,颇自悔其杂。幸为游戏之作,不留稿。"②林纾虽说颇有得于佛家真义,然其《洪罕女郎传》的序言使用了佛家语,却违反古文禁忌之糅杂,幸好是游戏之作,没有留稿,还可聊以自慰。可见他本人连其翻译小说序、跋、译余剩语的创作都不认同为他心中严洁的古文,遑论耳听手追的翻译小说呢?故其翻译小说每小时几千言与写作古文的旬月踟蹰有本质不同。陈希彭《十字军英雄记序》有曰:"然每为古文,或经月不得一字,或涉旬始成一篇,历年淘汰,始成文集四卷。又曰:计吾师所译书,近已得三十种,都三百余万言,运笔如风落霓转。而每书咸有裁制,所难者。不加点窜,脱手成篇。按先生晚岁笺牍题跋题诗皆如此也,吾恒见之。此则近人所不经见者也。又曰:吾师所作,纵横激荡,直前无古人。"③林纾学生陈希彭亲

①　林纾.林琴南文集·序[M].北京:北京市中国书店,1985.
②　王水照.历代文话[C].上海:复旦大学出版社,2007:6407.
③　陈锦谷.林纾研究资料选编[C].福州:福建省文史研究馆编,2008:1212.

眼所见林纾撰写古文之呕心沥血,而翻译小说则"运笔如风落霓转"、"不加点窜,脱手成篇",前者之谨慎,后者之率意,但是历史仿佛开了一个小小的玩笑,林纾在文学史上树立功绩的却是这些"运笔如风落霓转。而每书咸有裁制,所难者。不加点窜,脱手成篇"的翻译小说,而非走向衰落的古文。

东亚病夫也很佩服林纾翻译的速度之快疾:"林先生每天早上在学堂上课,一小时内之前,可以很迅速地挥笔译作二三千言,平均每天译书四五千言,视为常事。"①林纾与章炳麟在京师大学堂不和是文学史上心照不宣的事实,两人互有讥评,然而,章炳麟先生的批评评价却无意从反面证实了林译小说语言并非纯粹的古文,其《与人论文书》云:"下流所仰,乃在严复、林纾之徒。复辞虽饬,气体比于制举,若将所谓曳行作姿者也。纾视复弥下,辞无涓选,精彩杂汙,而更浸润唐人小说之风。与蒲松龄相次,自饰其辞而衹敬之,曰此真司马迁班固之言。若然者,既不能雅,又不能俗。"②林译小说参用唐人小说用语既不得古文之雅,又不能比同蒲松龄文言俗语小说,故未能逃脱章炳麟先生法眼,然而其批评评价却无意泄露了林译小说语言别有创体。

钱钟书先生在一九七九年写作的《林纾的翻译》,也清楚地揭示了林译小说语言并非古文,而是有弹性的文言,两者之间有较大差异。并列举了不少的例子。

林纾译书所用文体是他心目中认为较通俗、较随便、富于弹性的文言。它虽然保留若干"古文"成分,但比"古文"自由得多;在词汇和句法上,规矩不严密,收容量很宽大。因此,"古文"里绝不容许的文言"隽语"、"佻巧语"像"梁上君子"、"五朵云"、"土馒头"、"夜度娘"等形形色色地出现了。口语像"小宝贝"、"爸爸"、"天杀之伯林伯"等也经常掺进去了。流行的外来新名词——林纾自己所谓"一见之字里行间便觉不韵"的"东人新名词"——像"普通"、"程度"、

---

① 陈锦谷.林纾研究资料选编[C].福州:福建省文史研究馆编,2008:29.

② 陈锦谷.林纾研究资料选编[C].福州:福建省文史研究馆编,2008:254.

"热度"、"幸福"、"社会"、"个人"、"团体"、"脑筋"、"脑球"、"脑气"、"反动之力"、"梦境甜蜜"、"活泼之精神"等应有尽有了。还沾染当时的译音习气,"马丹"、"密司脱"、"安琪儿"、"苦力"、"俱乐部"之类不用说,甚至毫不必要地来一个"列辰(尊闺门之称也)",或者"此所谓'德武忙'耳(犹华言为朋友尽力也)。"意想不到的是,译文里包含很大的"欧化"成分。好些字法、句法简直不像不懂外文的古文家的"笔达",却像懂外文而不甚通中文的人的硬译。那种生硬的——毋宁说死硬的——翻译是双重的"反逆",既损坏原作的表达效果,又违背了祖国的语文习惯。林纾笔下居然会有下面的例句!第一类像"侍者叩扉曰:'先生密而华德至'"(《迦茵小传》第五章)。把称词"密司脱"译意为"先生",而又死扣住原文的次序,位置在姓氏之前。[①]

以上这些林译小说里出现的语言,在讲究古文语言雅洁的古文家看来,简直不堪入目,处处犯忌。那么,何谓古文呢?

清朝最盛行的是桐城派,也是坚守古文阵地的最后一家,林纾虽不认同自己古文为桐城家数,却也与之有不少相合之处,加之与桐城诸人相昵,故经常被人认作桐城中人。桐城作者自称其文的特点为"气清词洁"。用方苞的话说,就是要合乎"义法"。方说:"古文义法不讲久矣,吴越间遗老犹放恣,或杂小说,或沿翰林旧体,无雅洁者。古文中不可入语录中语、魏晋六朝藻丽俳语、汉赋中板重字法、诗歌中隽语、南北史佻巧语。"[②]梅曾亮在《姚惜抱先生尺牍序》引用姚鼐的话说:"为文不可有注疏、语录及尺牍气。"吴德旋也说:"古文之体,忌小说,忌语录,忌诗话,忌时文,忌尺牍。"[③]

从这些桐城前辈的论文可以看到,古文的禁忌很多,其格律森严,"杂小说"、"忌小说"等都表明,古文与小说走的是截然相反的道路,二者冲突对立,根本不能混为一体。如果林纾要用古文来翻

① 钱钟书等.林纾的翻译[C].北京:商务印书馆,1981:39—40.
② 吴孟复.桐城文派述论[M].合肥:安徽教育出版社,2001:43.
③ 吴孟复.桐城文派述论[M].合肥:安徽教育出版社,2001:44.

译小说,就像踩着土地要跳起来一样,充满了矛盾与束缚。有人正因为看到了这些矛盾,故对林纾的翻译语言提出了批评,认为其破律坏度,损坏了古文的纯洁。章炳麟先生及其学生钱玄同等都曾讥讽过林纾翻译语言不够古旧,然而,林译小说能够风靡大江南北正是因为他选择了变通的古文,否则,林译小说根本不可能出现在文学史上,更不能获得普遍的认同与赞扬。对此,钱钟书先生有精辟论述,认为古文可分"义法"与"语言"两方面,从"义法"角度来讲,林译小说结构与古文可以一致,而在语言层面,则无法避免冲突。

钱钟书先生对古文与林译小说的语言有自己独到的看法:

"古文"是中国文学史上的术语,自唐以来,尤其在明、清两代,有特殊而狭隘的涵义。并非一切文言都算"古文",同时,在某种条件下,"古文"也不一定跟白话对立。

"古文"有两方面。一方面就是林纾在《黑奴吁天录·例言》、《撒克逊劫后英雄略·序》、《块肉余生述·序》里所谓"义法",指"开场"、"伏脉"、"接笋"、"结穴"、"开阖"等等——一句话,叙述和描写的技巧。从这一点说,白话作品完全可能具备"古文家义法"……林纾自己在《块肉余生述·序》、《孝女耐儿传·序》里也把《石头记》、《水浒》和"史、班"相提并论。不仅如此,他还发现外国小说"处处均得古文义法"。那末,在"义法"方面,外国小说原来就符合"古文",无需林纾来转化它为"古文"。不过,"古文"还有一个方面——语言。只要看林纾渊源所自的桐城派祖师方苞的教诫,我们就知道"古文在运用语言时受多少清规戒律的束缚。它不但排除白话,并且勾销了大部分的文言:'古文中忌语录中语、魏晋六朝人藻丽俳语、汉赋中板重字法、诗歌中隽语、南北史佻巧语'"。后来的桐城派作者更扩大范围,陆续把"注疏"、"尺牍"、"诗话"等的腔吻和语言都添列为违禁品。受了这种步步逼进的限制,古文家战战兢兢地循规守矩,以求保持语言的纯洁性,一种消极的、像雪花那样而不象火焰那样的纯洁。从这方面看,林纾译书的文体不是"古文",至少就不是他自己所谓"古文"。他的译笔违背和破坏了他亲手制定的"古文"规律。譬如袁宏道《记孤山》有这样一句话："孤山处士妻梅子鹤，是世间第一种便宜人！"林纾《畏庐论文·十六忌》之八《忌轻儇》指摘说："'便宜人'，三字亦可入文耶？"看见《滑稽外史》第二九章明明写着："惟此三十磅亦非巨，乃令彼人占其便宜，至于极地。"……这充分证明林纾认为翻译小说和"古文"是截然两回事。"古文"的清规戒律对译书没有任何裁判权或约束力。其实方苞早批评明末遗老的"古文"有"杂小说"的毛病，其他古文家也都摆出"忌小说"的誓告。试想，翻译"写生逼肖"的小说而文笔不许"杂小说"，那不等于讲话而咬紧自己的舌头吗？所以，林纾并没有用"古文"译小说，而且也不可能用"古文"译小说。[①]

　　钱钟书先生追根溯源，简洁明了地分析了林译小说与古文的关系，对笔者有很大启发，但是笔者也有一点质疑与浅见，不吝就教于方家。以钱钟书先生所言，古文包括义法与语言两个方面，最后分析得出结论：林纾并没有用"古文"译小说，而且也不可能用"古文"译小说。这里存在一个逻辑上的错误，因为包括两方面的义法与语言的古文不能与林纾译小说所用的语言做同一层次的逻辑对比，既然两者不在一个层次上，其对比与结论都是无效的。但是，抛开钱钟书先生对比方式的瑕疵，笔者完全赞同钱先生基于语言层面的对比分析，以具体实例说明林纾翻译小说的语言不可能是"气清词洁"的古文，两者处于矛盾对立状态，故林纾翻译小说语言只能是一种变体的古文，已经不能称之为纯粹的古文了，或者钱钟书先生定义的"是他心目中认为较通俗、较随便、富于弹性的文言"，它违反了古文诸多的禁忌，打破了古文的清规戒律，成了古文向白话过渡的语言。早在光绪二十三年丁酉（一八九七），林纾第一部公开出版的著作就是近于白话诗《闽中新乐府》，其诗平易、浅显，浅白如话；三年后，他又为杭州《白话日报》写了"颇风行一时"的《白话道情》；他对新文学倡导者奉为正宗白话文的《红楼梦》、《水浒传》等作品也曾给

---

① 钱钟书等.林纾的翻译[C].北京:商务印书馆,1981.页 36—39.

予高度评价。而就在一九一七年二月八日,针对胡、陈对古文的绝对态度,林纾在《民国日报》发表《论古文之不宜废》,提出异议:"知腊丁之不可废,则马班韩柳亦有其不宜废者。吾识其理,乃不能道其所以然,此则嗜古者之痼也。"①

　　林纾与新文化的分歧,并非是是否使用白话,而是是否使用白话就一定要废除古文。林纾辩驳的依据是西方在现代化的过程中并不抛弃传统,白话与古文也不妨共存。有意思的是,就在臭名昭著的《荆生》、《妖梦》、《答大学堂校长蔡鹤卿太史书》相继发表后遭到新文化阵营激烈的围剿痛骂时,几乎同时,林纾在北京《公言报》上特辟"劝世白话新乐府"专栏,按语云:"林琴南在《平报》作白话讽谕新乐府百余篇,近五年已洗手不作矣……今世人既行白话,琴南亦以白话为之,趋风气也。"②由此,林纾在所谓拼死抵抗白话运动的同时又亲自撰写白话道情,从逻辑上来讲绝对讲不通,由此可见,林纾与"五四"新文化运动的古文、白话之争根本就不存在,《新青年》报诸人宣扬的你死我活的斗争,两者只是有一些观点的分歧而已。

　　林译小说不仅在思想上启蒙了"五四"新文化运动,其语言也为"五四"新文化运动的语言变革奠定了基础,可惜,林纾既没意料到林译小说孕育了"五四"思想,也没想到林译小说语言正在埋葬"气清词洁"的古文,或者他已有所察觉,只是并没觉悟,所以出现了林纾个人非常矛盾的认同观。他花了二十几年的时间孜孜不倦地翻译了近两百部浩繁的域外小说,晚年却不喜人赞其翻译,视为消遣游戏之作,却仅以自己四卷的古文集而自傲,且珍惜古文家身份贵为王侯,这些现象都深刻反映了林纾从浸润传统文化走向现代文化的过渡性质,也暗示着林纾始终以传统文化为归依的价值认同观念。因此,林纾及其翻译小说虽启迪了一个时代,林纾本人却始终留在过去的时代,并由于"五四"新文化运动倡导者的有意选择,使

①　林纾.论古文之不宜废[J].新青年,1917(5):1.

②　薛绥之,张俊才.林纾研究资料[C].福州:福建人民出版社,1983:49.

林纾无意间成了封建复古派的代表。由于历史过滤了细节，只写下了结论，林纾封建复古派代表的角色也一直被各种文学史反复叙述，这是林纾的悲剧，也是过渡时代的悲剧。

第五章　林译小说的影响

第一节　林译小说对文学翻译理论的影响

  林译小说是中国文学翻译早期最有代表性的作品,也是最有影响力的作品,是最早的也是第一的作品。林纾以完全不懂外文、擅长古文担当笔述者,与懂不同外文的十八人担任不同小说的口述者合作,以"耳受手追"的速度翻译了近两百种各国的小说。由于林译小说顺应时代需求,广受晚清民初读者喜爱,形成风靡之势,在文学翻译史上居功甚伟,前面已有论述,兹不详述。林译小说一经诞生,就对翻译界产生了重大影响,并以大量作品翻译的实例给文学翻译理论以实践例证及理论架构的影响及意义。

  晚清最有影响的翻译理论的提出,是被人视为"译界始祖"、"译界泰斗"的严复在《天演论·译例言》里首倡翻译理论"信、达、雅"为译事标准。他说:"译事三难,信、达、雅。求其信,已大难矣!顾信矣不达,虽译犹不译也,则达尚焉。""为达,即所以为信也。"接着严复引证儒家经典,来建立他的翻译学说。"《易》曰:'修辞立诚'。子曰:'辞达而已'。又曰:'言之无文,行之不远。'三者乃文章正轨,亦即为译事楷模。故信达而外,求其尔雅。"^①严复的理论可谓是对前人译理的提炼升华。三国的支谦和东晋的道安已开始阐述类似"信"的原则,南北朝的鸠摩罗什和唐朝的玄奘在"信"的基础上透露追求类似"达"和"雅"的境界。一八九四年,马建忠在《拟设翻译书

---

  ① 严复.天演论·译例言[M].北京:商务印书馆,1981.

院议》一文中,精辟地阐述了"善译"论:"译者应对彼此文字孳生之源,同异之故,所有相当之实义,委曲推究,审其音势之高下,相其字句之繁简,尽其文体之变态,确知其意旨之所在,而又摹写其神情,仿佛其语气,译成之文,适如其所译而止,使阅者所得之益,与观原文无异。"①

严复正是吸取中西译论及自己翻译甘苦,提炼出这样承前启后、继往开来的自成体系的"信、达、雅"翻译标准。在严复的翻译标准里,"信"就是译文意义"不背原文"。为了能"达",译者应"将全文神理,融会于心","下笔抒词,自善互备","词句之间,时有所颠倒附益,不斤斤于字比句次","至于原文词理本深,难于共喻,则当前后引衬,以显其意"。为了求"雅",严复主张"用汉以前字法句法",反对"用近世利俗文字"。在严复看来,"信"、"达"、"雅"三者关系密切,缺一不可,"达"是为了"信"、"雅"是为了"达"。"译界始祖"、"译界泰斗"严复"信、达、雅"的翻译标准一出,由于严复本人在翻译界声名显赫,"信、达、雅"的翻译标准又有着内在的严密性及对翻译实践现实的理论指导价值,其理论深刻影响了中国的翻译事业,而且还成了几代译学家长期不懈的思考和探索的方向标,为我国翻译理论的深入探讨提供了广阔的空间。

在鸦片战争打开中国国门后,外国传教士也逐渐涌入中国,开始了文化渗透式的传教和便于传教的西学中译。西学中译最大也是最终的目的,在于扩大其传播和受众面,这就使得传教士们在翻译实践中不得不采取多种多样的策略。选译、节译、删译、编译、改译是晚清传教士随处可见的翻译出版策略。丁韪良在总理衙门推荐他翻译《力国公法》时就曾说过,该译著包括赫德已经翻译的二十四段内容。林乐知在翻译《文学兴国策》时,并非全书照译,而是有所删节,力求使译文有的放矢。②

---

① 　马建忠.适可斋纪言纪行(第四卷)[M].台北:文海出版社,1968:214.

② 　高黎平.美国传教士与晚清翻译 American Missionaries and Translation of the Late Qing Dynasty[M].天津:百花文艺出版社,2006:007.

福建籍的林纾和严复这两位中国近代译界泰斗,都曾经关注过英美传教士的《圣经》翻译。据史料推测,林纾很可能翻译过《圣经》或者曾有意要翻译《圣经》,因无确证,现只能存疑。[①] 而严复除翻译著名的政论性著作外,确实翻译过《圣经》中《马可福音》的第一至第四章,并于一九〇八年在上海发表。[②] 那么,严复、林纾与传教士的圣物《圣经》有这样的渊源,严复、林纾是否也接触过传教士翻译的读本呢?林纾与传教士或教会有接洽已有定论,而在严复之前,翻译《圣经》的英美传教士,或全译或节译,或采用北京官话或采用各地方言,甚至采用中国少数民族语言,将《圣经》全方位、多语言地演绎。严复的《圣经》翻译可以看到传教士影响的蛛丝马迹,但是他并没有以西方传教士《圣经》翻译为圭臬,而是独辟蹊径,以自己向来倡导的汉以前的文言将其译出,将《圣经》这部世界文学巨著用优美而古老的汉语言译介给国人。从这个角度上来说,严复是中国翻译史上从文学的角度翻译《圣经》片段的第一人。

林译小说最遭人诟病的就是林纾的删改、增补、误译、漏译,这里似乎可以看到晚清传教士选译、节译、删译、编译、改译等翻译出版策略的影响,同样,林纾并没完全遵循这样的翻译策略,而是在删改、增补中处处体现中国传统文化的主体本位和时事需要。误译、漏译方面可区分为有意误译、漏译与无意误译、漏译,前者同样体现了作者的中国传统文化主体本位和时事需要,后者则很可能是限于翻译水平。但除此之外,林译小说还可以称得上是"信"的译作,除了显而易见的林译小说都一一列出了原作者姓名及国籍,对书中人名地名绝不改动之外,林译小说还很能传达原作神味,即便用古文最难以表达的幽默,林译迭更司小说及欧文小说中的幽默风味也可说得上毫厘不爽。所以从这些角度来讲,林译小说完全可以称得上是"信"的译本。尤其在晚清不标注原著名及原作者名,任意变换原

---

① 陈锦谷.林纾研究资料选编[C].福州:福建省文史研究馆编,2008:194.

② I-Jin Loh,Chinese translation of the Bible,Chan Sin-wai and David E. Pollard. An Encyclopedia of Translation[M]. Hong Kong:The Chinese University Press,1995.

文中的人名地名,甚至窃为己著的译风下,林译小说的忠实算得上是极不寻常的。

林译语言简洁雅丽,常被人评为古文译小说的典范,但由于林纾能不宥于古文的禁忌,而使用了一种更通脱、随意、富有弹性的文言来翻译西洋小说,故能传神尽味,加上小说本身又引人入胜,林纾多用中国习惯的情节中心来推进小说进展,故不管是嗜古者,还是略通文墨之人,都能读林译小说,也喜读林译小说。林译小说在雅与俗之间架构了无形的桥梁,让雅俗有机地融为一体,也称得上"达、雅"。因此,林译小说可以说是呼应了严复提出的"信、达、雅"理论,是其理论的有力支持者和实践者。如果完全从逐字对译的忠实角度上而言,严复本人的译作也难称"信",他提出"信、达、雅"译例的《天演论》就多有删改及误译之处。严复在所译大多数西书中,添加了很多按语,这些按语或解释原文,或对原书评论,或结合中国社会情况任意发挥,这种独特的翻译方式别具一格,在先前美国传教士的西学译介中极为罕见。翻译怪杰林纾以不懂外文翻译西书驰名于世,他的掺入史传领悟及评点按语,甚至抢过作者之笔来增补创作的翻译方法,在传教士的西学翻译活动中也是闻所未闻。与其说严复不忠实于自己提出的翻译理论,不如说为了达到翻译西洋作品以救国改良的终极目的。林纾与严复都采取了另一种翻译策略,即作家式创译法,只不过限于翻译理论还处于发展的早期,还没有翻译批评家为这种翻译做出理论的提炼与认可,反而以错译、误译等批评否定这样的翻译实践,认为是失败之处。

林纾译的许多小说中总是倾注着真挚的爱国热情,并力图通过序、跋、按语向读者灌输这种思想,他译的《黑奴吁天录》就是明显的一例。林纾将美国斯托夫人的《汤姆叔叔的小屋》译成《黑奴吁天录》,译名本身既符合古汉语的典雅又寓有深意。他说,译此书系"触黄种之将亡",而为前车之鉴。"余与魏君同译是书,非巧于叙悲以博阅者无端之眼泪,特为奴之势逼及吾种,不能不为大众一号。"①

---

① 钱谷融.林琴南书话[C].吴俊标校.杭州:浙江人民出版社,1999:5.

他从《黑奴吁天录》中黑奴受虐,联想到当时我国旅美华工备受凌辱和折磨,更想到即将成为列强俎上肉的中国人民。林纾将小说改译为《黑奴吁天录》,也是希望引起即将为"奴"的中国人的警醒。即使某些作品的主题本与国家民族无关,林纾也总是在译作序跋中赋予它民族主义的意蕴,这在现代人看来或许有些牵强,甚至可笑,然而,在晚清国弱民穷面临奴役之境下,这些振聋发聩的爱国警钟却是唤醒、打动民众的有力呼声。林译小说的序、跋、译后小语等,已构成林纾翻译策略的有效手段,因此也已成为林译小说的有机组成部分。

"离形得似",往往是指译者在遇到语言或者文化隔膜的情况下,对付不可译性的一种创造性手段,它普遍存在于翻译过程中的每一个环节上,是文学翻译的审美价值的基本特色之一。①"得意忘言"是中国古典美学上一个概念,我们可以借用来描述翻译,指译者的再创造的另一种表现形式,是指文学翻译过程中"言"与"意"之间的对立与统一。译者对原作的审美的把握,是一个过程的两个方面,一方面是译者对原作的审美理解与感受,即透过原作的"言",去捕捉原作的"意";另一方面是译者以自己的"言",去传达他所理解和感受到的原作的"意"。而林纾由于其独特的合作翻译方式,正好使这两方面由口述与笔述二者一起合作完成。"言外之意"的不可捉摸,审美感受的不可言传,造成译作与原作之间的"隔"和艺术传达上的"隔"。为克服这些"隔"而发挥艺术的再创造,最终达到"和而不同"的审美效果,虽然在语言形式上与原文不同,但在精神实质上与原作是一致的,显然这是一种艺术的再创造。

林译小说典型地体现了这种"离形得似"和"得意忘言",但由于林纾并未直接接触原文,他真诚地相信,他以文言翻译的西洋近代小说是体现了严复的"信、达、雅"的,虽然严格来说,连严复本人都没有实践自己的理论,更何况林纾与人对译的"耳受手追"的翻译方式,再加上出于改良群治的爱国目的,完全的"信"是不可能的,只能

---

① 郑海凌.文学翻译学[M].郑州:文心出版社,2000:225.

是"离形得似"和"得意忘言"的精神实质的"不隔"。而有些作品为了体现时事爱国需求,甚至通过删改、增补达到颠覆原作精神的效果,比如《黑奴吁天录》原作斯托夫人宣扬的宗教改造救人的主题在林译里就已基本消失了。

晚清民初虽然并未从理论上提出对读者接受的重视,但由于稿酬制度在二十世纪初的最终确立,它不仅意味着近代作家已享受到应得的劳动报酬,同时也体现了全社会和出版界对著作人权利的承认和尊重,同时还意味着读者在作家的视野里得到了前所未有的重视。稿酬制度出现在文学界,它直接促进了作家群体的扩大和创作事业的繁荣,并为职业作家的成长和壮大奠定了经济基础。晚清稿酬制度的确立,是中国近代出版史上的大事,也是在西方文化影响下中国出版事业近代化的一个标志,也是大众读者正在成熟的一个标志。当报刊和出版社向作家付稿酬已形成制度后,就给小说作者提供了可靠的经济收入,而且有的作者完全可以靠稿费收入生活。以林纾为例,商务印书馆付给他的"林译小说"稿酬是千字六元[①],林纾在《斐洲烟水愁城录·序》和《孝女耐儿传·序》中说自己通常是每天译书四小时,一小时译一千五百字,计六千字,[②]可得稿费三十六元。如按林纾一个月工作二十天计算,月收入可达七百二十元。倘以三分之一给口译者,则每月仍可收入四百八十元。当时包天笑的薪水是八十元,而包天笑的薪水又远超中学校长(监督)。[③] 林纾的稿费月收入是包天笑工资收入的六倍,再加上教学,收入可以说非常可观。林纾的稿酬很高,一方面固然已是成名大家,另一方面也确实反映了林译小说很受读者喜爱。

林译小说在文学翻译史上已成为专有名词,显示了林纾个人风格渗进译作,形成独特品味的特点。富有译者自我风格的译作往往

① 谢菊曾.十里洋场的侧影[M].广州:花城出版社,1983:18.另注:关于林纾翻译小说的稿费,说法不一,包天笑在《钏影楼回忆录》中说是千字五元,亦有说千字十元者,今依曾亲自计算过林纾稿费的商务印书馆的工作人员谢菊曾先生的回忆:译稿系千字六元。

② 钱谷融.林琴南书话[C].吴俊标校.杭州:浙江人民出版社,1999:33,77.

③ 包天笑.钏影楼回忆录[M].香港:香港大华出版社,1971:317.

比较容易为读者接受和追捧,而用读书人习惯的文言翻译语言,读起来如见故旧,很能迎合当时中国读者的口味,符合当时中国人的欣赏习惯。但当时代、读者变化了,这种过于契合时事、读者的作品也会成为首先被抛弃的理由。在"五四"新文化运动中,林译小说遭到抨击、痛骂,虽然有多方面的原因,但过于契合时事、读者,也是时代变化后必然的命运。

林纾没有使用白话文翻译西洋小说,而是努力将西洋小说的种种装进貌似"古文"的语言里,并获得了巨大成功。正如年青的梁启超在赞扬严复关于斯密《国富论》的翻译的同时,对于文章的这种古奥的程度也不得不抱怨说:"其文太务渊雅,刻意摹仿先秦文体,非多读古书之人,一翻殆难索解。"①

而严复回答得直率、干脆:"仆之所以从事者,学理邃赜之书也,非以饷学童而望其受益也。吾译正以待中国多读古书之人。"②严复所要号召的读者是社会精英,因此他决定使用一种对这一高贵阶层有感召力的语言,他对群众直接阅读他的译著不抱任何幻想。林纾虽没有严复那么绝对,但林纾拒绝使用白话的潜意识心理与严复有骨子里的相似,只是碍于小说乃通俗之物,使用严格的古文实在行不通,才运用这种更通脱、随意、富有弹性的文言。但由于用语雅洁,又常被人误认为是古文,这也算达到了林纾内心里希望提高小说地位与价值的效果。严复译文的典雅气质或许反映了他的美学倾向,他为自己的语言艺术而骄傲。然而,严复通过证明西方思想适宜用最典雅的中国散文形式表达来影响囿于古文形式的中国知识分子的动机,是确实存在的。严复这一努力是如此成功,以致许多保守的知识分子都为他的《天演论》一书译文的优美风格所倾倒而争相读他的著作。而且出乎他的意料,许多青年学生也贪婪地阅读他的著作,从中寻求启迪。有意味的是,林译小说也同样既获得了嗜古者的青睐,又博得了年轻读者的喜爱,其翻译策略证明是

---

① ［美］施沃茨.严复与西方[M].滕复等译.北京:职工教育出版社,1990:77.

② ［美］施沃茨.严复与西方[M].滕复等译.北京:职工教育出版社,1990:78.

成功有效的。

译语文化是一种特殊的文化形态,也是一种翻译诗学的潮流。在"五四"新文学运动兴起时,曾有人主张"欧化的白话文"、"欧化的国语文学"。诗人何其芳曾回忆说:"我当学生的时候没有学过汉语语法,有很长一个时期,我不大了解汉语句法的一些特点,常常以外国语的某些观念来讲求汉语句法的完整变化。这样就产生了语言上有些不恰当的欧化。"①可见,译语文化对汉语文学语言的影响是无法估量的,尤其是在晚清民初域外文学长驱直入时,中国文学甚至被逼退得拱手让出了文学主流的阵地。"五四"新文化运动时期,直译之风盛行,域外文学成为傲视土生土长文学的宠儿。

鲁迅先生主张译语要保持原作的洋味,他认为,"只求易懂,不如创作,或者改作,将事改为中国事,人也化为中国人。如果还是翻译,那么,首先的目的,就在博览外国的作品,不但移情,也要益智,至少要知道何地何时,有这等事,和旅行外国,是很想象的:它必须有外国情调,就是所谓洋气"②。另一种意见是主张译语"汉化",即要求译语符合汉语的习惯,不带有翻译腔调,使译本读起来不像译本。这两种翻译方法可以称之为异化与归化翻译法。归化在晚清民初是主流,而"五四"则是以异化为主流。是选择归化还是异化,其实并不是译者可以自由选择的,因为什么样的翻译方式会受到时代风格及读者期待视野的制约,否则只能得到冷遇。

晚清流行在翻译作品中渗入翻译主体的传统审美情趣,突出的现象是对原文的任意删节和改译。译者为了适应中国人的欣赏习惯和审美情趣,大段大段地将作品中的自然环境描写、人物心理描写删掉,所译的只是作品的故事情节,这种情况在二十世纪初期的翻译作品中相当普遍。以《绣像小说》为例,该刊刊登长篇翻译小说十一种,几乎无一例外地将作品开头的背景、自然环境描写删掉,而代之以"话说"、"却说",随之即进入故事情节的描写。许多长篇小

---

① 何其芳.创作经验谈[M].北京:人民文学出版社,1979:301.

② 鲁迅.鲁迅全集(第六卷)[M].北京:人民文学出版社,1981:350.

说的心理描写也都被删得面目全非，这大大地减弱了小说的文学性和艺术魅力。有些论者还为这种任意删削提供理论根据："凡删者删之，益者益之，窜易者窜易之，务使合于我国民之思想习惯。"①一句"务使合于我国民之思想习惯"，就轻轻地为不忠实的译者解脱了责任。林译小说里也不乏此类现象，前面代表作的简析中已有实例，这是典型的归化翻译。林纾还常常根据自己对外国文学作品的理解，增添原文所无的文字，使译文较原文更生动、形象。这是体现译者自我的翻译方式，也可称为作家式创译。

翻译中这些"变形"又是译语国翻译初期较普遍的一种现象，欧洲翻译文学中有这种现象，日本明治早期的翻译文学也有这种由译者根据受众群体的接受程度任意增删或将人名、地名、习俗本土化的现象……翻译文学作为不同语种间文学交流的媒介，它不仅仅是两种语言符码的转换，或曰语言信息的传递，而且也是两种异质文化的对话。因此在文化交流中，受译语国传统审美观的制约，同时也是为了适应主体文化的审美习惯，便不可避免地要出现程度不同的"变形"。诚如古罗马人所说：翻译就是"叛逆"。不仅在译语国翻译的初期，即使在今天，也仍还有这种"变形"或"叛逆"的存在。

当然，这与逐字直译的异化翻译大异其趣。周氏兄弟的《域外小说集》，以系统、直译的风格和明确的思潮意识，标志着文学翻译规范化、学术化的来临。《域外小说集》所选择的基本是十九世纪中后期至二十世纪初的欧洲小说，旨在体现欧洲"近世文潮"，即西方浪漫主义之后的现代文学思潮。《域外小说集》选译的作品，均为短篇，而西方现代短篇小说在审美形态和叙述方式上与中国传统小说差异最大。选择短篇，固然有资金、规模等方面的考虑，周氏兄弟在《域外小说集·序》中坦言："但要做这事业，一要学问，二要同志，三要工夫，四要资本，五要读者。第五样逆料不得，上四样在我们几乎全无：于是又自然而然的只能小本经营，姑且尝试，这结果便是译印

---

① 陈平原，夏晓虹.二十世纪中国小说理论资料（第一卷）[C].北京：北京大学出版社，1997：91.

《域外小说集》。"①但从文学上说,西方短篇小说形式的引入,实为中国小说的现代化提供了极其重要的借鉴。林纾的翻译,千方百计地在西方小说中寻求与中国文学和文化相同的地方,以此消除中西隔隔,使一向自大的中国士大夫"勿遽贬西书,谓其文境不如中国也";周氏兄弟的翻译,则旨在将"中国小说中所未有"的异域情调介绍进来,为中国小说现代化提供一种可资借鉴的新形式。林译为中国封闭的文学打开了通往"世界"的窗口,周氏兄弟的《域外小说集》则试图使中国文学与世界文学融合。林译小说良莠并存,失之芜杂;而《域外小说集》"收录至审慎",既照顾"各国作家",又体现"外国新文学"和西方"近世文潮"。然而,这部译著由于读者寥寥,它的文学价值在早期基本处于被漠视状态。

　　然而,有意思的是,林译小说风靡晚清民初,既争取了嗜古者也博得了青年们的喜爱,可谓大获全胜,而《域外小说集》却倍遭冷落,只卖出了几十本,还有亲友的捧场之嫌,在令人遗憾之余,也不得不让人深思。《域外小说集》在传播上无疑是失败的,事实就是这种"变形"或"叛逆"文学翻译打败了文学翻译的规范化、学术化,这是晚清民初文学翻译史上无法更改的事实。但是,到了"五四"新文化运动时期,形势又发生了逆转,林译小说节节败退,周氏兄弟成为引导时代潮流的宠儿。杨联芬先生认为,文学作为审美活动,其审美价值的实现,须以文本的传播、读者的接受为前提。《域外小说集》由于读者的缺席,它的审美价值可以说是没有得到实现,然而作为一种"潜文本",《域外小说集》消失于晚清读者视阈的审美特质,却在"五四"时期周氏兄弟的文学活动中重获发扬。②传真在不同的历史境遇下得到令人哭笑不得的结果,我想再举出清末刚刚张眼看世界的郭嵩焘大使的《使西纪程》。

　　郭嵩焘在《使西纪程》中说:"西洋立国两千年,政教修明,具有

---

　　① 周作人.域外小说集[M].上海:群益书社,1921.

　　② 杨联芬.晚清至五四:中国文学现代性的发生[M].北京:北京大学出版社,2003:129—130.

本末,与辽金崛起一时倏衰,情形绝异。"又说:"西洋以智力相胜,垂二千年……近年英、法、俄、美、德诸大国角立称雄,创为万国公法,以信义相先,尤重邦交之谊。致情尽礼,质有其文,视春秋列国殆远胜之。"这也就是梁启超后来所概括的"现在夷狄和从前不同,他们也有两千年的文明"啊!这本是对英、法、俄、美、德诸国历史客观的描述和判断,然而在闭目塞听、虚骄自大而对西方文明又一无所知的中国士大夫眼中,却被看成是大逆不道,甚至被攻击、诋毁为"有二心于英国,欲中国臣视之",简直是通敌叛国了。为此事,郭嵩焘几乎令天下读书人"无不切齿",其辱骂诋毁更不计其数,以至朝廷下令将《使西纪程》毁版,禁止流行。直至郭嵩焘死后,在庚子事变中,还有一位郎中左绍佐奏了一本:请戮郭嵩焘之尸"以谢天下"。①

现在我们看到这样的史实,觉得实在是可笑至极,但是,对于不流于俗见、敢为天下先的先驱者来说,这就是实实在在的可怕的打击与悲惨的遭遇。从这个角度来说,周氏兄弟《域外小说集》因审美的超前而受到冷淡也就是先行者付出的小小代价。林纾坚持古文富有生命力因为与白话倡导的主流不合拍而受到大肆抨击与痛骂,在独持己见上也与先驱者的遭遇相通。类似的事情在历史上不胜枚举。但如果认识仅止于此,先驱者及独持己见者付出的无数代价也就失去了意义,历史会不断演绎类似的悲剧。如果我们能从这些悲剧中学会尊重不同个体发出的声音,学会欣赏百花都各有各的美丽,而不要用一元的思维主导多样化的现实、文化、理论等,或许百家争鸣的盛景会更让人受益,也施惠于所有人及各个领域。文化相对主义理论家赫斯科维奇(Melville J. Herskovits)指出:"文化相对主义的核心是尊重差别并要求相互尊重的一种社会训练。它强调多种生活方式的价值,这种强调以寻求理解与和谐共处为目的,而不去评判甚至摧毁那些不与自己原有文化相吻合的东西。"②尊重不

---

① 郭延礼,武润婷.中国文学精神·近代卷[M].济南:山东教育出版社,2003:139—140.

② 乐黛云.比较文学原理新编[M].北京:北京大学出版社,1998:9.

同理论、不同个体声音的潜在标准可以说就是如文化相对主义的多元论视野。中国古代所提倡的"和而不同",从现代术语的意义上说就相似于多元主义。

钱钟书先生的《读〈拉奥孔〉》,从各种文学体现象学阐释的角度对此做了精辟的论述:

> 诗、词、随笔里,小说、戏曲里,乃至谣谚和训诂里,往往无意中三言两语,说出了精辟的见解,益人神智;把它们演绎出来,对文艺理论很有贡献。也许有人说,这些鸡零狗碎的东西不成气候,值不得搜采和表彰,充其量是孤立的、自发的偶见,够不上系统的、自觉的理论。不过,正因为零星琐屑的东西易被忽视和遗忘,就愈需要收拾和爱惜;自发的孤单见解是自觉的周密理论的根苗。再说,我们孜孜阅读的诗话、文论之类,未必都说得上有什么理论系统。更不妨回顾一下思想史罢。许多严密周全的思想和哲学系统经不起时间的推排销蚀,在整体上都垮塌了,但是它们的一些个别见解还为后世所采取而未失去时效。好比庞大的建筑物已遭破坏,住不得人、也唬不得人了,而构成它的一些木石砖瓦仍然不失为可资利用的好材料。往往整个理论系统剩下来的有价值东西只是一引动片段思想。脱离了系统而遗留的片段思想和萌发而未构成系统的片段思想,两者同样是零碎的。眼里只有长篇大论,瞧不起片言只语,甚至陶醉于数量,重视废话一吨,轻视微言一克,那是浅薄庸俗的看法——假使不是懒惰粗浮的借口。①

钱钟书对分散的文化现象和知识话语的重视与阐释,同福柯回到历史本身、回到分散话语空间的知识考古学具有某种精神上的一致性。钱钟书先生对片断的思想话语表现出极大的兴趣的话语空间的认知范式,典型地表现出由逻辑学范式向现象学范式的转型。这是钱钟书话语空间的根本特征,也是它的认识论意义之所在。二十世纪后半期以来,人类经历着认识论和方法论的重大转型,即由

---

① 钱钟书.七缀集[M].上海:上海古籍出版社,1994:33—34.

逻辑学范式向现象学范式发展,它超越于学科传统与文化疆界,构成真正的跨学科整合与文化对话的方法与路径,探讨中西共同的诗心文心与文化规律,呈现出显著的涵盖性与整合性。这种现象学式的思想原则和与之相应的知识学方法,构成了钱钟书话语空间的现代品质,对于中国知识学界来说,"庶乎生面别开,使一世之人新耳目而拓心胸,见异思迁而复见贤思齐,初无待于君上之提倡、谈士之劝掖也"①。

钱钟书先生现象学式的话语空间所体现出来的"和而不同"的对话原则,对于思考文化相对主义时代的跨文化沟通无疑有着相当的启示作用,对于不同文化之间的对话与翻译及理论的建构也有重大启迪。如此,我们才会学会用更宽阔的视野及理论包容度去欣赏不同文化、不同翻译及不同理论的现实存在意义。从这个角度来说,如果我们仅以"信、达、雅"作为翻译理论的准绳,或以其他翻译理论体系作为理想的标的,我们或许会陷入另一个陷阱,即钱钟书先生所说的:"在历史过程里,事物的发生和发展往往跟我们闹别扭,恶作剧,推翻了我们定下的铁案,涂抹了我们画出的蓝图,给我们的不透风、不漏水的严密理论系统搠上大大小小的窟窿。"②钱钟书先生拒绝建立任何理论体系,他看透了理论的缝隙随着时代的变化发展会让作者精心建构的理论体系崩塌倒下,裂成碎片,因此,钱钟书先生选择以现象学的话语碎片构造他的学术世界,各种真知灼见及火花和而不同地活跃于他的话语空间,让人流连忘返。

林译小说翻译方法的独特及林纾本人的作家式创译手法,一直得不到翻译理论界的认同与理论角度的阐释,而常被笼统地贯之以林纾式翻译,或者被斥之以删改、增补、误译、漏译等,总之,在翻译理论正统的阐述中,林译小说从来没有占过一席之地,即便偶尔现身,也是被作为反面批判的例证。然而,文学翻译史上却又不得不承认,林纾翻译小说获得了巨大成功,受到晚清民初读者的深度认

---

① 钱钟书.管锥编[M].北京:中华书局,1994:1553.

② 钱钟书.七缀集[M].上海:上海古籍出版社,1994:159.

同和喜爱,这就让林译小说在文学翻译理论上与翻译小说传播接受上陷入了自相矛盾的两极。无独有偶,庞德翻译现象为林译小说找到了知音,他们都曾遭到被翻译理论界拒之门外的尴尬,却又获得读者认同的巨大成功。

庞德虽然对中西古典学濡染颇深,诗才令人称道,可是他的译诗缺乏连贯性,不少评论家甚至称"庞德是个蹩脚的翻译家"。与林纾不同的是,庞德有一套自成系统的翻译理论和较为独立的诗歌翻译观。在庞德看来:"写在字里行间的语言和细节并不仅仅是代表事物的黑白符号,而且是作者刻意塑造的意象(image)";译者是"艺术家、雕刻家、书法家及文字的驾驭者"。[①] 这样的翻译理论给译者极大的自由空间,庞德常根据自己的理解与构思采用作家式创译法,并用组合与并置等方法创造新诗的建构,这种建构方式让词语释放出深层内在的能量,以重现细节及能量的方式让人产生顿悟。

庞德并不太重视原文的意义,也不太重视具体词语的意义,相反,他看重的是节奏、措词、意象以及词语的变化。[②] 庞德译诗不以意义的忠实为主旨,而是刻意追求意象的再现、古风和异国情调的保留以及词语重新释放能量的氛围。林纾虽然没有什么翻译理论的提出,但他通过中国传统文学视野来寻找与西洋文学相通的诗心文心,并以评点式序、跋及译后小语等做了最早的中西文学比较探索。林译小说的删改、增补、误译、漏译招人诟病,而庞德创造性的组合与并置及对意义的失信,同样招到翻译理论界的批判。在逻各斯中心主义主导的翻译模式中,在当前翻译理论依然提倡意义的等值及忠实的氛围中,林纾、庞德翻译被视为异端也就是理所当然了。但自二十世纪后半期以来,逻辑学范式向现象学范式发展转型,人类经历着认识论和方法论的重大变化,在这样的话语理论空间中,林纾、庞德翻译现象也被重新发现,并找到了合法存在的价值空间。中国传统翻译理论从严复的"信、达、雅"到鲁迅的"直译"等主流翻

译,都强调译文应忠实于原文,然而,当代西方许多翻译理论却指引了另外的途径,如翻译的目的论认为,翻译不一定要忠实,却必须达到目的;多元系统理论认为,翻译是由各种社会文化因素决定的,原文只是其中之一;翻译理论的作用是指导翻译研究,而不是指导翻译实践;译者有权侵占原文等。① 林纾、庞德的翻译实践在这些翻译理论的话语空间中成为合法的生存者,占据着显赫的位置,林纾、庞德的作家式翻译的实现翻译的最终目的性,并在翻译过程中侵占了原文等,都成了这些翻译理论有力的例证。如果我们认同这些翻译理论,当然我们也没有理由不接受林纾、庞德的翻译现象,这也就能成功解释他们受到读者热烈追捧的内在因素。或者也可以说,林译小说及庞德的《神州集》如此风靡,深受读者喜爱,他们译作传播接受的成功印证了这些翻译理论的合理与合法。

第二节 林译小说对小说界的影响

自林纾第一部译作《巴黎茶花女遗事》问世后,到林纾指书林琮手上,说:"古文万无灭亡之理,其勿怠尔修。"②带着坚持与"五四"新文化运动的抵抗奋然而逝,林译小说一直是文化界热议的话题。

梁启超与晚清维新知识分子在借助域外小说的魅力倡导小说时,有意无意对"小说"的概念进行了误读或转化:当他们超越"文学",从政治视野来鼓动小说,在对小说的思想与道德教育功能进行夸大的强调时,实际已经将小说由它原本的世俗消闲的"小道"位置,推向了载道的正统文学阵营。在梁启超有意无意的夸张图解下,小说本身的"文学"意味在消解。当梁启超将小说置于"文学之最上乘"时,梁启超使用的"文学"一词,指的已是他心目中传统载道观念上以经史为代表的"文章",其意义显然是非文学非艺术的。因

---

① 张南峰.从边缘走向中心[J].外国语,2001(4).

② 薛绥之、张俊才.林纾研究资料[C].福州:福建人民出版社,1983:60.

此,当小说被列为"文学"时,便意味着它被"非小说化"了。但小说经过这样一种"误读"转化之后,也立即获得了一种"雅"与"正"的身份,成为晚清社会全民瞩目的焦点,虽然同时小说也在相当程度上失去了它原本的艺术性。

杨联芬先生说:"梁启超不经逻辑推理的武断结论,源于现实的需求,即一种符合历史正义的'善'。于是他关于新小说的充满逻辑漏洞的论证,非但没有人去质疑,相反一呼百应。梁启超被誉为'二十世纪舆论界的骄子',就是因为时代的进步需要他以'谬论'冲破禁区,以异端解放思想。"①

林纾以自己亲身翻译域外小说的实践领悟,在《〈译林〉序》解释翻译小说改良群治的原因:"吾欲开民智,必立学堂;学堂功缓,不如立会演说;演说又不易举,终之惟有译书。"②

翻开晚清的报刊杂志,只要是有关小说的文章,无不充满"开启民智"、"裨国利民"、"唤醒国魂"一类极其功利的字眼,小说被视为政治启蒙、道德教化乃至学校教育的最佳工具。与梁启超相似,晚清的新小说倡导者,在论述小说的价值时,所持的都是"载道"的尺度,只不过这时所载之"道",已不再是中国传统文化中圣君贤人等方面的说教,而是"强国保种"的呼吁及有关科学、文明的新概念。在这里,晚清文人用"小说"代替了从前的"文章",而其载道之功能则是相似的。也许,正是这种对小说的"误导"与"误读",才使小说由卑微的"小道"顺利地高升为文学之最上乘。在这场声势浩大的"小说革命"中,隐藏了一场晚清先进知识分子寻找救国良方以改变国弱全民面临为奴之境,同时也暗隐对中国传统文化及思想的极度失望。因此,在这场载道工具大置换的并不纯粹的文学运动中,晚清启蒙改良先驱一反传统精英文化蔑视小说的立场,选择了小说,而且是域外小说,除了启蒙对象民众对小说态度的影响,还有一个

---

　　①　杨联芬.晚清至五四:中国文学现代性的发生[M].北京:北京大学出版社,2003:25.

　　②　陈平原,夏晓虹.二十世纪中国小说理论资料(第一卷)[C].北京:北京大学出版社,1997:25—26.

更重要的原因,就是西方观念的影响。

　　传统小说之所以一直被视为"小道",不仅是因为正统文学的偏见,也是由于中国传统小说历来甘居下流,以取悦迎合俗众为目的,在语言和艺术境界上普遍流于庸俗。梁启超将中国传统小说定性为"中国群治腐败之总根源"①,因此要在思想上启蒙民众、唤醒民众,中国传统小说根本无法担当重任。但小说又具有不可思议之力,以其喜闻乐见、故事曲折动人深得民众喜爱,已经失去政治作为的梁启超等改良启蒙先驱,在国外的耳闻目见让他们选择了将域外小说作为改良器具,其最主要的目的更多是从政治视野着眼。有趣的是,林纾虽然几乎是同时呼应梁启超的译印域外小说的号召,但林纾始译小说《巴黎茶花女遗事》却为消愁解闷,并未想到改良群治,自然也无改造中国小说的意思。梁启超提倡译印政治小说时,着眼点在改良群治,也没预料到会对中国小说艺术形式造成这么大的冲击。但历史出人意料地总是剑走偏锋,以译小说消愁解闷的林纾很快自觉地倾注译印域外小说救国改良的爱国苦心,其翻译小说不仅在晚清起到了振聋发聩唤醒民众的功效,也无意间颠覆了中国传统文学的形式、内容及创作手法,成了"五四"新文化运动生根发芽的优良沃土。《巴黎茶花女遗事》一出,晚清文人学士争说"茶花女"成风,其与中国传统文学似同而异的独特魅力,迅速改变了国人心目中域外小说的形象。小说出版后"不胫走万本",一时有洛阳纸贵之誉,从而使中国人开始看到外国也有《红楼梦》之类的小说。

　　中国近代是一个民族危机空前深重的时代,也是一些志士仁人为着拯救国家危亡、争取民族免于被奴役命运而千方百计寻找救国良方,甚至不惜流血牺牲、英勇奋斗的时代。在近代文学中,反抗外来殖民主义的侵略和争取民族独立始终是其主旋律。这一时代的主旋律对于翻译主体的文化选择无疑具有一定的影响,因此反映在文学译介中,关注民族命运、反抗外国侵略、讴歌民族独立和解放,就成为一时译介选择的风尚。

---

① 梁启超. 论小说与群治之关系[J]. 新小说,1902(1).

　　林纾是近代著名的翻译家,在他译的许多小说中总是倾注着真挚的爱国热情,并力图通过序、跋、按语等向读者灌输这种思想,他译的《黑奴吁天录》就是明显的一例。林纾将美国斯托夫人的《汤姆叔叔的小屋》译成《黑奴吁天录》,译名本身就寓有深意。他说,他译此书系"触黄种之将亡",而为前车之鉴。"余与魏君同译是书,非巧于叙悲以博阅者无端之眼泪,特为奴之势逼及吾种,不能不为大众一号。"①他从《黑奴吁天录》中看到黑奴受虐,联想到当时我国旅美华工备受凌辱和折磨,更想到即将成为列强俎上肉的中国人民。林纾将小说改译为《黑奴吁天录》,也是希望引起即将成为"奴"的中国人的警醒。即使某些作品的主题本与国家民族无关,林纾也总是在译作序跋中赋予它民族主义的意蕴,虽然有些牵强,却真实反映了林纾的拳拳爱国之念。

　　林纾是一位始终念念不忘爱国的古文家及翻译家,他在其译作序言、跋及译后小语中反复表达爱国之心,说"畏庐者,狂人也。生平倔强,不屈人下,尤不甘屈诸虎视眈眈诸强邻之下。沉湘之举,吾又惜命不为。然则,畏庐其长生不死矣? 曰:非也,死固有时。吾但留一日之命,即一日泣血以告天下之学生,请治实业以自振。更能不死者,即强支此不死期内,多译有益之书以代弹词,为劝喻之助"②。林纾作为无拳无勇之文人,只有利用手中之笔"多译有益之书以代弹词,为劝喻之助"来唤醒青年学生的觉悟,抒发自己救亡图存的爱国思想。"所愿当事诸公,先培育人才,更积资为购船制炮之用,未为晚也。纾年已老,报国无日,故日为中旦之即鸡,冀吾同胞警醒。恒于小说序中,摅其胸臆。"③林纾不仅将所译小说当做唤醒民众、改良群治的武器,也将之视作为国家执政者提出建议的阵地。其他如《滑铁庐战血余腥记》、《不如归》、《雾中人》、《爱国二童子传》等,也都寄托着译者的爱国精神。可以这样说,反对异族侵略和欺

　　①　钱谷融.林琴南书话[C].吴俊标校.杭州:浙江人民出版社,1999:5.

　　②　钱谷融.林琴南书话[C].吴俊标校.杭州:浙江人民出版社,1999:69.

　　③　钱谷融.林琴南书话[C].吴俊标校.杭州:浙江人民出版社,1999:94.

凌、唤醒民众实业强国等爱国思想,像一条红线贯穿着林纾的全部译作。也正因为林纾始终以中国传统文化诠释域外小说,真诚贯注契合时事需求的爱国思想,其诚心、热心、真心打动了每一个不甘为奴的中国人,也吸引了当时无数读者,其中也包括后来成长为"五四"新文化运动的积极参加者及倡导者。

十九世纪欧洲小说的鼎盛及小说在社会上的崇高地位,对晚清知识分子小说观念的转变影响甚大,西方以其强势形象充当了中国新小说运动的有力"论据"。严复、夏曾佑一八九七年在天津创办《国闻报》时,对其附印小说的理由是这样陈述的:"且闻欧、美、东瀛,其开化之时,往往得小说之助。"①一八九八年,梁启超在《译印政治小说序》中说:"在昔欧洲各国变革之始,其魁儒硕学,仁人志士,往往以其身之所经历,及胸中所怀,政治之议论,一寄之于小说。"②"西洋诸国之视小说,与吾华异,吾华通人素轻此学,而外国非通人不敢著小说。故一种小说,即有一种之宗旨",既"能与政体民志息息相通",又能"开学智,祛弊俗"。③ 严复、梁启超等人相继不遗余力地倡导译印域外小说,在晚清社会形成小说革命潮流,域外小说成了中国小说发展的潜在模式。林纾则以简洁丽雅的古文笔法为中国人展示了西方小说的魅力与品格。

林译小说一方面以事实印证了严复、梁启超等人对西方小说地位阐述的正确性,另一方面,林译小说本身以典雅的语言叙述平凡的人生,消解着中国文人雅文学与世俗小说之间的巨大历史鸿沟。由于严复、梁启超等人的宣传,加上林译小说的影响,中国社会很快就形成了关于欧美和日本社会现代化与小说关联密切的观念,于是改革社会的热情变成了创造新小说的动力。

---

① 陈平原,夏晓虹.二十世纪中国小说理论资料(第一卷)[C].北京:北京大学出版社,1997:12.

② 陈平原,夏晓虹.二十世纪中国小说理论资料(第一卷)[C].北京:北京大学出版社,1997:21.

③ 陈平原,夏晓虹.二十世纪中国小说理论资料(第一卷)[C].北京:北京大学出版社,1997:31.

　　晚清域外小说的翻译从一开始就是政治改良的工具,林纾虽是无意间进入译坛,但很快就将改良群治的爱国理念贯注到自己的翻译事业中,并以此为荣。然而,林纾文学家的气质与文笔让林译小说更多地倾向于文学,真正具有小说本身的艺术特性,而非政治的载体,这也让林译小说在晚清民初特别醒目,吸引了不同需求的读者。完全倾向文学而无功利的代表人物是王国维,他对文学家最精彩的阐释是:"职业的文学家以文学得生活,专门之文学家以文学而生活。"①在王国维的心目中,文学艺术是纯粹的生命活动,完全与功利计较无关。王国维心目中的纯艺术,是浸透了生命体验、对人生有着深切关怀和真挚体验,而且这种人生的关怀和体验愈真挚、愈深切、愈与生命密不可分,则艺术便愈纯粹。

　　王国维对文学的阐释,显然与晚清占主导地位的文学功利观完全不同。他对文学的阐释,卓尔不群,自成标格,实为中国现代文学与美学贡献了一种崭新的语言,一种更具体地体现"现代性"的语言。这种语言因为渊源于西学,又是浸染中国传统文学与美学的王国维的个人独见,并不符合中国传统文学的一贯载道观,又无法切合当时中国对功利实用的渴望,以致在当时乃至后来,王国维的文学思想都没有成为占主流地位的艺术观念,甚至在功利主义极度盛行的时代还常常遭到批判。但是,它毕竟以其极为独特与独立的姿态,宣布了一种真正具有现代性的中国现代文学与美学思想的诞生。它的价值不是轰动的、迅速产生影响力的,然而却对中国现代文学与美学产生了潜在而持久的影响。

　　林译小说的价值是处于严复、梁启超宣扬的文学功利观与王国维的文学纯艺术观之间,具有过渡的意义,林纾本人也是一个时代的过渡人物,这种过渡性让林译小说在某个时期既获得了两方面的支持与喜爱,也可能在某个时期让林译小说成为没有身份认同者的尴尬境地,这也从一个侧面诠释了林译小说在晚清民初风靡全国,而在"五四"新文化运动时跌入谷底,成为时代的弃儿,甚至成为批

---

　　① 王国维.王国维文集(第一卷)[M].北京:中国文史出版社,1997:29.

评界批判的目标。林译小说的过渡性还体现在翻译语言的运用上，林纾使用的既非严格意义上的古文，当然更不是"五四"新文化运动所倡导的白话，而是一种雅洁、随意、富有弹性的文言。林译小说独特的语言也曾让中国传统文化的坚守者感到安慰和欣悦，也让求新求变的革命者改良者看到了变化的曙光，因此获得不同层次、不同趣味读者的喜爱与认同。然而，当时代的潮流走过了过渡地带，林译小说的两面讨好就成了不可容忍的虚伪，甚至成为激进者猛烈批判的靶子。但是抛开这些，在晚清民初时期，林译小说却恰好契合了时代的要求，成了小说界追捧的宠儿，林译小说的整体异域风味及观念，林译小说的翻译语言、内容、题材、形式，几乎都成了学习模仿的典范。

首先，林译小说的整体异域风味对晚清的文学观念带来了冲击。林译小说《巴黎茶花女遗事》、《迦茵小传》等悲剧结局，引起了人们对中国文学千篇一律大团圆结局的反思，并逐渐开始接受西方的影响，发现悲剧的魅力。传统文学的"中庸"被作为审美的主流规范，情感表现必须时时受到理性的节制。中国自孔子就提倡"发乎情，止乎礼"，体现在文学中也是少大悲大喜之作，情常要臣服于礼，一切趋于"中庸"。人文精神的发展、礼教权威的削弱、异域文学的传入，使得人们对情异常尊重，情在某种程度上取代了理的地位。二十世纪三十年代，朱光潜先生总结中国缺少悲剧的原因，认为中国人是一个最讲实际、最从世俗考虑问题的民族，"他们深信善有善报，恶有恶报，善恶报应不在今生，而在来世。好人遭逢不幸，也被认为是前世作了孽，应当受谴责的总是遭难者自己，而不是命运。他们强烈的道德感使他们不愿承认人生的悲剧面。善者遭难在他们看来是违背正义公理，在宗教家眼里看来是亵渎神圣，中国人和希伯来人都宁愿把这样的事说成本来就没有，或者干脆绝口不提。在他们的神庙里没有悲剧之神的祭坛，也就不足怪了"①。林译小说《巴黎茶花女遗事》、《迦茵小传》都是以悲剧结局的小说。《巴黎茶

---

① 朱光潜.悲剧心理学[M].北京:人民文学出版社,1983:217.

花女遗事》在极短的时间内便重印几次，风靡社会，在当时影响之大，以至连严复都发出"可怜一卷茶花女，断尽支那荡子肠"的感慨。而《迦茵小传》由于在观念上走得更远，引起了中国社会强烈的争议，年轻一代如郭沫若者对《迦茵小传》赞叹有加，奉守礼教者却将《迦茵小传》视为洪水猛兽，大加挞伐。域外文学中的人道主义及个性主义的追求，都借道林译小说进入了中国民众的视野，并由萌芽到生长成熟，直至在现代文学中开花结果，成为大众普遍认同的价值观。

其次，晚清民初接踵而出的林译小说为中国文学向外国文学的学习提供了变革的典范，近代小说的创作在语言、内容、题材、形式诸方面，出现了一些虽是稚弱的但却是有决定意义的革新迹象。近代文学创作的任何一点进步，都必然以直接或间接的方式施惠于"五四"新文学。"五四"小说的现代化，可以说在晚清已经开始迈出了第一步。林译小说的语言虽然常被人视为古文，却早已不是纯粹的古文了，而是介于古文与白话之间的一种富有弹性的文言，其表述方式将西洋小说尽量中国化，但出于"信"与"达"，并没有将西方小说中细致的肖像描绘和细腻的心理刻画删削殆尽，因此读者还可以通过林译小说吸收一定的外国文学的营养。林纾不像有的译者那样，总想把外国人名的第一个字附会成中国百家姓中的某个姓，并给人物取一个中国化的名字，他翻译的某些人名、书名，如迭更司、哈葛德、大卫·考伯菲尔、耐儿、罗密欧、《鲁滨逊飘流记》等，至今翻译界仍沿用不爽。在林译小说大量出现以前，章回体是我国传统的长篇小说的唯一格式。林纾本人首先受他翻译的外国小说的影响，因此他在近代创作的五部长篇小说，就没有一部是采用章回体这种固定格式的。林纾被认为是打破章回体小说格式的第一人。我们可以说，中国比较自觉、比较正规的文学翻译事业是由林纾奠基的。

中国近代语言的走向是通俗化和白话化，语言的这种变化正是由于在中西文化交汇中语言变革中的新因素。促使近代语言变革的重要因素是新名词的出现，亦称外来语。由于新名词的进入，近代文学语言的语法也发生了变化,诚如梁启超在总结他的新文体的特点时所说:"时杂以俚语、韵语及外国语法。"首先,新名词的出现,使近代文学语言呈现了新风貌,即具有了新思想、新意境、新词语;其次,复音词的增多,使语言的表达力更加缜密和清晰;最后,在语法上也发生了变化,译语中的外国语法深深影响了中国白话文的生长范式。王力先生曾说:"中国语向来被称为单音语,就是因为大多数的词都是单音词,现在复音词大量地增加了,中国语也不能再称为单音语了。这是最大的一种影响。"①

郑振铎先生高度评价林纾及林译小说道:

> 中国文人,对于小说向来是以"小道"目之的,对于小说作者,也向来是看不起的;所以许多有盛名的作家绝不肯动手做什么小说;所有做小说的人也都写着假名,不欲以真姓名示读者。林先生打破了这个传统的见解。他以一个"古文家"动手去译欧洲的小说,且称他们的小说家为可以与太史公比肩,这确是很勇敢的很大胆的举动。自他之后,中国文人,才有以小说家自命的;自他之后才开始了翻译世界的文学作品的风气。中国近二十年译作小说者之多,差不多可以说大都是受林先生的感化与影响的。周作人先生在他的翻译集《点滴》序上说:"我从前翻译小说,很受林琴南先生的影响。"其实不仅周先生以及其他翻译小说的人,即创作小说者也十分的受林先生的影响。小说的旧体裁,由林先生而打破,欧洲作家史各德、狄更司、华盛顿?欧文、大仲马、小仲马诸人的姓名也因林先生而始为中国人所认识。这可说,是林先生的最大功绩。②

再次,林译小说序、跋及译后小语对小说艺术规律的探索,是一个非常显著的特色,也是对中国文学更深层的细节、结构及叙述范式的影响。林纾在《撒克逊劫后英雄略·序》中,敏锐地指出了外国小说中立体交叉、时空错综处理的新颖艺术手段的奇妙之处:

① 王力.中国现代语法(下册)[M].北京:中华书局,1954:309.
② 钱钟书等.林纾的翻译[C].北京:商务印书馆,1981:17.

　　古人为书，能积至十二万言之多，则其日月必绵久，事实必繁衍，人物必层出；乃此篇为人不过十五，为日同之，而变幻离合，令读者若历十余稔之久，此一妙也。①

　　当时中国读者的欣赏习惯还比较适应于平铺直叙的结构手法。《撒克逊劫后英雄略》具有史诗的厚重内涵和宏大气势，将绵亘久远的复杂纠葛、惊心动魄的激烈冲突都横切入一个短暂的历史瞬间，空间场面跳跃变幻，时间跨度交叉错位，根本打破了中国旧式小说流水帐式的格局，这在当时是极富新鲜感和震撼力的。林纾接触迭更司小说后，很快就敏锐地感觉到西洋小说高出于中国文学的魅力。林纾虽一直以中国传统史传文学为荣，并常以中国文学比拟西洋文学，多从二者相通之处着眼，其潜在的意识是以中国文学作为典范来认同西洋文学的艺术，然而，迭更司的高妙艺术却不得不让林纾将西洋小说第一次置于中国文学之上，认为是中国文学应该学习的代表。林纾真诚表达了对迭更司小说艺术特色的推崇：

　　此书为迭更司生平第一著意之书，分前后二篇，都二十余万言；思力至此，臻绝顶矣。古所谓锁骨观音者，以骨节钩联，皮肤腐化后，揭而举之，则全具铿然，无一屑落者；方之是书，则固赫然其为锁骨也。大抵文章开阖之法，全讲骨力气势，纵笔至于浩瀚，则往往遗落其细事繁节，无复检举；遂令观者得辖而攻。此固不为能文者之病，而精神终患弗周。迭更司他著，每到山穷水尽，辄发奇思，如孤峰突起，见者耸目；终不如此书伏脉至细，一语必寓微旨，一事必种远因。手写是间，而全局应有之人，逐处涌现，随地关合；虽偶尔一见，观者几复忘怀，而闲闲著笔间，已近拾即是，读之令人斗然记忆。循编逐节以索，又一一有是人之行踪，得是事之来源。综言之，如善奕之著子，偶然一下，不知后来咸得其用，此所以成为国手也……若是书特叙家常至琐至屑无奇之事迹，自不善操笔者为之，且恹恹生

---

　　① 钱谷融.林琴南书话[C].吴俊标校.杭州:浙江人民出版社,1999:34.

人睡魔,而迭更司能化腐为奇,操作整,收五虫万怪,融汇之以精神;真特笔也! 史班叙妇人琐事,已绵细可味矣,顾无长篇可以寻绎。其长篇可以寻绎者,惟一《石头记》,然炫语宝贵,叙述故家,纬之以男女之艳情,而易动目。①

　　林纾在中国古典文化的长期浸染中,一直认同六经、左、史、韩、欧、归是"天下文章之归宿",作文章讲究开阖、法度、波澜、声音等,这样一种根深蒂固的审美标准,表现在林纾解读西方文学时,动辄以司马迁为代表的"文统"为圭臬。史迁"笔法"不仅是林纾评判西方文学的价值尺度,而且还是他认同西方文学的基石,这与其说是林纾对西方小说本体特质的发现,不如说是他的文化心理结构在与西洋文学对话中的自然凸显。林纾在翻译过程中,由口述者的口译,进行文学从西方话语到中国口语的形式转变,而林纾则完成了从中国口语到文言语系的转换,并在这转换的过程中,以其中国传统文化视野对西洋小说所包蕴的文化内涵进行符合中国古典审美范式要求的重新置换。然而在这置换过程中,异域文学的一些独特因素还是悄然滑进中国文学,并成为新的文学萌芽、生长、开花的优良种子及沃土。而林纾本人对如迭更司这样的第一流小说的艺术特色,并非一味以中国传统文学去置换,相反,凭着文学家的直感与鉴赏力,林纾欣然欢迎这些一流的艺术,并倡导中国文学界以之为典范,认真学习其技巧与手法。林纾对于小说技巧的探索以及他的译作本身,无疑对其同时代的作家及以后的"五四"新文学有着无法估量的影响。

　　最后,林译小说独特的翻译方式也给小说界带来了一些出人意料的启迪。林纾作为笔述者与精通外文的口述者合作完成翻译的方式,经历了两次不同文化的转换。一方面是口述者本人对西方语言体系的汉语口语化,这经过了口述者既有的文化心理结构的融汇整合。语言的转换,并不是一一对应语码置换的关系,而是从一种

---

① 钱谷融.林琴南书话[C].吴俊标校.杭州:浙江人民出版社,1999:83.

文化心理结构到另一种文化心理结构转换的过程,而语言作为文化最直接的载体,本身就是文化的一个组成部分,这也是为什么操持外语的学人,多会具有西化倾向的重要原因。而林纾终生坚持古文,不惜身份与年轻学子们一再痛争,以致被痛骂为封建余孽也固执古文不可废之道。

蔡元培作为一个教育家,从学校课程体制的变化中看到了白话与文言的未来:"白话与文言的竞争,我想将来白话派一定占优胜的。——从前的人,除了国文,可算是没有别的功课,从六岁起,到二十岁,读的写的都是古人的话,所以学得很像。现在应学的科学很多了,要不是把学国文的时间腾出来,怎么来得及呢?"①

晚清的文化语境,把中国的知识者熏染得"很像"古人,他们在无意识的潜层次上就必然形成了"嗜古如命"的文化心理结构,而古文的外在形式也就契合了他们的这一结构的需要。然而,当新的一代在域外文学及启蒙改革的思想倡导下长大后,充满传统文化图解与诠释的林译小说已经成为"五四"新文化运动的障碍。

另外,林纾作为笔述者用古文转换口述者的白话域外小说,由于林纾完全不懂外文,使他最大限度地保持了自己既有的中国文化立场。他用中国传统文化来理解和诠释西方文学,以误读的方式来实现西方文学的东方化。他人的口译使林纾的翻译无法太偏离域外文学的基本叙事,而林纾深厚的文学修养和敏锐感也让他能超越本身的传统文化立场,欣赏接纳西洋文学的独特艺术及手法技巧,这些都确保了林纾的翻译传真了西方文学的基本特质,使其翻译不至于成为悖离西方文学的信马由缰式的杜撰,这也是其翻译给读者以新的审美冲击力的重要前提条件。林译小说融汇了中西文化不同的文化品格,在林纾中国传统文化视野下图解与诠释下的异域文化,使得林译小说具有既非中亦非西的独特艺术特征,恰恰是因为这一点,使林译小说在特定历史坐标上获得了独立的中介价值。

---

① 陈锦谷.林纾研究资料选编[C].福州:福建省文史研究馆编,2008:508.

林纾在翻译中使用了貌似古文的弹性文言话语体系,使其翻译和时代的审美趣味保持了最大限度的协调,也成为林译小说为社会接纳的又一重要前提条件。寒光先生这样评价林译小说语言运用成功的原因:

> 现在为白话文日趋发展的时代,到最近几年中国人的思想才起始觉悟古文不足以为小说,的确要用白话来描写才得美妙,于是逐渐推重白话小说。林氏译小说的时候,恰当中国人贱视小说习性还未铲除的时期,一班士大夫们方且以帖括和时文为经世的文章,至于小说这一物,不过视为茶余酒后一种排遣的谈助品。加以那时咬文嚼字的风气很盛,白话体的旧小说虽尽有描写风俗人情的妙文,流利忠实的文笔,无奈他们总认为下级社会的流品,而贱视为土腔白话的下流读物。林氏以古文名家而倾动公卿的资格,运用他的史、汉妙笔来做翻译文章,所以才大受欢迎,所以才引起上中级社会读外洋小说的兴趣,并且因此而抬高小说的价值和小说家的身价。很显明的,倘使那时不是林氏而是别人用白话文来译《茶花女》等书,无论如何决不会收到如此的好结果,这道理不待识者当会明白的。胡适之的论严复倒是个好例,现在我们可以拿来做证。他说:"严复用古文译书,正如前清官僚戴着红顶子演说,很能抬高译书的身价,故能使当日的古文大家认为'骎骎与晚周诸子相上下'。"①

而当代学者郭延礼提出了相反的看法:"用文言译西洋小说或西方学术著作有很大的局限性,因为西方近代文化的新内容与中国传统语言形式之间确有难以协调的矛盾。"②

这两种说法各有各的道理,从某个角度来说,可以说是绝对正确的。从绝对的价值尺度来衡量林译小说的话,郭延礼的看法无疑抓住了问题的实质,看到了随着近代文化一步步获得现代文化的因

---

① 陈锦谷.林纾研究资料选编[C].福州:福建省文史研究馆,2008:21—22.

② 郭延礼.中国近代文学翻译概论[M].武汉:湖北教育出版社,1998.

子,传载古典道统文化的文言迟早要退出历史的舞台,其主流地位要被言文合一的白话所替代。但是,任何理论都非绝对的,不同的时代有不同时代的文化与潮流,只有符合时代文化潮流的理论才会获得合理性的解释与认同。林纾的古文话语体系,不仅没有限制其翻译,反而极大地促进了林译小说的传播与接受,使其翻译的小说获得了晚清民初当下的存在价值和意义。

反过来考虑,如果林纾有丰厚的西文功底,其既有的文化心理结构必然影响到其翻译的西化倾向,西洋小说的现代英语作品硬要绕道采用文言翻译的可能性是否存在也还是疑问。以林纾的求信求真品格,难保林译小说会如同早期周氏兄弟翻译的《域外小说集》那样,可能在晚清民初的接受主体那里遭遇到类似的尴尬。林译小说正是因为契合了晚清民初的特殊时代背景与文化,才获得了特别的意义,而特定的历史交汇点的独特要求,注定了林译小说的中介性作用:它在风靡一时之后,最终只能从文化中心走向边缘。尽管林纾和林译小说具有这样或那样的历史局限性,但其作为中介的历史作用是恰到好处的,因而也是无法抹杀的,甚至可以这样说,没有林译小说及林纾的过渡,中国文学由传统向现代转型就缺少了一个连接这两个端点的中介性桥梁。

林纾在提笔翻译时,考虑更多的是为国人提供一种政治改革、启蒙民众的工具,而不仅仅是凭自己个人的兴趣爱好。不必讳言,林纾的翻译带有明显的目的性,但同时,林纾更是一个文学家,他在政治改良与文学艺术之间努力地调和两者之间的冲突。在林纾的翻译生涯里,有政治小说、社会问题小说,但更多的还是爱情小说,也不乏探险小说、侦探小说,这些译作涉及了多方面的题材,反映了一直持爱国理念的文学家林纾在尽量圆满地体现自己的身份认同,并成功地为中国民众打开西方文学的大门,为中国文学的发展注入了新的活力,影响了一代读者及作家的审美倾向及创作风格,在文学史上具有深远的意义及影响力。

第三节　林译小说对林纾创作的影响

林译小说以其数量之多、品质之精、销售之火爆、争议之激烈，在文学史上留下了深刻的印迹。林译小说的语言、内容、题材、形式及创作手法、艺术技巧、价值观念，都对中国文学的发展进步产生了不可估量的影响，并直接反映在作家的创作实践中，其中的典型代表作家可以说是林纾本人。

林译小说虽有心响应梁启超等维新改良的号召，多有与时事靠拢的爱国之意，然而其影响最大的还是在言情小说方面，在民初影响最大的小说《玉梨魂》就模仿了《巴黎茶花女遗事》。在小说中，作者徐枕亚暗示自己是"东方仲马"，意在写一部模仿《巴黎茶花女遗事》的小说。《玉梨魂》写的是"寡妇恋爱"，这在封建礼仪道统影响中国深远的民初，实比《茶花女》的妓女恋爱违背礼教更甚。按照封建礼教，不仅是恋爱的寡妇应当受到谴责，爱上寡妇的青年也是对她"不仁"。然而这场寡妇恋爱却是徐枕亚本人的亲身经历，徐又是一位尊崇礼教的作家，可以肯定，倘若没有《巴黎茶花女遗事》等翻译小说显示的新价值观念的支撑，他是不敢把自己的这段经历写出来的。在《玉梨魂》中，他坚持把恋爱的寡妇和爱上寡妇的青年都写成值得赞颂的正面形象，成为爱情真挚纯粹且愿意为相爱的对方牺牲，表现出崇高的道德。还从来没有人以充满同情赞颂的笔调，写过一个不能克制七情六欲，在爱情与礼教中彷徨徘徊，既想恪守礼教，又要忠实于爱情，最后只得自杀的寡妇。《玉梨魂》塑造了一个崭新的寡妇形象，这位寡妇在深夜送别情人时还唱着莎士比亚《罗密欧与朱丽叶》中朱丽叶送别情人的歌，从中显然可以看到当时翻译文学的影响。《玉梨魂》是民国初年开言情小说风气的作品，在它的带动下，如《孽冤镜》、《霣玉怨》等一批小说，都开始尝试挑战封建家庭的包办婚姻。晚清民初从政治上启蒙，却从婚姻爱情上开始撕开反对封建礼教道统的缺口，这与林译小说张扬维新改良却多言情小说的实际暗合。

《巴黎茶花女遗事》忠实地译出了原著的书信、日记，它们在小说中起到重要的作用。只是读书对中国作家的影响，如同陈平原先生所指出的，一直要迟至民初，在徐枕亚的《玉梨魂》中，才模仿其将书信、日记全部引入小说之中，它们确实帮助作家袒露了人物的内心世界，促使作品获得较大的成功。民初尝试过写日记体小说的作家不乏其人，包天笑、周瘦鹃、吴绮缘、李涵秋都做过尝试。与"五四"新文学作家不同，民初小说家除包天笑、周瘦鹃等少数作家之外，大部分都不能直接阅读外国小说原著，因此，民初言情小说的许多变化主要是受到晚清翻译小说的影响。在新的价值观念的支撑下，民初言情小说在人物形象塑造和新的形式技巧运用等方面，都出现了新的突破。

在晚清的翻译小说之中，第一人称叙述是相当广泛的。深受晚清翻译界重视喜爱、一译再译的《福尔摩斯探案》，就是以旁观者华生的第一人称叙述的。当时著名的翻译小说如《块肉余生述》、《海外渠轩录》、《火星与地球的战争》、《三千年艳尸记》、《左右敌》等，都是用第一人称叙述。即使是从数量上看，第一人称叙述的翻译小说也占了相当的比例。这种叙述方法不仅给中国读者留下了深刻的印象，同时也促使中国作家去模仿翻译小说。

晚清较早模仿翻译小说运用第一人称叙述的可能是吴趼人和符霖。吴趼人在小说形式上一直很注意研究翻译小说，他创作的《二十年目睹之怪现状》便是用"九死一生"的"我"作为旁观者来贯穿整部小说。民国初年，苏曼殊的《断鸿零雁记》发表，小说用的是第一人称叙述，它是当事者的现身说法，在叙述故事的同时，更加注意情感的抒发。小说详细描绘了男主角犹疑徘徊彷徨的心情，作品穿插的抒情段落使得叙述的故事也常常围绕着抒情。《断鸿零雁记》成为我国第一部带有"抒情体"色彩的长篇小说，正是由于它的出现，小说理论家才意识到"自叙式小说，宜于抒情，宜于说理。他叙式小说，则宜于叙事"[1]。在感性上感觉到的第一人称叙述的独特

---

① 成之.小说丛话[J].中华小说界，创刊号.

优势已在理论家的话语系统里升华到了规范的表述。

吴双热的《孽冤镜》则显示出中国小说运用第一人称旁观者叙述趋于成熟。小说通篇通过与男主角关系甚为密切的旁观者视角，叙述了这场爱情悲剧，它几乎像《茶花女》一样，始终坚持了旁观者的视角，而不再杂入全知全能式叙述，因此，它也就显得更为真实。《茶花女》在叙述视角上带来的冲击，到这时方才结出比较丰富的成果。民初至少有十余位作家运用过第一人称叙述，作品数量之多，远远超过晚清。从此，第一人称叙述在中国小说界真正扎下根来。晚清由《巴黎茶花女遗事》的翻译掀起的翻译小说高潮，尤其是林译小说的系统出版传播，对近代中国小说创作起到了极为重要的影响。翻译文学在价值观念、题材内容和小说的形式技巧上都给晚清民初小说带来了重大影响，促成了小说的转变。

在我国传统的文学观念中，小说常被视为不登文学大雅之堂的"小道"、"末技"，只是供人们消闲游戏的一种工具。这种观念，源远流长。如《庄子》就说小说"于大达亦远矣"，《论语》说"君子弗为"，《汉书·艺文志》说"小说家者流，盖出于稗官，街谈巷语，道听途说者之所造也"等，这些话虽然谈的并非文学意义上的小说，但作为一种小说思想观念，却被后世的封建正统文人们承袭下来，从而形成了一种鄙视小说的传统陋习，长期影响着我国古代小说的发展。因为鄙视、排斥小说，文人们一般都不愿将精力投放在小说创作上，小说家也很难进入正史的"文苑传"，而小说本身限于时势，也只得甘居下流，以娱乐俗众为本分。逮至明清，我国小说创作有了长足进步，相继产生了《三国演义》、《水浒传》、《西游记》、《金瓶梅》、《红楼梦》、《儒林外史》等长篇巨著，李卓吾、金圣叹、毛宗岗、张竹坡、"脂砚斋"等人通过小说评点，有意识地肯定了小说的社会意义和审美价值。虽努力肯定了小说的社会地位，但是封建统治阶级还是以"诲淫"、"诲盗"等罪名不断地对小说查禁销毁，社会上仍视小说为下级社会的流品。因此，直到近代以前，排斥小说的观念一直占据着主导地位，即便是提倡小说的梁启超也视中国传统小说为"诲淫"、"诲盗之渊薮"，所要倡导的也仅是域外小说，而要革旧小说的命。

被誉为"译界之王"的林纾受域外小说的影响虽有新的观念萌芽,然而,旧小说的影响依然顽固地显现在林纾的翻译和创作上,并表现在林纾的思想观点、文学理论中。如林纾的四卷《畏庐漫录》短篇小说集在思想内容上,多半是宣扬中国传统的封建思想——忠、孝、节、义。歌颂的主人公大多为孝子和贞女,创作小说《葛秋娥》、《吕子成》不断出现做子女的劙肉入药为父母治病的愚孝,翻译域外文学的序跋中动辄谈礼防、讲孝道等也显示着旧的思想、礼教的顽强渗透力。另外,林纾深受域外文学影响,力求为旧的文学形式寻求新的表现语言、内容、技巧,甚至是价值观念。

至于小说中也写了不少男女恋爱的故事,如《翁桐》、《陆子鸿》、《谢兰言》等,其结局往往以团圆终,不脱才子佳人的俗套。同时男女即极倾慕,但都能以礼自持,不及于乱。如《谢兰言》篇,写韩子羽去欧洲留学,与富商谢有光的女儿兰言相识,彼此往来密切,情爱弥笃,在英三年,归国乘船遇礁,幸免于难当晚,子羽向兰言求婚,兰言的反应是:

> 女结舌,久不能言,心颇咎其唐突。即曰:"礼防所在,吾不能外越而叛名教,唯出之以正者,容与老母图之。今同在患难之中,偶一不慎,即万死无可湔涤,弟其慎持此意。"语后,凛然若不可犯。①

林纾虽在小说中也坚持了自己的传统礼教观,但是否符合生活真实或者是否能令读者信服,也没有十分的自信,故在篇末说:"有光俗物,安有此超轶凡近,慎持礼教之女郎。余叙述至此,亦自疑所言之不实。"②

此外,集子中鬼、狐、神、怪多有描述,如《鬼唱》、《梁氏女》、《薛五小姐》、《计东甫》等,作者对这些妖妄的东西,并不否定。章太炎将林纾与蒲松龄并称:"呜呼,畏庐今之蒲留仙也!"③章太炎或许正是因为两人题材的相近才有此评语,然而事实上,林纾类似蒲氏的

---

① 林薇选注.林纾选集·小说卷(上)[M].成都:四川人民出版社出版,1985:203.
② 林薇选注.林纾选集·小说卷(上)[M].成都:四川人民出版社出版,1985:204.
③ 陈锦谷.林纾研究资料选编[C].福州:福建省文史研究馆编,2008:235.

题材小说还达不到蒲松龄超越于时代思想进步的意义。

林纾自创历史小说《剑腥录》、《金陵秋》、《巾帼阳秋》，依次记述了一八九八年至一九一六年间最重大的史事本末，这样完整、严密的著述构思正是出于林纾中国传统文学固有的补正史之不足的野史意识。所谓"可备史家之采摭"的创作意图，这种小说以叙述时事为目的，材料是新鲜活泼的真事，采集起来很容易，动手写起来也轻松，但要做成一种算得成功的作品就很难，因为小说与历史的性质毕竟差异很大。

林纾对他面临的窘境有足够清醒的认识，并不时在小说中提醒读者注意他是如何解决这些窘境的。林纾从翻译域外小说中领悟到限制视野对小说整体结构的重要，因此对固定小说视角有自觉的要求，这让"录见闻"与"记野史"实在不大好协调。写男女私情时自然不难限制在主人公耳目之内，记国家大事处怎么纳入主人公耳目呢？《剑腥录》第三十二章中，林纾表白他是如何协调这一矛盾的：

> 外史氏曰：京城既破，八国联军长驱直入，千头万绪，从何着笔？此书固以邴仲光为纬，然全城鼎沸，而邴氏闭门于穷巷，若一一皆贯以邴氏，则事有不涉于京城者；即京城之广，为邴氏所不见者，如何着笔？今敬告读者，凡小说家言，若无征实，则稗官不足以供史料；若一味征实，则自有正史可稽。如此离奇之世局，若不借一人为贯串而下，则有目无纲，非稗官体也。今暂假史家编年之法，略记此时大略，及归到邴仲光时，到以仲光为纬也。①

《剑腥录》如此，《金陵秋》、《巾帼阳秋》亦如此。不过他的这种写法不算成功，因为贯穿全书的主人公基本为与时事无大关联的旁观者，主人公的爱情故事与时事叙事常成两条线，相互游离，林纾经常在小说中以作注的方式说明粘合两者的努力。

《金陵秋》第五章中的一段作者自白："有稿本出诸伤心之人，目击天下祸变，心惧危亡，不得已吐其胸中之不平，寓史局于小说之

---

① 林薇选注. 林纾选集·小说卷(下)[M]. 成都：四川人民出版社出版，1985：108.

中,则不能不谈正事。"①这说明林纾无法丢开做野史以补正史不足的雄心,这样,林纾自创小说既要学稗官"借一人为贯串而下",又要"假史家编年之法",只好花整整两章来介绍朝廷大事,并说明偶尔离开主人公视线的苦衷。《剑腥录》中,林纾用注明消息来源的办法来扩大主人公邴仲光的耳目。如二十至二十六章叙义和拳事甚详,颇具史料价值,但不似仲光一人见闻,于是作者加一句说明:"以上诸事皆慧月告仲光者。慧月交游广,闻见确。"②第二十七章记袁逊秋、许竹园就刑,也非仲光所见,作者又添上一句:"是日,仲光不出,但闻人言述二公死状。"③这种手法在《巾帼阳秋》中也频频现身,林纾借此尽量把袁世凯的复辟丑剧跟阿良的爱情故事捏合在一起,避免直接描写"阿良所不见者"。但这样仅仅使小说筋脉一致,并把所有人事纳入视角人物耳目之内,这个角度诠释了第三人称限制叙事,爱情故事与时事还是格格不入,情节无法交融,以致林纾在小说的叙事角度上用力颇大,可收效甚微。撇开那些作者的补充说明,只能说在限制叙事上还在艰难摸索,要真正达到迭更司小说的结构严密、设计精心的"锁骨观音"式情节布局,还有很大距离。

中国传统小说作为小道,由于正统文人不屑创作,多为民间艺人娱乐俗众,流播于下层,形成了白话语体,在语言层面上就使得中国传统小说不可能成为雅文学。中国的语言形态,直至"五四",还是言文分离的,书面用文言,文言为雅言,白话只能属于口语。因此,文人文学,自然是文言的文学,而白话文学,则始终只能存在于民间、边缘,主流文化是蔑视它的。语言的雅俗之分,决定了文学雅俗分离,实际上阻隔了小说与文人文学融合的可能。在长期的历史发展中,雅文学与俗文学一直处于井水不犯河水、各自为阵的状态,这使得小说的雅化几乎不可能。

梁启超的新小说理论,将小说从俗和边缘的位置,提升到雅的

---

①　林薇选注.林纾选集·小说卷(下)[M].成都:四川人民出版社出版,1985:198.
②　林薇选注.林纾选集·小说卷(下)[M].成都:四川人民出版社出版,1985:98.
③　林薇选注.林纾选集·小说卷(下)[M].成都:四川人民出版社出版,1985:94.

中心。梁启超采取了一种强制性的非逻辑语言,硬将小说"资于通俗,谐于里耳"的审美形态,悄悄改换成经国济世的载道功能,从而使它获得一种雅的身份。这就造成一种尴尬的局面:小说的地位提高了,但小说的审美特性却消失了,正如他的《新中国未来记》。

杨联芬先生说:

> 被梁启超置于"上乘"的小说,已经不再是"过去"的小说,而是在审美特性与话语方式上都相当程度"非小说"化了的新小说。由"诗文乃文学之上乘"演变为"小说乃文学之最上乘",已不仅仅是小说地位的改变,也是新小说旨趣、特征、性质与诗文靠拢而导致品格上升。中国文学的最上乘,集中在积累着中国文化史上的一个惯例:伦理至上,只问结果、忽略过程,追求实质正义。梁启超不经逻辑推理的武断结论,源于现实的需求,即一种符合历史正义的"善"。于是他关于新小说的充满逻辑漏洞的论证,非但没有人去质疑,相反一呼百应。梁启超被誉为"二十世纪舆论界的骄子",就是因为时代的进步需要他以"谬论"冲破禁区,以异端解放思想。①

林译小说在晚清小说由边缘向主流过渡的转换过程中起了极大的作用。若干年以后,当我们重新检视林译小说的优美动力及语言应用与晚清小说"升值"的关系时,不能不感念林纾用古文翻译小说而能保存小说的艺术审美特征的功绩。梁启超的小说界之革命是通过林译小说及其创作的不懈努力而成功的,而不是梁启超本人流于粗疏的《十五小豪杰》等政治口号式的作品。林译小说一方面以简洁丽雅的文言译作的动力魅力,事实上印证了严复、梁启超等人对西方小说地位阐述的正确性,另一方面,林译小说本身以雅丽婉曲的语言叙述平凡的人生,消解着中国文人雅文学与世俗小说之间的历史鸿沟。林译小说既保存了小说情节叙事的基本特征和审美魅力,又从语言上颠覆了传统的关于小说的鄙俗观念,他用貌似

---

① 杨联芬.晚清至五四:中国文学现代性的发生[M].北京:北京大学出版社,2003:23—24.

雅洁的古文,叙述情节曲折的长篇故事,成了古汉语史上的开创者。雅文学与俗小说终于在晚清民初的林译小说中融为一体,小说也因此获得了文学中心的合法地位,真正起到了影响世道人心的巨大作用。

　　然而,林译小说影响作家文学创作最典型的不能不说林纾本人。林纾翻译小说的热情随着辛亥革命的爆发而有所消退时,他曾在《践卓翁短篇小说》序中说:

　　余年六十以外,万事皆视若传舍。幸自少至老,不曾为官。自谓无益于民国,而亦未尝有害。屏居穷巷,日以卖文为生。然不喜论时政,故着意为小说。计小说一道,自唐迄宋,百家辈出,而余特重唐之段柯古。柯古为文昌子,文笔奇古,乃过其父。浅学者几不能句读其书,斯诚小说之翘楚矣……盖小说一道,虽别于史传,然间有记实之作,转可备史家之采撷。如段氏之《玉格天尺》,唐书多有取者。余伏匿穷巷,即有闻见,或具出诸传讹,然皆笔而藏之。能否中于史官,则不敢知。然畅所欲言,亦足为敝帚之飨。[①]

　　从林纾欣赏唐代段柯古的“文笔奇古”来看,林纾并没有继承中国传统小说娱乐俗众的意识,而是沿续了林译小说融汇雅俗的文言话语体系写作野史式的情节曲折动力小说意图。所谓“小说一道,虽别于史传,然间有记实之作,转可备史家之采撷”的潜在史传标准,林纾一直奉为范式,他的创作小说来源则为“余伏匿穷巷,即有闻见,或具出诸传讹,然皆笔而藏之”,无意中却暗合中国传统小说的“街谈巷语,道听途说”,如此不中不西、亦中亦西的矛盾小说观反映在林纾的创作中,自然也充满了这样那样的矛盾与冲突,体现了过渡时代过渡价值观念的中介范式。

　　蒋英豪先生说:

　　在开始了翻译事业之后的十五年,有了翻译八十一种西洋小说的经验以后,林纾也开始了文言小说的创作。从一九一二年起,他

---

　　①　钱谷融.林琴南书话[C].吴俊标校.杭州:浙江人民出版社,1999:137.

用文言写了五篇中、长篇小说,即《剑腥录》(作于一九一二年,一九一三年出版)、《金陵秋》(一九一四)、《劫外昙花》(一九一四)、《巾帼阳秋》(一九一七)和《冤海灵光》(一九一七)。①

对于林纾什么时候开始创作小说,不少人都持与蒋英豪先生同样的看法。然而,事实上,林纾早在五年前就开始尝试文言小说的创作了。张俊才先生作的林纾年谱在民国二年癸丑(一九一三)说:

五月间,林纾自著的《技击余闻》一书由商务印书馆印行。朱羲胄说,他在宣统初年亦见过铅印本,但何处刊印已不可考。这是一本笔记体小说,计四十六篇,皆乡里拳师轶闻。②

当代学者韩洪举先生二〇〇五年出版的《林译小说研究》,其所附的年谱在一九一三年(民国二年癸丑)五月有一句话记载:"本月所作《技击余闻》(笔记集,一卷一册)出版,共收故事四十六篇。"然而,朱羲胄先生说在宣统初年看过《技击余闻》铅印本是事实,有必要重提一下这个事实,以纠正文学史上一再重复的错误。据林薇先生考证,林纾最早将译著之外的本人创作投寄商务印书馆高梦旦,就是这部《技击余闻》,初版于光绪三十四年(一九〇八年),此书卷首有林纾挚友高凤歧所作序的亲笔墨迹,有这样的叙述:

余展阅至《盗侠》《逆旅老人》诸篇,则二十年前行旅中,与琴南共闻诸亡友周辛仲者,乃能写到十分,并辛仲口述之态状,一一在吾目前。吾笑语吾弟:是戋戋者,特技击耳,一入琴南之文字制造厂,犹能存其声音笑貌,如留声,如拍照,无所逃形"。高凤歧逝世于宣统元年己酉(一九〇九年)二月十三日,亦可见《技击余闻》成书当在此之前。③

林纾好友高凤歧之序,一方面证实林纾早在辛亥革命之前就已

---

① 陈锦谷.林纾研究资料选编[C].福州:福建省文史研究馆编,2008:968—969.
② 薛绥之,张俊才.林纾研究资料[C].福州:福建人民出版社,1983:38.
③ 陈锦谷.林纾研究资料选编[C].福州:福建省文史研究馆编,2008:677.

自创小说，另一方面，高凤歧的赞扬也显示了林纾高超的现实描写能力，"余展阅至《盗侠》、《逆旅老人》诸篇，则二十年前行旅中，与琴南共闻诸亡友周辛仲者，乃能写到十分，并辛仲口述之态状，一一在吾目前"。高凤歧作为小说中一些场景的当事人，看了林纾的文言描述，恍如往事重现，栩栩如生。

　　林纾在翻译域外小说十年后，在文学价值观上，已很受西洋文学影响，并对小说的社会作用开始有了较深刻的认识，已经超越于中国传统文学的旧观念。在译事之余，看到《孽海花》这样刻画现实的自创小说，林纾不禁深有触动，他在《红礁画桨录·译余剩语》中说：

　　"方今译小说者如云而起，而自为小说者特鲜。纾日因于教务，无暇博览。昨得《孽海花》读之，乃叹为奇绝。《孽海花》非小说也，鼓荡国民英气之书也！其中描写名士之狂态，语语投我心坎……《孽海花》之外，尤有《文明小史》、《官场现形记》二书，亦佳绝。天下至刻毒之笔，非至忠恩者不能出。忠恩者综览世变，怆然于心，无拳无勇，不能制小人之死命，而行其彰瘅，乃曲绘状物，用作秦台之镜。观者嬉笑，不知作此者揾几许伤心之泪而成耳……委巷子弟为腐窳学究所遏抑，恒颠顶终其身。而清俊者，转不得力于学究，而得力于小说。故西人小说，即奇侈荒渺，其非寓以哲理，即参以阅历，无苟然之作。西小说之荒渺无稽，到《噶利佛》极矣，然其言小人国大人国之风土，亦必兼言其政治之得失，用讽其祖国，此得谓之无关系之书乎？"①

　　《红礁画桨录·译余剩语》出版于光绪三十二年丙午（一九〇六），从这些序言可以看到，最迟在当年，林纾已经关注到自创小说的社会功用。两年后，林纾又为迭更司的译作《贼史》作序道：

　　迭更司极力抉摘下等社会之积弊，作为小说，俾政府知而改之。每书必竖一义。此书专叙积贼，而意则在于阜田院及育婴堂之不

① 钱谷融.林琴南书话[C].吴俊标校.杭州：浙江人民出版社，1999：60.

善……顾英之能强,能改革而从善也,吾华从而改之,亦正易易。所恨无迭更司其人,如有能举社会中积弊,著为小说,用告当事,或庶几也。鸣呼!李伯元已矣,今日健者唯孟朴及老残二君,果能出其余绪,效吴道子之写地狱变相,社会之受益宁有穷耶。谨拭目俟之,稽首祝之。①

林纾呼吁中国需要如迭更司这样的现实主义创作作家来刻画中国的现实问题,以警醒当权者改良社会,促进社会进步。也是在这一年,林纾出版了自己第一部自创笔记体小说,虽然还达不到迭更司那样的圆熟境界,但毕竟也是林纾在中西文学的交流与借鉴中的最初实践。

林纾少年时曾得一位名叫方世培的武术师的指教,后来终生坚持练习拳剑以强身健体,而其家乡福建本身也是个武术之地,乡间多拳师,林纾对技击轶闻多耳闻目睹,因此其第一部自创小说《技击余闻》可以说来源于现实生活,但却有别于中国传统史传的宏大叙事,其中的许多篇目如《石六郎》、《铁人》、《刘彭生》、《徐安卿》等,都是一些小人物的塑造,显示了迭更司"极力抉摘下等社会之积弊"的影响。但同时,中国传统文学的主体作用在林纾的创作中依然发挥着潜在的作用,因此,《技击余闻》的笔记体形式以及题材都与中国传统文学的某些源流暗合。由于《技击余闻》的题材多为武术中人的事迹,有人将其视为清末民初武侠小说之滥觞。郑振铎在《论武侠小说》中说:"很远的,在我们的唐代中叶之时,便已有了这种小说的萌芽在生长着。裴硎传奇中的几篇著名的记载,例如昆仑奴、聂隐娘……最后,便是林琴南氏的《技击余闻录》。"②周作人则道:"到了袁洪宪时代,上下都讲复古……于是《玉梨魂》的艳情小说、《技击余闻》派的笔记小说,大大的流行。"③而著名文学史家钱基博对《技击余闻》的语言很是赞赏:"叙事简劲,有似承祚《三国》,以余睹闽侯

---

① 钱谷融.林琴南书话[C].吴俊标校.杭州:浙江人民出版社,1999:86.
② 郑振铎.海燕[M].大连:新中国书店,1932.
③ 周作人.论"黑幕"[J].每周评论,1919(1):4.

文字,此为佳矣。"①然而,这些评论无不从中国传统文学视野中的武侠、史传等来评价林纾的第一部自创小说,在这些评述中,我们几乎看不到域外文学的影子,这也反映林纾刚开始自创小说时,还很难将自己从翻译域外小说中的领悟和经验熟练地移植进自己的创作,更多的还是依托于中国传统文学的内蕴,以笔记体的形式,选择的题材也是中国传统文学早就有的武侠小说,其简劲的文言语言自然更是中国传统史传文学之谪传。然而,《技击余闻》的一些微妙变化处还是体现了域外文学影响的渗入。《技击余闻》的很多篇目刻画的都是下层武师的传闻轶事,不少还是林纾本人或朋友亲身经历的事迹,在现实的基础上有所虚构与想象,绘声绘色,体现了小说也让人"几以为确有其事"的真实感,这些不能不说得益于林纾翻译的积累与影响。

辛亥革命后,林纾更是将翻译小说的热情倾注到了自创小说中。自一九一二年到一九一七年间,林纾就连续出版了五部中、长篇小说,这些小说更深入地展示了他所理解的西方小说的观念与技巧,但他并未大量运用这些新手法新技巧,而是依然沿续着中国传统文学的印记。正如林纾至始至终都是以中国传统文化主体为本位,虽对西洋文化有所借鉴与倡导,但最后总是尽量融入到中国传统文化的规范内,西洋文化只起补充与改良之用,这也是林纾最后走不进现代文学史的原因。

《剑腥录》、《金陵秋》和《巾帼阳秋》虽有模仿李伯元的《官场现形记》、吴趼人的《二十年目睹之怪现状》、曾朴的《孽海花》之处,是类似于鲁迅《中国小说史略》所说的那种"揭发伏藏,显其蔽恶"的小说。而《劫外昙花》是历史小说,近于吴趼人的《痛史》;《冤海灵光》是公案小说,与吴趼人的《九命奇冤》相仿佛。然而,林纾自创小说还是打上了更多本人翻译域外文学的印记,在许多地方透露出域外小说的深刻影响。

中国传统小说起自市井说话,长篇小说大都是在宋元讲史话本

---

① 钱基博.技击余闻补[J].小说月报,1914(4).

基础上发展而来,作者多为下层知识分子和民间说书艺人,为娱乐市井俗众而作,故语言使用的是当时民众喜闻乐听的俚语白话;在结构体制上都有分章标明回目,每个章回又都重点详述一两个事件,在章尾,以事件的高潮或转折为悬念,吸引读者,常以"欲知后事如何,且听下回分解"收束,下章开始首先解开悬念,接着展开新的事件的叙述。章回之间虽有一定联系,但又较为独立,每章都有自己独立的高潮和故事冲突,故并不影响不同听众的接收,章回之间结构并不严密;形式上,每章之首常以诗词领起,有"话说"、"看官"等标志性语言显示全知全能的说书人视角,多为第三人称叙事。这样的叙事结构体制曾被胡适抨击道:"如今的章回体小说,大都犯这个没有结构,没有布局的懒病。"①而林纾通过翻译域外小说已经领悟到"锁骨观音法"、"联络法"、"贯穿于神枢鬼藏之间"等情节结构的艺术手法,这种整体布局的艺术正是疗治中国传统小说叙事结构松懈,所谓"虽言长篇,颇同短制"之弊的良方。

林纾自创的中长篇小说与中国传统小说相较,已经出现了不少新气象。林纾作为一个一生坚持中国传统文化为本位的清末举人,不懂外文,没有留洋经历,这些新的创新不能不追根溯源到林纾与人合译的上百部译作的影响,而林纾本人的译作序、跋及译后小语等的诠释与倡导,也已经透露了翻译域外小说对林纾本人观念、文学艺术手法等的启迪与影响。

"中国的章回小说的传统体裁,实从他而始打破。"②林纾自创小说打破章回体的惯例和"欲知后事如何,请听下回分解"、"话说"、"看官"等旧套的意义在于,他不仅改变了中国传统小说的形式,而且其自创小说的叙述角度也有了转折性的突变,不再是那个全知全能的说书人在向市井民众讲故事了,而是采取了类似于域外小说限制角度展开小说叙事。而且林纾自创小说采用典雅且富有弹性的

---

① 胡适.中国新文学大系・建设理论集[C].上海:上海良友图书印刷公司,1935:136.

② 陈锦谷.林纾研究资料选编[C].福州:福建省文史研究馆编,2008:6.

文言使得其小说向雅文学、文人文学靠拢,他用史传文学及左、马、班、韩的文章艺术来看待域外小说的艺术特色,又反过来用这种视野构思小说,组织情节,叙述故事,这使得林纾的自创小说带有亦中亦西、非中非西的特色。他在小说内刻意用谐谑幽默的笔调,费了许多力气从心理细微刻划去写情,这与传统文言小说也有很大的差距。在《冤海灵光》里,他也有意识地仿效迭更司的做法,"刻划市井卑污龌龊之事",细致描绘下层社会的众生相。而在《剑腥录》里,他也一再运用了因西方小说传入而乐为二十世纪初中国小说家所乐用的倒叙法。

在中国传统小说本身就有结构松驰冗杂的积弊,又因为报刊连载形式使小说结构更趋散乱,甚至常因各种原因有开头没结尾的半截子小说频出之时,林纾以他古文家对"义法"的严格要求,以及他对迭更司等小说家作品针线细密、结构严谨的体会,他的创作小说在组织结构上追求严谨完美,这为"五四"新小说树立了良好的范例。林纾仿效西方文学的尝试,对中国文学走向世界、走向现代文化的有益探索及启迪的作用是无法抹杀的。林纾以翻译域外小说作为学习的楷模,又以评点诠释的方式建立理论,指示新方向,更进而身体力行,自创小说示范创作,以推动中国文学的世界化。林纾一反中国小说之故常,充分肯定刻画社会下层的写实文学的文艺价值。在《孝女耐儿传序》中,他一再以迭更司"专为下等社会写照"之文为高。林纾在评论《滑稽外史》时说:

　　不过世有其人,则书中即有其事,犹之画师虚构一人状貌印证天下之人,必有一人与像相符者。故语言所能状之处,均人情所或有之处。固不能以迭更司之书,斥为妄语而弃掷之也。①

　　叶昼论《水浒传》也有相似言论,林纾有可能读到,并受到其影响。但迭更司等西洋小说对林纾的直接感受与领悟更是刻骨铭心,林纾由此认可小说取法社会生活中的真实素材为基础进行合理的

---

　　① 钱谷融.林琴南书话[C].吴俊标校.杭州:浙江人民出版社,1999:73.

想象和虚构,使之醒人耳目。庄豫的事迹是钱塘王君提供的,而彪侯之事却得诸同乡何某,林纾将这些素材加以提炼,通过想象和虚构,创作了《庄豫》。他自谓"生平不喜作妄语,乃一为小说,则妄语辄出。实则英之迭更与法之仲马皆然,宁独怪我?"①"妄语",即小说中想象与虚构的部分,由于中国传统小说主流观念一直有"稗官"之念,故林纾对于想象与虚构的不实之处还是隐隐有些不安,然而,域外小说给他的启示又让他振振有词,不以为然,这种矛盾与冲突正反映了中西小说观念交战在林纾创作中的表现。林纾在《洪嫣篁》篇末道:

> 余少更患难,于人情洞之了了;又心折迭更司先生之文思,故所撰小说,亦附人情而生。或得新近之人言,或忆诸童时之旧闻,每于月夕灯前,坐而索之,得即命笔,不期成篇。词或臆造,然终不远于人情,较诸《齐谐》志怪,或少胜乎?②

小说素材多源于传闻及少时对人情的洞察,其情节有些属"臆造",可见虚构已成为林纾的常用手法,这些多少受迭更司及仲马父子小说的启迪。

林纾很佩服迭更司写下等社会之奸猾贪残的艺术手法,在其译序、跋中多有论述。如在迭更司小说《孝女耐儿传·序》中道:

> 从未有刻划市井卑污龌龊之事,至于二三十万言之多,不重复,不支厉,如张明镜于空际,收纳五虫万怪,物物皆涵滌清光而出,见者如凭阑之观鱼鳖虾蟹焉;则迭更司盖以至清之灵府,叙至浊之社会,令我增无数阅历,生无穷感喟矣。

> 中国说部,登峰造极者无若《石头记》。叙人间宝贵,感人情盛衰,用笔缜密,著色繁丽,制局精严,观止矣。其间点染以清客,间杂以村姬,牵缀以小人,收束以败子,亦可谓善于体物。终竟雅多俗寡,人意不专属于是。若迭更司者,则扫荡名士美人之局,专为下等

---

① 林薇选注.林纾选集·小说卷(上)[M].成都:四川人民出版社出版,1985:36.
② 林薇选注.林纾选集·小说卷(上)[M].成都:四川人民出版社出版,1985:145.

社会写照,奸猱驵酷,至于人意所未尝置想之局,幻为空中楼阁,使观者或笑或怒,一时颠倒至于不能自己,则文心之邃曲宁可及耶!余尝谓古文中叙事,惟叙家常平淡之事为最难着笔。①

　　迭更司的"以至清之灵府,叙至浊之社会"让林纾深为感叹,并认为其叙家常平淡之事的艺术技巧已超出于中国文学之上,而必要的虚构与想象也让小说境界为之生色。而林纾的《程拳师》即明显仿效迭更司的这种写法,大意叙述了建宁南瓦乡程村因常有盗匪劫扰,便请程遂为师,习武以自卫。程遂拳法生硬,一遇柔术即被制服。有个精柔术的江西人邵老虎闻讯后,来找程拳师比试武艺。程遂备酒席厚待他,仍不得免,比武果败。为了瞒住徒弟,程遂只好送钱财贿赂他。从此,邵老虎每年七八次来程家讹诈酒肉和财物,使程遂无法忍受。他求计于得意弟子许尼、李苟,三人决计暗算邵老虎。不久邵老虎又来,途中遇一补鞋人。此人姓施,本要入赘近村,因缺少婚资出来暂避一时。邵老虎遂令其同行,并说跟着他有酒肉吃。程遂对二人热情款待至半夜,然后说今晚无住处,赠金送他们回去。当二人醉熏熏地走到一石亭时,被早已埋伏在那里的人挖去双眼绑在亭柱上,连身上的钱也都被拿走了。次日黎明,二人被一江西老乡所救,那人听了邵老虎的讲述后分析认为,此必是仇家所为。邵就讲了与程遂的关系,那人立即召集了数百江西老乡,抬着他们找程遂算帐。程讲自己只顾忙着招待邵老虎,不可能有时间去埋伏。邵老虎忽然想起程遂的朋友周某有些资财,便认定是周某干的。众人于是直奔周家寻衅。周某没法,便拿出一百二十元来"私了"。江西人欺邵老虎眼瞎,遂掷之江边一破舟中,分了钱一哄而散。施某的岳家见女婿瞎了,也拒绝了婚事。邵老虎数日后也身死舟中。②

　　这篇小说仅千余字,却亦如迭更司那样,在作品中"收纳五虫万

---

① 　钱谷融.林琴南书话[C].吴俊标校.杭州:浙江人民出版社,1999:77—78.

② 　林薇选注.林纾选集·小说卷(上)[M].成都:四川人民出版社出版,1985:25—27.

怪"，使之莫能遁影逃形。程遂拳法不精，竟大胆冒为乡里拳师，收徒习拳防盗，不料为盗所欺。邵老虎恃强凌弱，终遭暗算。施某图口腹之欲，以致双眼被挖，婚姻断绝。江西数百人，借为同乡复仇之名，行敲诈勒索之实。施某岳家仅因缺少数元钱，逼得女婿东藏西躲，后见女婿失明、索金无望，即解除婚约。清代社会之世道人心、鬼魅虫怪被刻画得淋漓尽致，而作者未置一语。

相似的成功之作还有林纾的长篇小说《冤海灵光》，其中描写下层仵吏、官场、人情世态的狡狯狙诈，至于极地。然而，作者却用不动声色的客观叙述，看似平淡无奇，琐屑繁杂状物写人中，下层市井卑鄙龌龊，如图形绘色，直逼眼前，俨然一幅光怪陆离的社会风俗画。

其文写道：

是日，陆公谕以明日亲诣下寨相验。刑科书吏吴理、役四名，曰张千、李万、马德、牛强。张、李伪为和易，而马、牛则恣意婪索。陆公签票已定，巫伯父子始随胥役出署，观者如堵墙。既下班房，张千曰："此地龌，不足以屈巫先生，请贲吾家，议正事"……伯踌躇不知所答，而王姓者，至练达，即延张千至复室，喁喁私语至半炊许，议定："洋镪百元，专为取保而言，他事别议。"伯方欲告行，而刑科吴理进曰："巫先生！胥与役，为例一也。今日承值例金，吾不敢违众而独丰；唯明日尸台，有搭台常规，吾辈在官人，当拜巫先生之厚赐！"语未毕，而传记之吏执刑也、大门役也、仪门役也、与夫之首领也……为众可数十，口语烦杂，厥声汹汹。与夫之言曰："明日县尊所乘舆，循旧例，定价三百元；尚有刑幕及丁胥与差役所乘小舆，可百余，路遥而价昂，与其临时纷呶，不如定诸今日！"张千屋小，已为黑影填塞都满，伯张皇不知所对……时辈中有一同学，师姓，名颂通，讼师也，即亢声曰："此事非纷扰中所能定，须要三数要领定议，议定，则匪不就绪矣。巫先生父子请先归部署明日事，此间留卑人当之。须知乘舆游幸，尚无使宿卫者枵腹而扈跸，况区区命案相验，胡敢听诸君一无所得？"金曰："师先生言然！"……是夜，师颂通在张千家，芙蓉灯之次，洒洒洋洋与诸人抗议，出洋镪八百元，诸事包举，至于完案；而班房监狱之费不预焉。迟明，师氏至巫伯家，示之以状，其目曰："门礼也、堂礼也、经管礼也、差礼也、相脸搭台礼也、班头轿价也"……列帐如眉史，帐末别署一行曰：仵作宜格外别馈五十金。伯父子读之赫然，顾祸变至此，已稔身且勿问，宁计其家！请即货其田产以偿。①

　　林纾曾感叹"所恨无迭更司其人，如有人能举社会中积弊，著为小说，用告当事，或庶几也。呜呼！李伯元已矣！今日健者，惟孟朴及老残二君。果能出其绪余，效吴道子之写地狱变相，社会之受益，宁有穷耶？"②翻译几十部域外小说之后，自傲于古文大师的林纾在对现实失望之后，亲自尝试"效吴道子之写地狱变相"，其不动声色的绘声绘色能力，不由得我们赞叹，这种冷静解剖病态社会的缜密笔墨，确实为文言小说开拓了一片新天地。晚清闽地一偏僻县城的公案过程及世俗民情，在林纾如传真留影的文字描绘下栩栩如生，其中写知县下乡验尸前，役吏们敲诈勒索当事人，虽与案件本身无关，林纾却用浓墨叙述，文中次要人物如"刑科书吏吴理、役四名，曰张千、李万、马德、牛强"，在堪称声影留声机的林纾文字下给人留下深刻印象，从中可以看到林纾并不仅满足于叙述案件的侦破与结果，而开始注意展现与案件有关的一群主要人物甚至小人物的个性、命运及社会状况。这样的变化不能不说与迭更司小说现实主义的描摹世态人情的风格手法有关，也开启了中国传统小说由重视情节到重视人物性格命运的风格转变端倪。《冤海灵光》在第三章与第六章两次使用补笔，均说明为"文中应有之义例"，这种写法正是受西方侦探小说的影响，亦即林纾在《歇洛克奇案开场·序》中所领悟的"文先言杀人者之败露，下卷始叙其由，令读者骇其前而必绎其后；而书中故为停顿蓄积，待结穴处，始一一点清其发觉之故，令读者恍然。此顾虎头所谓传神阿堵也"③。林纾的自创小说中，类似这

①　林薇选注.林纾选集·小说卷(下)[M].成都:四川人民出版社出版,1985:313.
②　钱谷融.林琴南书话[C].吴俊标校.杭州:浙江人民出版社,1999:86.
③　钱谷融.林琴南书话[C].吴俊标校.杭州:浙江人民出版社,1999:65.

样借鉴域外小说的艺术手法的还有不少。

    林纾翻译的域外小说给他不少启迪,在创作上有意识地学习西方名著的技巧,林纾应是比较早的一位。在《洪嫣篁》的结尾,他明确地说明自己学习迭更司的技法,并比较司各德、大仲马的描写美人的得失"为小说者,惟艳情最难述。英之司各德,尊美人如天帝;法之大仲马,写美人如流娼,两皆失之。惟迭更司先生于布帛粟米中述情,而情中有文,语语自肺腑中流出,读者几以为确有其事"①。林纾从比较这些大作家的得失中已经意识到,描写人物真实性的问题,虚构要来源于现实生活方不失其真,否则,如司各德、大仲马这样的大文豪,如不遵从生活的真实,也会出现小说脱离实际,给人虚幻不真的感觉。林纾的《洪嫣篁》布局学习《块肉余生述》,大卫与都拉、安尼司两位女子的关系,以及都拉临死前恳求安尼司与大卫结婚的情节,都被林纾悉数吸收,带有明显的模仿痕迹。《柳亭亭》很有些像《巴黎茶花女遗事》的风格,只是结局改成了大团圆。《娥绿》的情节则完全照搬莎士比亚的《罗密欧与朱丽叶》,都是世仇之家的男女成为眷属,但将悲剧改成了喜剧。作者自己也说:"雅典之罗密欧与朱丽叶,亦以积仇而成眷属。顾罗、叶幽期不遂,彼此偕亡。今杨、李之仇,同于罗、叶,幸南斋一觐,冰炭仇融。"②林纾的仿作,手法相似的还有《欧阳浩》,情节基本类似于大仲马《蟹莲郡主传》,最后仅将悲剧改成喜剧。《娥绿》模仿《罗密欧与朱丽叶》,《欧阳浩》模仿《蟹莲郡主传》,相同范式,欲借域外小说创新不成,却不意落入中国传统式才子佳人大团圆结局的俗套,由于脱离现实生活,给人失真之感。

    林纾创作小说开始试图摆脱古代才子佳人小说"中间必有谗构之人"的俗套模式,如《娥绿》、《盈盈》、《桂珉》、《鬈云》、《玉格》等,均未有破坏者插入,这样构思的意义是回归了描写爱情本身,以爱情为小说的中心主题,在文学史上真正从本质上张扬了中国历来忽略的男女之情,而不再重在传统封建礼教和旧势力的阻力的叙述,这

---

① 林薇选注.林纾选集·小说卷(上)[M].成都:四川人民出版社出版,1985:145.

② 林薇选注.林纾选集·小说卷(上)[M].成都:四川人民出版社出版,1985:123.

样的爱情短篇小说开启了新的爱情观,体现了对个人最基本的人性张扬的真正认同。如《鬓云》,小说写男主人公陆元业以归还女主人公鬓云遗留在车上的玉照为缘由,主动追求鬓云,而鬓对陆元业也是一见钟情,两相爱慕。这篇小说在写法上较之旧的爱情小说确实有令人耳目一新之感。《盈盈》描写了一位不堪后母虐待、被迫在庵为尼的少女,虽身坠空门,却无法熄灭情爱,当她与少年书生施鉴相遇后,一见倾心。两人不顾礼教束缚,私下书信传情,后来施鉴大胆向庵主求婚,庵主也恻隐盈盈美貌年轻,遂许婚配。爱情的力量在森严的佛门戒律前几乎如履平地,没有任何阻力。《桂珉》则写富商之女与渔民之子相爱的故事。诸如此类爱情小说几乎都以大团圆式喜剧收局,而主人公的爱情都没有与封建礼教道统发生直接冲突与较量,这样的成功爱情是苍白无力的,也是脱离社会现实生活的,因而给人不真实之感,与迭更司描写的"读者几以为确有其事"有较大差距。林纾真正写的"读者几以为确有其事"的是那些他真正有生活体验内容的小说,再加上林纾高超的古文运用能力,达到了活色生香的效果。

林纾由大量翻译域外小说在文学史上留下林译小说这样的专有名词,其文体风格也多多少少应用到林纾的自创小说中,并由此形成了林纾独特的文体风格。这种文体风格介于中国传统文学与域外文学之间,不太古奥也不太通俗,不太新也不太旧,论文推崇左、马、班、韩,著译小说"浸润唐人小说之风","家常平淡之事"缺乏戏剧性,难得有大悲大喜的场面,情节也很少大起大落,只能靠作家的笔墨取胜。要于平淡中写出不平淡,实在不容易,其所著短篇小说集《践卓翁小说》可见段柯古的遗响,所著长篇小说,也隐约可辨唐宋小说的遗风。正是这么一种不算高古艰涩,也不算浅陋近俗的文体,最便于调适古文与小说之间的距离,也最便于一般读者的阅读接受,故林纾的小说文体在清末民初独标一格。此外,林纾讲究"古文家义法",此"义法"既包括谋篇布局、叙述描写的技巧,也包括语言的表达,前者中西古今文心虽异,却颇有相通之处;后者则更多依靠作家自己的摸索。林纾以近似古文文体来著译小说,可谓前无古人的独创,在文学史上得到大家的称颂与认可。

胡适曾这样评价林译小说语言的成功:

> 林纾译小仲马的《茶花女》、用古文叙事写情,也可以算是一种
> 尝试。自有古文以来,从不曾有这样长篇的叙事写情的文章。《茶
> 花女》的成绩,遂替古文开辟一个新殖民地……平心而论,林纾用古
> 文做翻译小说的试验,总算是很有成绩的了。古文不曾做过长篇的
> 小说,林纾居然用古文译了一百多种长篇小说,还使许多学他的人
> 也用古文译了许多长篇小说;古文里很少滑稽的风味,林纾居然用
> 古文译了欧文与迭更司的作品;古文不长于写情,林纾居然用古文
> 译了《茶花女》与《迦茵小传》等书。古文的应用,自司马迁以来,从
> 没有这样大的成绩。①

林译小说的语言许多人认为是古文,胡适先生也不例外。正如
笔者在上文所析,林译小说实际上应该是介于古文与白话之间的过
渡语言,是一种较随意、较有弹性的文言,而林纾又用这种语言来自
创小说,故形成了林纾独特的语言风格。但是,林纾用这样近于古
文,又比白话更典雅的语言来做长篇小说,并增添了滑稽、幽默之
味,专门用于写情确实自林纾始,遗憾的是,也几乎是由林纾为这种
独特的文体风格画上了休止符。

寒光先生说,"中国的旧文学当以林氏为终点,新文学当以林氏
为起点"②。文学里的因素语言是主要因素,其次是文学的各种具体
表现手法。林纾以中国传统文学为文化本位,在多年翻译域外小说
的实践中逐渐吸取了域外小说各种新的艺术表现手法,使林纾翻译
小说及其创作无意间成为古代文学与现代文学的一个过渡、一种中
介,在文学史上留下了无法忽略的独特作用。现在重新考察古代文
学向现代文学的转变与转型的每一个艰难过程,我们都不得不要回
顾林译小说及其创作,这正是其意义与影响之关键。

---

① 陈锦谷.林纾研究资料选编[C].福州:福建省文史研究馆编,2008:30.
② 陈锦谷.林纾研究资料选编[C].福州:福建省文史研究馆编,2008:31.

第四节　林译小说对和谐文化的影响

晚清民初,中国和西方的文化冲突是相当强烈的。中国文化中有理性功利特征的传统,有和而不同的传统。儒家文化及其继承者程朱理学相继主宰了中国的政治文明和世俗文化,这是中国传统社会的主流意识形态,它基本没有宗教中的超越性特征,却有着较强的实用理性价值。对于神鬼之说,孔子持"存而不问"的态度。即使在民间信仰中,也有很强的世俗功利成分,所谓"急时抱佛脚"。在实用的旗帜下,中国文化具有较强的汲取和兼容性,如此,也就可以大大淡化与外部的文化冲突。

晚清的弱势地位和文化挫折感一直在民众中激发着剧烈的精神震荡,激发着民众反抗、求索和学习。弱势文化面临着许多两难问题,一方面,人们意识到传统文化对时代的不适应性,需要改造与更新,另一方面,人们又担心在文化变迁中失去"自我",失去对自身主体文明的"身份认同",因为这意味着其特有文明的消亡。

深入考察林译小说,林纾的翻译选择与语言及技巧的运用的背后也隐藏着一定的功利意识和政治立场。林纾以其充满矛盾的误读、调和及认同错位,建构了庞大的林译小说体系及其价值理念。

在林纾的一百八十多部译作中,有二十多部都来自于同一个作者——哈葛德·亨利,这一点不能不引起人们的关注。正如作家毕树堂在二十世纪三十年代所说的那样:"一个外国人的作品有二十几部的中译木,在过去的译书界里也算稀奇,似乎不应该忽略。"[①]在大家看来,哈葛德不是一名出色的作家,林纾花了大量时间来翻译他的作品似乎太可惜了,这点曾经招致许多人的非议。与林纾一起翻译哈葛德作品的是魏易、曾宗巩和陈家麟,林纾与他们曾经介绍

---

　　① 邹振环.接受环境对翻译原本选择的影响:林译哈葛德小说的一个分析[J].复旦学报,1991(3):41.

过许多一流的作品。在林纾的合作者中,应该说都具有较高的文学欣赏力水平。而且事实上,在二十世纪初,除林纾之外,许多人都致力于哈葛德作品的翻译。

哈葛德·亨利,英国作家,有五十七部作品,冒险是他小说中的一个题材。他作品里的非洲冒险故事在十九世纪吸引了大批读者。他极端厌恶庸俗单调的行为,并且把自己的主人公安置在充满异国情调的环境里来展示他们勇敢非凡的一面,《斐洲烟水愁城录》就是一个恰当的例子。哈葛德书中所描绘的一切与中国人的现实生活大相径庭,因此,书中渲染的追求自由、人性意识以及进取精神深深地吸引住了中国读者,尽管大多数人都不能像书上所说那样身体力行地追求理想,但是扣人心弦的线索和动人心魄的悬念与他们的愿望在欣赏与接受这一过程中不谋而合。这种陌生感和现实中对中庸怯懦的批判及对英雄的呼唤无疑契合了当时的读者们。在《雾中人》前言里,林纾大声呼唤这种自由,认为这种冒险精神与中国文化里的中庸之道相去甚远,但是正是在这层意义上,哈葛德的小说与二十世纪初中国读者的"期待视野"完全吻合。异质文化之间的交流对话不是一种绝对的对某一方的否定,而是一种平等主体间的对话、交流、互补与相通。当世界不再封闭时,异质文化间的相遇对话是偶然也是必然的,同时,异质文化之间的碰撞冲突也是偶然也是必然的,这种对话、碰撞无论是敌对性的还是互补性的,都是一种话语实践,它们在表征层面上所反映出来的文化差异,决不能认为是传统中的既定的种族属性和文化属性。放弃普遍化的认同,寻求多元文化语境中的相对认同,并非一定要扭曲自我的文化,坚持本位主体文化不失为一种更高明的选择,放弃自我追求全球化的虚假认同带来的可能并非真正的繁荣。"和而不同",才是培育多元文化生长的正确的文化认同策略。

梁启超在《清代学术概论》中曾针对林纾的翻译说过:林纾"每译一书,辄'因文见道'";寒光也说过,林纾"太守着旧礼教,把礼字看得很重,不但他自己的言论和作品,就是翻译中稍有越出范的,他也动言'礼防',几乎无书不然!"然而,正是林纾在揉和了这样的一些似是而非的误读与文化调和后,谨守中国传统文化但又处于穷则思变的接受主体轻松地接受了西方文学及其文化。不论是旧派人物,还是新派人物,传统文化之道一直存在于他们的文化心理结构中,在潜意识的层面上,传统文化之道对他们都有着天生的亲和力,尽管新派人物在文化心理结构不断解构后,走上了背叛传统文化之道,但在行动和潜意识的层面上,他们并没有断绝和这一文化传统的脐带。另外,林译小说中尽管换和了这样的一些"道",但还是无法完全遮蔽其文本原初的西方文化的全貌,这就使新派人物那正在成长着的文化心理结构获得了滋养的机缘,从而在一个新的基点上对西方文学进行整合,这也是他们为什么能够在接纳林纾,然而当他们的期待视野改变后,他们又最终走出林纾和林译小说,走进了新文化运动。曾经扮演启蒙者角色的林纾在新文化运动蓬勃发展时,却渐渐成了前进的障碍,历史有意无意间选择批判林纾来完成新文化胜利的祭祀仪式。

　　林纾不懂外文,这使他最大限度地保持了自己既有的中国文化立场,他用中国文化立场来理解和整合西方文学,他在翻译中使用的古文话语体系,使其翻译和时代的审美趣味保持了最大限度的协调,在内在和形式上力图实现西方文学的东方化过程。林纾的古文话语体系,不仅没有限制其翻译,反而极大地促进了其翻译,使其翻译的小说获得了当下的存在价值和意义,却也使林译小说在白话时代只能退出人们的视线,充其量只具有研究的价值了。他人的口译使林纾的翻译只能在口译的基础上展开自己的东方化过程,他无法更改其文学叙事所规范的既定事实,这就保证了林纾的翻译保留了西方文学的基本特质,使其翻译确保自我独立的文学品格,不至于成为悖离西方文学的信马由缰式的杜撰,这也是其翻译给接受主体以新的审美冲击力的重要前提条件,是接受主体对西方文学爱不释手的重要缘由。此外,林纾是个有着敏锐文学感觉的作家,尽管他深深受中国传统文化的浸淫,然而,他却以其独特的认同错位接受了异域文化,并将这种异质文化以传统文化的诠释来传递给接受主体,固守传统文化者在林纾的诠释中看到了东方,探寻新文化的看到了西方。在某种意义上,林译小说在接受主体的眼里都具有自己所需要的或中或西的的文化品格,正如喜山者得山,乐水者得水。

　　翻译由于社会文化、语言、民族心理等方面的原因,绝非只是一种一一对应的符码转换,而是要在保持深层结构的语义基本对等、功能相似的前提下,重组原语信息的表层形式。其中在重组的过程中,甚至一些基本信念被替换、被颠覆,文学发生了"范式的变化"。西方语言区别于汉语的言文不一,它是言文一致的拉丁语系,这就使文学语言和现实生活中人们所使用的语言是和谐一致的。但是在汉语言中,汉语由于是一种象形文字,其文字本身具有表达意义的作用,这就使书面语言得以离开口语而存活。而林纾的翻译,则使西方现代小说的话语被整合为文言话语,并以此实现了对中国传统阅读心理习惯的迎合,从而完成了登陆中国读者文化心理的艰难过程。这就使人们在一定程度上接纳了西方小说,并且觉得西方小说和我们的文学与文法取着同一的价值取向,这就使人们放弃了对西方小说的排斥性文化心理,具有了一种可以"平等"对话的基础。当然,这里的"平等"不可能是真正的平等对话,但对话本身却表明了对话主体容许对话对象的存在。

　　林纾利用自己的古文话语体系和传统文化心理,完成了对于西方文学精神和文化内核的东方化历程。林纾如果没有这一种对外文的隔膜和正统的传统文化心理,代之以某种程度上的西化的文化心理结构,那么,其翻译出来的文本要迎合接受主体的审美心理需求,将会是非常艰难的。这里也说明为什么前期鲁迅的小说翻译没有获得成功,而林纾的小说翻译却获得成功的内在缘由;同时还说明了为什么林纾在前期获得了成功,而后期则被逐出中心而沦入边缘的内在缘由。林纾的中国文化本位,使他的翻译最大限度地契合了接受主体的文化心理的实际状况,成为他们由此走出自我的另一重要中介。

　　很多学者指出,林纾因为没有进入西方文化的现实语境中,其对西方文化的解读也就更多地打上了中国文化烙印,以至于在解读的过程中,甚至有很多的误读。其实,恰恰是这一点,确保了林纾在翻译中能够从其独特的文化立场出发,由个体文化情怀引发社会文化情怀,进而促成了林译小说的最终确立。

在审美理想上,林纾作为纯正的中国士大夫,在中国古典文化的长期浸染中,形成了对于中国"文统"这一美学传统的认同。林纾认为,六经、左、史、韩、欧、归、方是"天下文章之归宿",作文章讲究开阖、法度、波澜、声音等。林纾在解读西方文学时,动辄以司马迁为代表的"文统"为圭臬。史迁"笔法"不仅是林纾评判西方文学的价值尺度,而且还是他认同西方文学的基石。林纾带着中国传统文化的心理结构评判西方小说,由于他是经过口述者的口译完成了文学从西方话语到中国口语的形式转变,林纾完成的只是从中国口语到文言语系的转换,并在这转换的过程中,对其所包蕴的文化内涵进行了符合古典审美范式规范要求的重新置换。在中西异质文化的冲突之间,林纾轻松地以认同错位与文化调和抹平了两者的缝隙,虽然中国传统文化的形式下包裹着西方文本的异域文化因子,这些因子的积聚正是启迪新文化运动的源头,也是林纾所没有预料到的。林纾所遵循的是"补天"思想,然而结果却迎来了颠覆,因此,林纾也就注定了在新文化运动中的悲剧角色。

在调节自我的文化立场和审美理想的关系上,林纾依恃着程朱理学所肯定的纲常伦纪的恒定性,把西方小说中的人物纳入到中国传统的文化体系中,进行重新整合和意义赋予。林纾对西方小说的认同,是基于把对象所体裁的理性纳入到中国文化的结构体系中,这无疑是误读和误判。但是,恰恰是这误读,却既迎合了主流文化的规范需求,也契合了接受主体的独特的文体心理结构,并成为林译小说得以风靡一时的又一重要缘由。

文明对话要有前提,就是意识到文明的相对性和不同文明的共同性,从而建立对文明多样性的认可和容忍。林纾在思想上可能没有这样清醒的认识,但他却敏锐地察觉到了中西文化在表面形式的差异下存在着的共同的道德评判,因此,他的误读与误判从另外一个层面上又获得了一定的合理性,林译小说的接受者也在这样的认同错位中获得了合理的认同感,产生了共鸣。

和谐对话是在文化平等的基础上的文化宽容与文化理解、文化选择与文化批判。林译小说在对传统文化和异域文化的选择与审视中,悄然实现了异质文化的宽容与理解,形成了不同文化的和谐共存生长。和谐并非消除不同,和谐是尊重和承认差异,在多元文化的求同存异中,共生共荣,和谐发展。学者万俊人在《"致中和":文化对话与文化互镜》曾指出:"人们所创造并寄居其间的文化传统不仅有着各自的内在丰富多样性,而且相互间各具千秋、难以归一。但多样差异和多元互竞本身并不是人类文明的灾难和悲剧,相反,正是因为这些差异多样和多元互竞,构成了人类文明的真正源泉和动力,创造出了人类的伟大文化和伟大人类。"①

不同的文明是不同的话语体系,但不同的话语体系背后往往是共同的人类追求。承认文明的相对性,就是承认某一特定文明只是特定历史文化的产物,特定话语体系并不具有放之四海而皆准的绝对性。这也是历史发展到今天,我们清晰地看到了林纾翻译选择中的认同错位及其努力调和中西文化的可笑、林纾在新文化运动中被历史抛弃的可悲,然而我们却也不得不承认,在当时的历史境遇中,林纾的认同错位与文化调和契合了当时接受主体的期待视野和文化主流,达到了文化和谐发展的终极目的,因此,晚清民初境遇下的林译小说的翻译策略是有效和成功的。

---

① 乐黛云.跨文化对话[C].上海:上海文化出版社,1998.

第六章 结 语

王国维的学术变化，以辛亥革命为界，分为前后两期：前期是维新派，以新学为宗；后期转为遗老派，回归国学。林纾的译作及创作过程与此相似。

林译小说及其序跋以辛亥革命为界，思想风格有着明显的分野。辛亥革命前，林译小说大都有序、跋或译后小语，态度热情、郑重，译笔传神生动，好语穿珠，雅洁魅人。其后，题诗题词之类的点缀品却大大削减，终至完全绝迹，态度冷淡、随意，译笔枯暗，译文死气沉沉，令人厌倦。

一九一二年二月，清帝被迫退位。一直持维新改良观点的林纾精神抑郁，对时局颇有微议，其《畏庐诗存·自序》道："革命军起，皇帝让政。闻闻见见，均弗适于余心。"从此，他决计效法明末遗民孙奇逢，誓以清举人终身。他的思想基本停滞于维新改良与遗民之内，坚持传统礼仪道德，成了落后于时代潮流的复古派。

同年，林纾作《残蝉曳声录·序》道："革命易而共和难。观吾书所记议院之斗暴刺击，人人思逞其才，又人人思牟其利，勿论事之当否，必坚持强辩，用遂其私。故罗兰尼亚革命后之国势，转岌岌而不可恃。大恶专制而覆之，合万人之力，萃于一人易也。言共和，而政出多门，托平等之力，阴施其不平等之权。与之争，党多者不平，胜也，党寡者虽平，败也。则较之专制之不平，且更甚矣。此书论罗兰尼亚事至精审。然于革命后之事局，多愤词，译而出之，亦使吾国民出之，用以为鉴，力臻于和平，以强吾国。则鄙人这费笔墨，为不虚矣。"

林纾以罗兰尼亚的革命图景表达对民国共和前途的担忧，所谓

"革命易而共和难",事实上,林纾的担忧也成了辛亥革命之后的现状。林纾希望国人能借鉴罗兰尼亚革命的得失,走上真正的共和,这展示他对共和还有着良好的憧憬。迄至本年,正式出版和发表的林纾翻译作品,已达六十九种,另外,《保种英雄传》、《义黑》、《罗刹雌风》、《离恨天》等也已译讫。正如林纾所担忧的,仓促之间发动的辛亥革命虽然赶走了满清皇权,结束了封建君主专政,但并没有改变半殖民地半封建的实质,反倒因为统一的满清政权的崩塌,事实上让中国进入了各种势力割据的状态,从老百姓的现实体验来看,精神与生活的动荡都让民众感觉到不安。年过六十的林纾目睹现状,以他一贯的维新观看来,革命不彻底的后果让他连希望也看不到了。他的理想破灭,失望让林纾走向了倒退,他终于坚定地回归传统,并由于自己的固执已见最终被新文化运动的提倡者们视为前进路上的障碍。

钱钟书先生这样评价过林纾:"据我这次不很完备的浏览,他接近三十年的翻译生涯鲜明地分为两个时期。'癸丑三月'(民国二年)译完的《离恨天》算得前后两期之间的界标。在它以前,林译十之七八都很醒目;在它以后,译笔逐渐退步,色彩枯暗,劲头松懈,使读者厌倦。"这样的分法确实有其作品体验依据,笔者受此启发,经过认真考量林纾作品及思想变化,认为分期以民国元年壬子(一九一二)为界划分为前后两期更为妥当,理由如下。

民国肇始,开启了一个新的时代,而林纾在清末一直以维新变革的面貌走在时代的前列,以其公开发表的六十九部充满热情与改良呼吁的译作成为中国民众实际上的启蒙者,然而止步于民国之后的新时代,甚至逐渐退化为文化前进路上的障碍者,清朝的灭亡与民国的肇始在林纾的思想发展上具有界标的意义。

民国二年癸丑(一九一三),林纾此年仅出版一种小说,即《离恨天》,但经考察,此作先年已经译出。此年林纾第一次谒光绪陵,也仅此一年林纾两度谒陵,表明林纾思想已经起了重大转变。钱钟书先生仅以《离恨天》发表于此年且译作属于"醒目"之列为依据分期值得商榷。

林纾自民国后一大变化是由翻译小说开始自创小说,这与其思想上有重大激变有很大关系。民国二年癸丑(一九一三),林纾在其《践卓翁小说·序》道:"余年六十以外,万事视若传舍。幸自少至老,不曾为官,自谓无益于民国,而亦未尝有害。屏居穷巷,日以卖文为生,然不喜论时政,故着意为小说。"从此开始,林纾的精力更多用在自创小说和力延古文于一线上,而于翻译小说热情大减,译笔枯暗,虽时有译作发表,却有出于博取稿费之嫌。

民国二年癸丑(一九一三),考察其本年活动,从一月五日至九月三十日,几乎每天都有与时事关联密切的见闻笔记发表;十月至十一月,出版自创小说《剑腥录》和《践卓翁小说》第一辑;同年,林纾与姚永概一起辞职于京师大学堂。本年,林纾在其《深谷美人·叙》中说:"余老矣,羁旅燕京十有四年,译外国史及小说,可九十六种,而小说为多。其中皆名人救世之言,余稍为渲染,求合于中国之可行者。"如据郑振铎统计的公开发表数,"成书的共有一百五十六种",那么至少可以得出结论,民国前林纾已翻译小说近百种,将近其公开发表数的三分之二,这也解释了林纾大部分的翻译小说还是"醒目",受人欢迎的。

综上所述,笔者以为将林纾翻译小说生涯以辛亥革命,即民国元年壬子(一九一二)为界划分为前后两期,更为符合林纾本人的思想变化及思想影响下的翻译小说的变化情况,也更为恰切、妥当。由此可见,辛亥革命不仅对社会政治产生了巨大的影响,同时也对文化界产生了激烈的震荡。辛亥革命前后,林纾思想的变迁正是那个时代的一个缩影。①

出身贫寒,嗜书如命的林纾并非天资过人的神童,而是经历人生种种坎坷,依然求知若渴,辛勤努力终于收获了丰硕的成果。林纾七十岁时写给子女的书帖说:"力学是苦事,然如四更起早,犯黑而前,渐渐向明。好游是乐事,然如傍晚出户,趁凉而行,渐渐向

---

① 杨玲.林译小说参与民国转型时期的意义重构[J].中国社会科学报,2013(7).

黑。"①力学终生正是林纾一直以来的亲身实践,由于他的不懈努力,林纾不仅留下了文学史上最为人称道的林译小说,同时还在许多方面成绩斐然:林纾是古文大师,作品和理论都颇有造诣;他的诗、词创作也颇有可观之处,诗画相配更是深得收藏家的喜爱;在翻译域外文学的影响下,林纾创作了独具特色的小说、传奇等,成为传统文学到现代文学的中介;林纾的画作在绘画界也颇有影响;而论及品格,林纾为人正直,耿介率真,热情爱国,是每个有正义感的人都尊敬的学者,即便与他思想政见不同的人,也不由得要佩服他的高尚人品。当然,毫不讳言,林纾的思想始终停滞在"维新变法"、立宪改良阶段,这使他与民国激进的改革与不断变换的各种潮流格格不入,甚至沦为"五四"新文化运动提倡者眼中的保守代表或者说形式上的阻碍。对此,笔者文中已有分析,林纾与"五四"新文化的冲突更多是在仪式上成为"五四"新文化前进的祭礼,从历史的进程来看,林纾的激烈抗争却成全了轰轰烈烈的"五四"文化。对此,郭沫若先生从另一个角度有精辟论述:"前几年我们在战取白话文的地位的时候,林琴南是我们当前的敌人,那时的人对于他的批评或许不免有一概抹杀的倾向,但是他在文学史上的地位是不能够抹杀的。他在文学上的功劳,就如梁任公在文化批评上的一样,他们都是资本主义革命潮流的人物,而且是相当有些建树的人物。"②

正如郭沫若先生所说,林纾在中国文学史上的地位是每一个研究中国近代文学,甚至是研究现代文学都无法绕过去的,因为现代文学的成长离不开翻译文学,而翻译文学离不开林译小说。林纾本人多方面的成就显示了广大的研究空间,笔者限于研究角度、视野、篇幅及时间等诸多因素,只能论述到此,希望笔者在以后的学术研究中,能够系统弥补此篇论文的缺憾。而即便针对林译小说及其影响而论,也有一些视角与问题限于能力与资料不能深入,姑且在结语中陈述笔者的设想与假设,求教于方家,这也是以后学术努力的方向。

---

① 薛绥之,张俊才.林纾研究资料[C].福州:福建人民出版社,1983:54.

② 郭沫若.郭沫若选集[M].成都:四川人民出版社,1979:118.

一、关于林译小说的个案研究

林纾翻译了两百多部小说，公开出版了一百九十一种，现在多有论及的不到其出版小说的十分之一。林译许多名著名译还值得更多的人去深入研究，并作个案分析，作为中国最早的文学翻译作品，作为最后一个用文言翻译域外小说的作家作品，林译小说还有许多值得挖掘的宝藏，会给研究者以惊喜，也可以丰富中国的文学与翻译。例如，对于林纾花费许多时间翻译多部的哈葛德小说，由于哈葛德一直不被认可为一流作家，故林纾翻译的哈葛德小说也被认为是不入流，然而，哈葛德这个通俗作家不仅没有随时光的流逝湮没，反而在新的时代发现了新的魅力，钱钟书先生就说："林译除迭更司、欧文以外，前期的那几种哈葛德的小说也颇有它们的特色。我这一次发现自己宁可读林纾的译文，不乐意读哈葛德的原文。理由很简单：林纾的中文文笔比哈葛德的英文文笔高明得多。哈葛德的原文很笨重，对话更呆蠢板滞，尤其是冒险小说里的对话，把古代英语和近代语言杂拌一起……林纾的译笔说不上工致，但大体上比哈葛德的轻快明爽。翻译者运用'归宿语言'的本领超过原作者运用'出发语言'的本领，那是翻译史上每每发生的事情。讲究散文风格的裴德（Walter Pater）就嫌爱伦·坡的短篇小说文笔太粗糙，只肯看波德莱亚翻译的法文本；惠特曼也不否认弗拉爱里格拉德（F. Freiligrath）用德文翻译的《草叶集》里的诗有可能胜过英文原作。林纾译的哈葛德小说颇可列入这类事例里——当然，只是很微末的例子。近年来，哈葛德在西方文坛的地位渐渐上升，主要是由于一位有世界影响的心理学家对《三千年艳尸记》的称道；一九八〇年英国还出版了一本哈葛德评传。水涨船高，也许林译可以沾点儿光，至少我们在评论林译时，不必礼节性地把哈葛德在外国是个毫不足道的作家那句老话重说一遍了。"①

林纾翻译哈葛德小说一方面为中国文学提供了探险以及真正

---

① 钱钟书等.林纾的翻译[C].北京：商务印书馆，1981：45—46.

意义上的爱情冲突题材,另一方面,林纾的翻译语言远比原作更通顺、典雅,超越了原作的价值,这也在翻译理论上提供了研究实践案例。如果我们能重新理性评判、梳理"五四"新文化运动以来对林译小说的全盘否定,用新的眼光细读林译小说文本,或许不断会有钱钟书先生这样的新的惊喜。

二、林译小说的合作者们

林译小说在文学翻译史上已经成为专有名词。众所周知,林纾本人并不懂外文,也无国外生活经验,他的所有翻译都是采取林纾笔述口译者的翻译合作而成。据统计,跟林纾有过合作翻译小说的口译者共计十八位,文中已略有介绍,然而,林纾口译者的具体情况如何? 他们都是带着什么样的文化与心理来与林纾合作的,他们各自口译的方式、用的翻译原本是什么时候出版的什么版本、与林纾合作的具体过程怎样? 林译小说里哪些是林纾的翻译选择,哪些是口译者的意见,为什么选择这个国家这个作者的这个作品翻译等,这些都可以进一步深入研究。现在这方面的论文所见的只有香港曾锦漳先生的《林译原本》,韩洪举先生的《林纾的"口译者"考》等,也都只是流于表面的简介,进一步的研究空间还很大,留待有志者填补。

三、对话与翻译

如果把原作与译者都看做平等的主体,译本是否可看做主体间个性的交流与对话呢? 假设成立,林译小说以文言翻译,带有译者主体本位文化视野与中西文化调和的翻译,甚至是林纾的删节、删改和增补都可看做是一种很有个性的交流与对话,自然在文学史上、翻译史上都具有其独特的魅力与价值。

交流与对话之前本应有译者对原作的体验过程。体验一词是由现代解释学之父狄尔泰开始作为一个重要的本体论范畴提出来的,到二十世纪,体验已成为文艺美学最重要的概念和使用频率最高的概念。生命因体验而显出其严峻性和可能性。体验是生命意义的瞬息感悟,在这瞬息之中,本体之思撕裂时间母胎而把捉到永恒。思是从虚无中透射过来的澄明之光,它照亮了此在中的在。诗思即对自己存在的体验和领悟。人生是一个永远体验着反思着的过程,知识和知性乃至逻辑推理并不给我们提供现成的人生困境答案,答案只在每个人的寻求和探索之中,在于我们把握那震撼我们灵魂的人生重大困境和对生存处境的深切洞悉。①

体验是一种主体和对象之间的关系,体验者与其对象不可分割地融合在一起,主体全身心地进入客体之中,客体也以全新的意义与主体构成新的关系。此时,无所谓客体也无所谓主体,主客体的这种活生生的关系成为体验的关键,对象对主体的意义不在于它是可以认识的物,而在于在对象上面凝聚了主体的客观化了的生活和精神。对象的重要正在于它对主体有意义,这就使主客体关系化成了每个个体自己的世界。然而,特殊的是,译者对原作的直接体验不是由林纾完成的,而是由林纾间接地体验口译者转化为白话的翻译语言,这种间接性的体验是如何让林纾获取原作的真谛与神韵,并创译了独特而又比较忠实于原作的林译小说,成功地进行了交流与对话,这是一个很复杂的研究话题。而更奇特的是,林纾却以"耳受手追"的速度完成了这种交流与对话,真是文学翻译史上的奇迹。

总之,林纾是这样一位作家,他在中国文学史上应占一席之地,在于他以西方小说的翻译为中国二十世纪的社会注入了新鲜的空气。他翻译的近两百种西方小说,对二十世纪中国人的精神面貌、生活方式都有着不可忽视的影响,并对中国新文学从内容到形式都有直接的影响。

林纾一方面积极地译介域外文学,以之作为中国文学的基本资源;另一方面则尽力维护中国传统文学的价值地位,使之成为中国文学发展的主要依据和基本资源。林纾努力使民族文学在融入世界文学的过程中不至迷失自己的本性,并获得更为丰富和强大的发

---

① 王岳川.艺术本体论[M].北京:中国社会科学出版社,2005:167—189.

展。相似的情形在学术文化领域中也存在着。如王国维、陈寅恪、钱钟书等人,他们都有着充分的西方文化背景,同时他们又都是中国传统学术研究的一代宗师,我们无法将他们的学术研究一概视之为保守主义,因为其中有着鲜明的现代性特征。对于自觉反传统的鲁迅,也可以作如是观。鲁迅是一个地道的中国新文学作家,尽管他有着长期的留洋经历和丰富的翻译经验。从林纾到以鲁迅为代表的新文学第一代作家,虽然外国文学经由他们的译介和创作而成为中国文学的实际资源,中外文学在资源价值上的分化和对立,其实是"五四"新文化运动的极端激进,再加上政治因素粗暴介入中国文学之后才逐渐变得尖锐起来的。当代文化界常慨叹难有大师再现,语言是文化的载体,随着文言退出现实生活与书面用语后,中国传统文化也已经渐行渐远了,没有本土深厚的传统文化的滋养,当代学人只能在世界文化与数十年的当代文化的培育下营养不良,无法根深叶茂。林纾曾经真诚地呼吁中西文化的交融:

> 故于讲舍中敦喻诸生,极力策勉其恣肆于西学,以彼新理,助我行文,则异日学界中,定更有光明之一日。或谓西学一昌,则古文之光焰熸矣。余殊不谓然。学堂中果能将洋、汉两门,分道扬镳而指授,旧者既精,新者复熟,合中西二文,熔为一片,彼严几道先生不如是耶?①

这是林纾真诚的希望,这种异质文化之间的交流对话不是一种绝对的对某一方的否定,而是一种平等主体间的对话、交流、互补与相通。当世界不再封闭时,异质文化间的相遇对话是偶然的也是必然的,同时,异质文化之间的碰撞冲突是偶然的也是必然的,这种对话、碰撞无论是敌对性的还是互补性的,都是一种话语实践。它们在表征层面上所反映出来的文化差异,决不能认为是传统中的既定的种族属性和文化属性。放弃普遍化的认同,寻求多元文化语境中的相对认同,并非一定要扭曲自我的文化,坚持本位主体文化不失

---

① 钱谷融.林琴南书话[C].吴俊标校.杭州:浙江人民出版社,1999:41.

为一种更高明的选择,放弃自我追求全球化的虚假认同带来的可能并非是真正的繁荣。"和而不同",才是培育多元文化生长的正确的文化认同策略。

　　然而,历史有自己的前进轨迹,当今天的人们,尤其是没有专门学习古汉语的普通读者,再读林译小说及其饱醮爱国深情的序、跋及译后小语等,已经觉得有些隔膜,也不太容易有审美的愉悦了,这是林纾的悲哀,还是中国文化的悲哀呢? 或者说,这些悲哀只是文化前行中必然要付出的阵痛,经历阵痛,才迎来了新鲜活泼的生命,开启了中国现代文学的新纪元。

参考文献

一、著作部分(按文中出现先后顺序排列)

[1] [德]恩斯特·卡西尔.人论[M].甘阳译.上海:上海译文出版社,1985.

[2] 钱钟书等.林纾的翻译[C].北京:商务印书馆,1981.

[3] 朱羲胄.贞文先生年谱[M].上海:世界书局,1949.

[4] 林纾.林琴南文集[M].北京:北京市中国书店,1985.

[5] 曾宪辉.林纾[M].福州:福建教育出版社,1993.

[6] 林纾.铁笛亭琐记[M].北京:都门印书局,1916.

[7] 薛绥之,张俊才.林纾研究资料[C].福州:福建人民出版社,1983.

[8] 陈锦谷.林纾研究资料选编[C].福州:福建省文史研究馆编,2008.

[9] 朱碧森.女国男儿泪——林琴南传[M].北京:中国文联出版公司,1989.

[10] 钱谷融.林琴南书话[C].吴俊标校.杭州:浙江人民出版社,1999.

[11] 寒光.林琴南[M].上海:中华书局,1935.

[12] 林薇选注.林纾选集[M].成都:四川人民出版社出版,1985.

[13] 陈平原,夏晓虹.二十世纪中国小说理论资料[C].北京:北京大学出版社,1997.

[14] 阿英.晚清文学丛钞·小说戏曲研究卷[C].北京:中华书局,1960.

[15] 畏庐老人.蜀鹃啼传奇[M].北京:商务印书馆,1928.

[16] 叶德辉.书林清话[M].北京:中华书局,1957.

[17] 包天笑. 钏影楼回忆录[M]. 香港:香港大华出版社,1971.

[18] 陈平原. 中国现代小说的起点——清末民初小说研究[M]. 北京:北京大学出版社,2005.

[19] 谢菊曾. 十里洋场的侧影[M]. 广州:花城出版社,1983.

[20] 张元济. 张元济日记[M]. 北京:商务印书馆,1981.

[21] 徐枕亚. 枕亚浪墨[M]. 上海:清华书局,1922.

[22] 阿英. 晚清小说史[M]. 北京:人民文学出版社,1980.

[23] 钱基博. 现代中国文学史[M]. 长沙:岳麓书社,1986.

[24] 严复. 严复集[M]. 北京:中华书局,1986.

[25] 鲁迅. 鲁迅全集[M]. 北京:人民文学出版社,1981.

[26] 梁启超. 清代学术概论[M]. 天津:天津古籍出版社,2003.

[27] [美]亨廷顿. 文明的冲突与世界秩序的重建[M]. 周琪等译. 北京:新华出版社,1998.

[28] 福建省政协文史资料委员会编. 福建文史资料[C]. 福州:福建人民出版社,2003.

[29] [英]巴达克礼. 红泪影[M]. 息影庐主译. 上海:广智书局,1914.

[30] 史华兹. 寻求富强,严复与西方[M]. 南京:江苏人民出版社,2005.

[31] 鬘红女史. 红粉劫[M]. 北京:国华书局,1914.

[32] 郭沫若. 郭沫若选集[M]. 成都:四川人民出版社,1979.

[33] 张俊才. 林纾评传[M]. 天津:南开大学出版社,1992.

[34] Lefevere, Andre. Translation, Rewriting and the Manipulation of Literary Fame[M]. London & New York:Routledge,1992.

[35] [德]卫德耿. 春醒[M]. 汤元吉译. 上海:商务印书馆出版,1928.

[36] [美]亨廷顿. 文明的冲突与世界秩序的重建[M]. 周琪等译. 北京:新华出版社,1998.

[37] Andre Lefevere. Translation History Culture:A Source Book [M]. London and New York:Routledge,1992.

[38] 韩洪举. 林译小说研究——兼论林纾自撰小说与传奇[M]. 北京:中国社会科学出版社,2005.

[39] 陈原. 商务印书馆九十年[C]. 北京：商务印书馆,1987.

[40] 陈平原. 二十世纪中国小说史[M]. 北京：北京大学出版社,1989.

[41] 北京大学中法文化关系研究中心,北京图书馆参考资料部编. 汉译法国人文科学与社会科学图书目录[Z]. 北京：中国图书出版公司,1993.

[42] [法]小仲马. 巴黎茶花女遗事[M]. 林纾,王寿昌译. 北京：商务印书馆,1981.

[43] 郑海凌. 文学翻译学[M]. 郑州：文心出版社,2000.

[44] [美]斯土活. 黑奴吁天录[M]. 林纾,魏易译. 北京：商务印书馆,1981.

[45] Stowe,Harriet Beecher. Uncle Tom's Cabin;or,Life Among the Lowly[M]. New York:Harper & Row,1965.

[46] [美]斯陀夫人. 汤姆大伯的小屋[M]. 黄继忠译. 上海：上海译文出版社,1982.

[47] 郁达夫. 小说论[M]. 上海：上海光华书局,1926.

[48] [英]迭更司. 块肉余生述[M]. 林纾,魏易译. 北京：商务印书馆出版,1981.

[49] [英]迭更司. 大卫·科波菲尔[M]. 林汉达译述. 北京：中国青年出版社,1955.

[50] [英]迭更司. 大卫·科波菲尔[M]. 董秋斯译. 北京：人民文学出版社,1978.

[51] [英]迭更司. 大卫·考波菲尔[M]. 李彭恩译. 北京：北京燕山出版社,2003.

[52] Charles Dickens. David Copperfield[M]. New York:Oxford University,1981.

[53] 北京大学等编. 文学运动史料选[C]. 上海：上海教育出版社,1979.

[54] 钱基博. 现代中国文学史[M]. 香港：龙门书店,1965.

[55] 魏际昌. 桐城古文学派小史[M]. 石家庄：河北教育出版

社,1988.

[56] 钱钟书.七缀集[M].上海:上海古籍出版社,1985.

[57] 周作人.点滴[M].北京:北京大学出版社,1920.

[58] 周作人.域外小说集[M].上海:群益书社,1921.

[59] 唐德刚译注.胡适口述自传[M].上海:华东师范大学出版社,1993.

[60] 李世涛主编.知识分子立场——激进与保守之间的动荡[C].北京:时代文艺出版社,2000.

[61] 林毓生.中国传统的创造性转化[M].上海:上海三联书店,1998.

[62] 王水照编.历代文话[C].上海:复旦大学出版社,2007.

[63] 吴孟复.桐城文派述论[M].合肥:安徽教育出版社,2001.

[64] [美]施沃茨.严复与西方[M].滕复等译.北京:职工教育出版社,1990.

[65] 赵尔巽等.清史稿[C].北京:中华书局,1976.

[66] 严复.天演论[M].北京:商务印书馆,1981.

[67] 马建忠.适可斋纪言纪行 [M].台北:文海出版社,1968.

[68] 高黎平.美国传教士与晚清翻译 American Missionaries and Translation of the Late Qing Dynasty[M].天津:百花文艺出版社,2006.

[69] I-Jin Loh,Chinese translation of the Bible,Chan Sin—wai and David E. Pollard. An Encyclopedia of Translation[M]. Hong Kong:The Chinese University Press,1995.

[70] 何其芳.创作经验谈[M].北京:人民文学出版社,1979.

[71] 杨联芬.晚清至五四:中国文学现代性的发生[M].北京:北京大学出版社,2003.

[72] 郭延礼,武润婷.中国文学精神·近代卷[M].济南:山东教育出版社,2003.

[73] 乐黛云.比较文学原理新编[M].北京:北京大学出版社,1998.

[74] 钱钟书.七缀集[M].上海:上海古籍出版社,1994.

[75] 钱钟书. 管锥编[M]. 北京：中华书局，1994.

[76] 廖七一. 当代西方翻译理论探索[M]. 南京：译林出版社，2000.

[77] 王国维. 王国维文集[M]. 北京：中国文史出版社，1997.

[78] 朱光潜. 悲剧心理学[M]. 北京：人民文学出版社，1983.

[79] 王力. 中国现代语法[M]. 北京：中华书局，1954.

[80] 郭延礼. 中国近代文学翻译概论[M]. 武汉：湖北教育出版社，1998.

[81] 郑振铎. 海燕[M]. 大连：新中国书店，1932.

[82] 胡适编. 中国新文学大系·建设理论集[C]. 上海：上海良友图书印刷公司，1935.

[83] 乐黛云. 跨文化对话[C]. 上海：上海文化出版社，1998.

[84] 王岳川. 艺术本体论[M]. 北京：中国社会科学出版社，2005.

二、论文部分

[1] 《小说林》杂志. 特别广告[J]. 小说林，1907(3).

[2] 老棣. 文风之变迁与小说将来之位置[J]. 中外小说林，1907(6).

[3] 寅半生. 小说闲评·叙[J]. 游戏世界，1906(1).

[4] 眷秋. 小说杂评[J]. 雅言，1912(1).

[5] 梁启超. 告小说家[J]. 中华小说界，1915(1).

[6] 蒋锡金. 关于林琴南[J]. 江城文艺，1985(3).

[7] 邹振环. 接受环境对翻译原本选择的影响：林译哈葛德小说的一个分析[J]. 复旦学报，1991(3).

[8] 梁启超. 论译书[J]. 时务报，1897(27).

[9] 梁启超. 译印政治小说序[J]. 清议报，1898(1).

[10] 《新小说》报社. 中国唯一之文学报《新小说》[J]. 新民丛报，1902(14).

[11] 《绣像小说》报社. 编印《绣像小说》缘起[J]. 绣像小说，1903(1).

[12] 侠民. 《新新小说》叙例[J]. 大陆报，1904，2(5).

[13] 觉我. 余之小说观[J]. 小说林，1908(9).

[14] 陆士谔. 缘起[J]. 大声小说社，1911(1).

［15］紫英.评《新庵谐译》[J].月月小说,1907(1):5.

［16］侗生.小说丛话[J].小说月报,1911(2):3.

［17］周桂笙.《译书交通公会试办简章》序[J].月月小说,1906(1).

［18］梁启超.《十五小豪杰》译后语[J].新民丛报,1902(2).

［19］无名氏.读新小说法[J].新世界小说社报,1907(7).

［20］沈雁冰.评《撒克逊劫后英雄略》[J].小说月报,1924(15):11.

［21］杨柳.论原作之隐形[J].中国翻译,2001(3).

［22］高玉.翻译文学:西方文学对中国现代文学影响关系的中介性
[J].中国现代文学研究丛刊,2002(4).

［23］松岑.论写情小说与新社会之关系[J].新小说,十七号.

［24］老棣.文风之变迁与小说将来之位置[J].中外小说林,1907(6).

［25］未署名.读新小说法[J].新世界小说社报,1907(7).

［26］马悦然.中国文学作品应有传神译本[J].文汇报,1986(11):4.

［27］周作人.林琴南与罗振玉[J].语丝,1924(12):1.

［28］记者.复王敬轩书[J].新青年,1918(3):15.

［29］开明.再说林琴南[J].语丝,1925(3):30.

［30］林纾.论古文之不宜废[J].新青年,1917(5):1.

［31］陈独秀.随感录·林琴南很可佩服[J].每周评论,1919(4):13.

［32］《新青年》编辑部.致钱玄同信[J].新青年,1917(2):1.

［33］Sunil Khilnani. The Development Of Civil Society[J]. Sudipta
Kaviraj and Sunil Khilnanieds. Civil Society:History and Pos-
sibilities,Cambridge:Cambridge University Press,2001.

［34］钱玄同.致陈独秀[J].新青年,1919(4):15.

［35］张南峰.从边缘走向中心[J].外国语,2001(4).

［36］梁启超.论小说与群治之关系[J].新小说,1902(1).

［37］成之.小说丛话[J].中华小说界,创刊号.

［38］周作人.论"黑幕"[J].每周评论,1919(1):4.

［39］钱基博.技击余闻补[J].小说月报,1914(4).

［40］杨玲.林译小说参与民国转型时期的意义重构[J].中国社会科
学报,2013(7).

附件:林纾翻译作品清单

序号	书名(有序或跋者 * 为记)	合作者	出版者	出版时间(年/月)
1	巴黎茶花女遗事 *	王寿昌	畏庐藏板	1899/1
2	英女士意色儿离鸾小记	魏充叔(易)	普通学报	1901/10
3	巴黎四义人录	魏充叔(易)	普通学报	1901/11
4	黑奴吁天录 *	魏易	武林魏氏藏板	1901
5	伊索寓言 *	严培南 严璩	商务印书馆(四版)	1903/5
6	民种学 *	魏易	京师大学堂官书局	1903/5
7	布匿第二次战纪 *	魏易	京师大学堂官书局	1903/9
8	利俾瑟战血余腥记 *	曾宗巩	上海文明书局	1904/1
9	滑铁庐战血余腥记 *	曾宗巩	上海文明书局	1904/5
10	英国诗人吟边燕语 *	魏易	商务印书馆	1904/10
11	埃司兰情侠传 *	魏易	木刻本印行	1904 秋
12	迦茵小传 *	魏易	商务印书馆	1905/2
13	埃及金字塔剖尸记 *	曾宗巩	商务印书馆	1905/3
14	英孝子火山报仇录 *	魏易	商务印书馆	1905/6
15	拿破仑本纪 *	魏易	京师学务处官书局	1905/7
16	鬼山狼侠传 *	曾宗巩	商务印书馆	1905/7
17	撒克逊劫后英雄略 *	魏易	商务印书馆	1905/10

序号	书名(有序或跋者 * 为记)	合作者	出版者	出版时间(年/月)
18	美洲童子万里寻亲记 *	曾宗巩	商务印书馆	1905/10
19	斐洲烟水愁城录 *	曾宗巩	商务印书馆	1905/10
20	玉雪留痕 *	魏易	商务印书馆	1905/12
21	鲁滨逊飘流记 *	曾宗巩	商务印书馆	1905/12
22	洪罕女郎传 *	魏易	商务印书馆	1906/1
23	蛮荒志异 *	曾宗巩	商务印书馆	1906/2
24	海外轩轩渠录	曾宗巩或魏易	商务印书馆	1906/4
25	红礁画桨录 *	魏易	商务印书馆	1906/4
26	鲁滨逊飘流续记	曾宗巩	商务印书馆	1906 夏
27	橡湖仙影 *	魏易	商务印书馆	1906/10
28	雾中人 *	曾宗巩	商务印书馆	1906/11
29	拊掌录 *	魏易	商务印书馆	1907/2
30	十字军英雄记	魏易	商务印书馆	1907/3
31	神枢鬼藏录 *	魏易	商务印书馆	1907/5
32	金风铁雨录 *	曾宗巩或魏易	商务印书馆	1907/6
33	大食故宫余载 *	魏易	商务印书馆	1907/6
34	旅行述异 *	魏易	商务印书馆	1907/6
35	滑稽外史 *	魏易	商务印书馆	1907/7
36	花因 *	魏易	中外日报馆	1907/7
37	小儿语述义		商务印书馆	1907/9
38	双孝子口巽 血酬恩记 *	魏易	商务印书馆	1907/9
39	爱国二童子传 *	李世中	商务印书馆	1907/9
40	剑底鸳鸯 *	魏易	商务印书馆	1907/11

序号	书名(有序或跋者 * 为记)	合作者	出版者	出版时间（年/月）
41	孝女耐儿传 *	魏易	商务印书馆	1907/12
42	块肉余生述 *	魏易	商务印书馆	1908/2
43	歇洛克奇案开场 *	魏易	商务印书馆	1908/3
44	髯刺客传 *	魏易	商务印书馆	1908/5
45	恨绮愁罗记 *	魏易	商务印书馆	1908/5
46	贼史 *	魏易	商务印书馆	1908/5
47	新天方夜谭	曾宗巩	商务印书馆	1908/6
48	荒唐言 *	曾宗巩	东方杂志	1908/7—9
49	电影楼台 *	魏易	商务印书馆	1908/8
50	西利亚郡主别传 *	魏易	商务印书馆	1908/8
51	英国大侠红蘩䓫加露传 *	魏易	商务印书馆	1908/9
52	钟乳髑髅 *	曾宗巩	商务印书馆	1908/9
53	天囚忏悔录 *	魏易	商务印书馆	1908/9
54	蛇女士传 *	魏易	商务印书馆	1908/9
55	不如归 *	魏易	商务印书馆	1908/10
56	玉楼花劫 *	李世中	商务印书馆	1908/12
57	慧星夺婿录 *	魏易	商务印书馆	1909/1
58	冰雪因缘 *	魏易	商务印书馆	1909/2
59	玉楼花劫(林作存疑)	李世中	商务印书馆	1909/2
60	玑司刺虎记 *	陈家麟	商务印书馆	1909/4
61	黑太子南征录 *	魏易	商务印书馆	1909/4
62	藕孔避兵录 *	魏易	商务印书馆	1909/5
63	西奴林娜小传	魏易	商务印书馆	1909/7
64	脂粉议员 *	魏易	商务印书馆	1909/10

序号	书名（有序或跋者＊为记）	合作者	出版者	出版时间（年/月）
65	芦花余孽	魏易	商务印书馆	1909/10
66	贝克侦探谈	陈家麟	商务印书馆	1909
67	双雄较剑录 1915 商务成书	陈家麟	小说月报	1910/7—11
68	三千年艳尸记＊	曾宗巩	商务印书馆	1910/9
69	薄倖郎 1915/7 商务成书	陈家麟	小说月报	1911/1—12
70	冰洋鬼啸	未详	小说月报	1911/7
71	残蝉曳声录＊1914 商务成书	陈家麟	小说月报	1912/7—11
72	情窝 1916 商务成书	力树萱	平报	1912/11—9
73	古鬼遗金记＊1912 上海广益书局以成书出版	陈家麟	庸言	1912/12—5
74	罗刹雌风＊1915 商务成书	力树萱	小说月报	1913/4—8
75	离恨天＊	王庆骥	商务印书馆	1913/6
76	义黑 1915 商务成书	廖琇琨	小说月报	1913/9—10
77	情铁 1914 中华书局成书	王庆通	中华小说界	1914/1—5
78	黑楼情孽 1914 商务成书	陈家麟	小说月报	1914/4—7
79	罗刹因果录 1915 商务成书	陈家麟	东方杂志	1914/7—12
80	深谷美人＊	陈器	北京宣元阁	1914/8
81	哀吹录 1915 商务成书	陈家麟	小说月报	1914/10—12
82	石麟移月记 1915 中华成书	陈家麟	大中华	1915/1—6
83	蟹莲郡主传	王庆通	商务印书馆	1915/2
84	云破月来缘＊1916 商务成书	胡朝梁	小说月报	1915/5—9
85	鱼海泪波	王庆通	商务印书馆	1915/8
86	鱼雁抉微	王庆骥	东方杂志	1915/9—178
87	涠中花	王庆通	商务印书馆	1915/10

序号	书名(有序或跋者＊为记)	合作者	出版者	出版时间(年/月)
88	鹰梯小豪杰＊1916 商务成书	陈家麟	小说海	1916/1—5
89	织锦拒婚	陈家麟	小说月报	1916/1
90	雷差得纪	陈家麟	小说月报	1916/1
91	亨利第四纪	陈家麟	小说月报	1916/2
92	木马灵蛇	陈家麟	小说月报	1916/2
93	红篋记	陈家麟	小说月报	1916/3—10
94	秋灯谭屑	陈家麟	商务印书馆	1916/4
95	亨利第六遗事	陈家麟	商务印书馆	1916/4
96	香钩情眼	王庆通	商务印书馆	1916/5
97	奇女格露枝小传	陈家麟	商务印书馆	1916/5
98	凯彻遗事	陈家麟	小说月报	1916/5—7
99	血华鸳鸯枕＊	王庆通	小说月报	1916/8—12
100	橄榄仙	陈家麟	商务印书馆	1916/11
101	诗人解颐语	陈家麟	商务印书馆	1916/12
102	鸡谈	陈家麟	小说月报	1916/12
103	三少年遇死神	陈家麟	小说月报	1916/12
104	拿云手	陈家麟	小说海	1917/1—6
105	柔乡述险	陈家麟	小说月报	1917/1—6
106	格雷西达	陈家麟	小说月报	1917/2
107	林妖	陈家麟	小说月报	1917/3
108	悔过	陈家麟	小说月报	1917/4
109	天女离魂记	陈家麟	商务印书馆	1917/4
110	烟火马	陈家麟	商务印书馆	1917/5
111	社会声影录	陈家麟	商务印书馆	1917/5

序号	书名(有序或跋者 * 为记)	合作者	出版者	出版时间(年/月)
112	路西恩	陈家麟	小说月报	1917/5
113	死口能歌	陈家麟	小说月报	1917/6
114	公主遇难	陈家麟	小说月报	1917/6
115	女师饮剑记	陈家麟	商务印书馆	1917/7
116	牝贼情丝记	陈家麟	商务印书馆	1917/7
117	魂灵附体	陈家麟	小说月报	1917/7
118	桃大王因果录 1918 商务成书	陈家麟	东方杂志	1917/7 —1918/9
119	人鬼关头	陈家麟	小说月报	1917/7—10
120	决斗得妻	陈家麟	小说月报	1917/10
121	白夫人感旧录	王庆通	小说月报	1917/11—12
122	恨缕情丝 1919 商务成书	陈家麟	小说月报	1918/1—11
123	鹦鹉缘前编、续编	王庆通	商务印书馆	1918/2
124	鹦鹉缘第三编	王庆通	商务印书馆	1918/5
125	孝友镜 *	王庆通	商务印书馆	1918/8
126	金台春梦录	王庆通	商务印书馆	1918/8
127	痴郎幻影	陈器	商务印书馆	1918/10
128	玫瑰花前编	陈家麟	商务印书馆	1918/11
129	现身说法	陈家麟	商务印书馆	1918/11
130	颤巢记初编、续编 1920 商务成书	陈家麟	学生杂志	1919/1—12
131	賸史 1920 商务成书	陈家麟	东方杂志	1919/1—9
132	焦头乱额 1920 商务成书	陈家麟	小说月报	1919/1—10
133	泰西古剧 1920 商务成书 (补加 17 篇)	陈家麟	小说月报	1919/1—12

序号	书名（有序或跋者＊为记）	合作者	出版者	出版时间（年/月）
134	妄言妄听 1920 商务成书	陈家麟	小说月报	1919/3—12
135	鬼窟藏娇	陈家麟	商务印书馆	1919/6
136	西楼鬼语	陈家麟	商务印书馆	1919/6
137	十万园	未详	上海侦探小说社	1919
138	玫瑰花续编	陈家麟	商务印书馆	1919/7
139	铁匣头颅前编	陈家麟	商务印书馆	1919/8
140	莲心藕缕缘	陈家麟	商务印书馆	1919/8
141	情天异彩录	陈家麟	商务印书馆	1919/9
142	铁匣头颅 续编	陈家麟	商务印书馆	1919/10
143	戎马书生 1920/4 商务成书	陈家麟	东方杂志	1919/10—12
144	豪士述猎	陈家麟	小说月报	1919/11—12
145	伊罗埋心记	王庆通	小说月报	1920/1—2
146	还珠艳史	陈家麟	商务印书馆	1920/2
147	欧战春闺梦 初编	陈家麟	商务印书馆	1920/3
148	膜外风光（剧本）＊	叶于沅	陆征祥家刻本印行	1920/3
149	金梭神女再生缘	陈家麟	商务印书馆	1920/3
150	球房纪事	陈家麟	小说月报	1920/3
151	乐师雅路白忒遗事	陈家麟	小说月报	1920/4
152	欧战春闺梦 续编	陈家麟	商务印书馆	1920/5
153	高加索之囚	陈家麟	小说月报	1920/5
154	想夫怜	毛文钟	小说月报	1920/9—12
155	炸鬼记	陈家麟	商务印书馆	1921/5
156	俄宫秘史	陈有麟	商务印书馆	1921/5
157	厉鬼犯跸记	毛文钟	商务印书馆	1921/5

序号	书名（有序或跋者＊为记）	合作者	出版者	出版时间（年/月）
158	僵桃记	毛文钟	商务印书馆	1921/5
159	洞冥记	陈家麟	商务印书馆	1921/5
160	怪董＊	陈家麟	商务印书馆	1921/5
161	鬼悟	毛文钟	商务印书馆	1921/6
162	马妒	毛文钟	商务印书馆	1921/7
163	沧波淹谍记	毛文钟	商务印书馆	1921/10
164	双雄义死录	毛文钟	商务印书馆	1921/10
165	沙利沙女王小记	毛文钟	商务印书馆	1921/11
166	情海疑波	林凯	商务印书馆	1921/11
167	埃及异闻录	毛文钟	商务印书馆	1921/11
168	梅孽＊	毛文钟	商务印书馆	1921/11
169	以德报怨	毛文钟	商务印书馆	1922/1
170	魔侠传	陈家麟	商务印书馆	1922/2
171	目霍 目英雄	毛文钟	商务印书馆	1922/3
172	情翳	毛文钟	商务印书馆	1922/5
173	德大将兴登堡欧战成败鉴＊	林骀	商务印书馆	1922/9
174	情天补恨录 1924/5 商务成书	毛文钟	小说世界	1923/1—4
175	妖犨（下几）缳首记	毛文钟	小说世界	1923/5—9
176	三种死法	未详	小说世界	1924/1
	以下为卒后发表作品			
177	信托公司	未详	小说世界	1925/1—3
178	杏核	下同	下同	
179	世界大学			

序号	书名(有序或跋者＊为记)	合作者	出版者	出版时间(年/月)
180	回生丸			
181	检查长			
182	美人局			
183	破术			
184	伪币			
185	象牙荷花			
186	金矿股票			
187	绑票			
188	访员			
189	一豕三千			
190	亨利第五纪			1925/11—12
191	加木林			1915/12
	另还有 24 种未发译作			

后　记

　　岁月如白驹过隙，不经意间，为了心中懵懂的理想，我离开上小学的女儿躲进书斋求学教学已十年，终于迎来自己另一个孩子的降生，这本薄薄却融入自己努力与心血的《林译小说及其影响研究》。抚今追昔，当年求学进入师门，接受师长教诲的情景还历历在目。

　　2003 年 9 月，我重返校园师从陈庆元先生学习中国古代文学，虽然已是一个七岁女儿的母亲，然而内心对中国诗词的热爱还是让我狠心离开了上小学的女儿，母女同时在异地的课堂求学。我心中对女儿充满了思念和未能亲自抚育女儿成长的愧疚。女儿的爸爸及爷爷奶奶、外公外婆和姑姑姨妈，他们在填充母亲的缺席上付出了很多很多。陈先生的中国古典文学造诣深厚，是真正潜心做学问的学者，他每每说起，做学问一定要耐得住寂寞，能坐得住冷板凳，甚至需要牺牲很多，并阐释他广涉诸多学科知识，再精细研究的学术之道。其时我虽拿了中文与英文的双文凭，却无任何学术根底，学校对于硕士在第一学年也并不要求确定导师，希望我们广泛涉猎各基础学科，再定研究方向。我的硕士同学在这种学术环境中，都很开心地去听不同研究方向的教授的课。记得陈庆元教授、孙绍振教授、南帆教授、张善文教授、郑家健教授、席扬教授、马重奇教授、汤江浩教授、李小荣教授等很多教授的课堂都是我追逐的地方。这种多角度的学习让我受益颇多，使我的视野变得开阔，但也让我的研究有些跳跃。硕士学习我师从陈庆元先生，研究重心放在了魏晋文学至唐宋文学，陶渊明与苏轼的《和陶诗》的一些心得是我的硕士论文成果。2006 年我继续师从陈庆元先生，继而对福州地方近代文化名人林纾这个翻译"怪才"产生了浓厚兴趣，他作为古文大师却翻译了数百部各国小说。陈先生可以说是最早做地方文学研究的学者之一，研究林纾也算师承正道。

　　最初，我试着用自己不算太好的英文看林译小说的英文原著，偶尔看到林琴南先生用音译、意译、跳译甚至创译外国小说，不禁莞尔。很多外国小说常常并不太重叙事，有些大段大段的景物描写、心理描写，林纾会用非常简洁的古文几语带过，确实是言简意赅，然仔细想来，意思还真的表达了，不过其中的风味也确实大大走样了。自己揣摩林纾，我想原因有如下几点：其一，中国的小说历来讲究叙事，注重故事情节的发展，而景物描写甚至心理描写对于故事情节的推动与发展关系不大，用太多笔墨有些浪费，带过即可；其二，林纾翻译小说并非为了做学问，而是带着引进欧美国家的思想文化以助中国国民的思想文化变革，因此，林纾的关注点在于外国小说是否有裨益于中国国民的思想文化，而不在于拘泥外国小说的细枝末节，无疑，不符合林纾引进方向的东西就有意无意间被跳跃了，甚至被改变了；其三，林译小说在清末民初大受欢迎，甚至达到了洛阳纸贵的程度，部分也得益于林纾的独特翻译，接近原著，却又深知国人的阅读爱好的选择性翻译；其四，外国小说的某些东西超出了林纾及其合作者的理解范畴，林纾确实误译了等。试着看了几本原著，再对照林纾的翻译，无奈林译小说太过于浩繁，读博士期间我也承担了教学任务，同时接了泉州文库《颜桃陵文集》的整理与校点，林译小说原著的对照阅读只能是蜻蜓戏水，点到即止了。

福州三坊七巷在政府的大力推介下，渐渐成为福州有名的文化名片，琴南书院也移址到了三坊七巷。在琴南书院结识了林纾先生的后人及一些有志于研究林纾的学者，志同道合，品茶叙琴南，不失为人生一乐。有些珍贵的资料得之于琴南书院，在此感谢林纾后人林云先生。我的导师陈先生只要得到林纾资料，都尽可能转借给我阅读，有些转而赠送给了我。

求学七年，陈先生及师母对我们师兄师妹们都是竭尽所能的关照，先生严谨的治学精神与正直的学人风骨，都是值得我们一生学习与珍惜的宝贵财富。在写作的过程中，南帆教授曾从文艺学的角度给了我许多建议，郑家健教授从现当代文学的视野让我审视林纾在历史的进程中的定位，我的同门师兄、师姐汤江浩、李小荣、林怡、于英丽等给了我多方面的指导和关心，我的同学郑小洁、潘苇航、刘奇玉、陈瑶、陈晖莉、蔡勇志、汪建峰、谢雪花、庄暄、郑润良、吴文文、雷喜斌等常在一起小酌话人生，互相激励，其乐融融，这些都是记忆中美好的回忆，伴随我一生，成为我人生珍贵的财富。

如今博士毕业已经三年，女儿也即将进入大学校门。在博士论文的基础上，本人对林译小说有了一些新的看法，然而，要完全融入本书，却感觉框架不住，只能做一些修补与小改，林译小说在本书的框架与角度上看确实是这样的结论，它已经成形只能顺乎自然。倘若以全新的视野重新审视林译小说，可能得出的结论是别样的，需要另起炉灶，重新建构一个全新的系统。本来设想将两本精粹成一本放在北大出版社出版，可惜碰上任教学校职称评聘改革，眼看着可以晋升职称又因为没有岗位耽搁下来了，而北大出版社要至少副教授才有资质，幸得吴小丹、汪再祥编辑多次来回交流删改，不辞辛苦，北大出版社刘维、周志平两位先生大力推荐，终于得付诸铅印，在此一并致谢。

做学问都说有两种境界，其一为有所为而学问；其二为无所为而学问。在离开女儿重返校园时，我曾经觉得自己纯粹是为了心中的爱好而做学问，激扬文字，畅所欲言。然而，我们都是体制之内的学者，体制内的各种评价体系让我不知从什么时候开始无法超然，偶尔我也会笨拙地考虑名利之争。无所为而学问渐渐转为有所为而学问，出世而为入世，或许谈不上不幸与幸。"文章千古事，得失寸心知"，林林总总，悉浅薄之见，且作此后记以谢诸亲，以志不足。

杨玲

2013 年 11 月于福州